Paul Domino

Castigo – Die Wahrheit stirbt zuletzt

Das Buch

Auf einem Castello in der Nähe des malerischen Toskana-Städtchens San Pietro wird der Restaurator Cesare Pintore in seiner Werkstatt niedergeschossen. Er überlebt schwer verletzt. Als Pintore aus dem Krankenhaus in Siena türmt, steht Capitano Bardi, der Leiter der örtlichen Carabinieri-Wache, vor einem Rätsel: War der allseits beliebte Familienvater Pintore in eines der schwärzesten Kapitel der jüngeren italienischen Geschichte verwickelt? Und welche Rolle spielt dabei die irritierend attraktive Medizinerin Camilla di Giacomo, von deren Station er verschwand?

Je länger der Capitano ermittelt, desto mächtiger werden jene Kräfte, die seine Suche nach der Wahrheit verhindern möchten. Denn die halbe Wahrheit verdeckt oft eine ganze Lüge. Bald weiß Bardi nicht mehr, wem er noch vertrauen kann ...

Der Autor

Paul Domino wurde 1969 in Hildesheim geboren. Während seiner Schulzeit arbeitete er als rasender Reporter für verschiedene Lokalzeitungen. Es folgte ein Lehramtsstudium in Bamberg. Nach dem Referendariat in Regensburg wechselte Paul an ein Gymnasium in München, wo er seit über 15 Jahren die Fächer Latein und Deutsch unterrichtet. Mit seiner italienischen Frau Antonia und Tochter Lucia verbringt er den Sommer gerne auf dem Landgut seiner Schwiegereltern in der Nähe von Siena. Zwischen den sanften Hügeln der Toskana entstehen hier seine Krimis rund um den sympathischen Capitano Bardi. Pauls Leidenschaft gehört dem Kochen, der Musik von Paolo Conte und dem Fußball des AC Florenz.

PAUL
DOMINO

CASTIGO

Die Wahrheit stirbt zuletzt

4. Fall für Captiano Bardi

TOSKANA-KRIMI

Veröffentlicht bei
CBO, Viersen
Oktober 2019

Umschlaggestaltung: BoXX by vario-webdesign
Umschlagmotiv: © Depositphotos / Malgorzata_Kistryn
Lektorat: Sabine Meier
Satz: BoXX by vario-webdesign

Dove men si sa, più si sospetta.

Wo man weniger weiß, argwöhnt man am meisten.

Altes italienisches Sprichwort

Prolog

Der Mann blickte ins Antlitz seines Mörders und lächelte. Die frühabendliche Sonne hinterließ eine angenehme Wärme auf dem Gesicht. Im Dunst war die Silhouette von Montepulciano mehr Ahnung als Realität – ein bläulicher Streifen über den wildwuchernden Brombeersträuchern, die sein kleines Grundstück begrenzten.

Jetzt, da er seinem Gegenüber alles gebeichtet und ihm die Namen der beiden anderen Männer und jenen Delons genannt hatte, fühlte er sich leicht. So als gäbe es diesen Körper nicht, der zuckend im Rollstuhl saß und ihm immer weniger gehorchte.

Parkinson im fortgeschrittenen Stadium. Er, der immer so stolz auf sein Aussehen und seine Vitalität gewesen war, konnte diesen Zustand nicht akzeptieren. Angelo di ferro, Engel aus Eisen, hatten ihn seine Genossen genannt. Früher. In einer anderen Zeit. Wegen seines Antlitzes, das eines Meisterwerkes Michelangelos würdig gewesen wäre, und seiner Skrupellosigkeit. Doch jetzt war das Engelsgesicht von einst zu einer unbeweglichen Fratze verkommen. Zu einem Diavolo di ferro.

Delon, der Name echote in seinem Kopf. Delon hatte angeblich den Plan ausgearbeitet und alles organisiert. Diese sagenumwobene Person, die er nie zu Gesicht bekommen hatte und von der alle nur im Flüsterton sprachen, als handele es sich um den Satan persönlich. Delon. Vielleicht war es wirklich nur eine Sagengestalt. So wie König Artus und Lancelot, deren Geschichten er als Kind geliebt hatte. Delon, dafür verantwortlich, dass diese Schuld auf ihm lastete, seitdem er dem Jungen das letzte Mal in die Augen geschaut hatte. Er glaubte nicht, dass der Andere Delon finden konnte. Ob nun Geist oder Mensch. Delon hatte niemand aufgespürt. Die Polizei nicht, die Presse nicht und falls es Genossen gab, welche die Identität Delons kannten, so schwiegen sie.

Er starrte forschend in die Augen seines Mörders. Hatten die Augen des Jungen damals auf dieselbe Weise geblickt? Er konnte sich nicht erinnern. Die Augen gegenüber waren rot unterlaufen und gehörten eindeutig einem Alkoholiker. Auch auf diesem Mann lastete Schuld, wenngleich eine andere. Die Trinkerei half nicht, der Schuld zu entrinnen. Nichts half. Das wusste er aus eigener Erfahrung. Nur der Tod.

»Es wird Zeit«, wollte er sagen. Aber seine Stimme gehorchte ihm nicht. Mehr als ein Krächzen brachte er nicht hervor. Dennoch schien sein Gegenüber zu verstehen. Der Mann nickte kaum merklich, schwankte drei Schritte zurück und hob zitternd den langen Lauf der Pistole.

»Ich habe noch nie ...«, murmelte der Mörder. Kalter Schweiß glänzte auf seinem aufgedunsenen Gesicht, das mit einem Netz aus geplatzten Äderchen überzogen war.

Damit hatte er nicht gerechnet. Hatten sie früher nicht alle eine Ausbildung an der Waffe bekommen? Er nickte dem Mann mit der Waffe aufmunternd zu und sah, wie sich dessen Zeigefinger am Abzug krümmte.

Er schloss die Augen. Der warme Wind wehte den würzigen Duft von Rosmarin, Salbei und Thymian aus dem Garten herbei, den Duft seiner Kindheit. Fehlte nur die Stimme von Mamma, die ihn ins kühle Haus zum Abendessen rief. Er fühlte sich glücklich. Die Erlösung war nah.

1. Kapitel

Nachdenklich betrachtete Giulio Bardi, Leiter der Carabinieri-Station im beschaulichen Chianti-Städtchen San Pietro, seine Tochter Antonella, die ihm gegenüber auf der kleinen Dachterrasse saß und ihren *Insalata di trippa* aß. Jetzt war sie bereits seit fast einem Jahr bei ihm. Die Abmachung mit seiner Ex-Frau Antonia sah vor, dass Antonella zu Beginn der Sommerferien zurück nach Kalifornien fliegen würde, wo Antonia mit ihrem neuen Mann lebte.

Bardi war sich nicht im Klaren darüber, ob er dieses Arrangement begrüßen oder bedauern sollte. Einerseits war das Jahr sehr schön gewesen. Es war ihm gelungen, eine enge Beziehung zu seiner Tochter aufzubauen, die für die langen Jahre der Trennung entschädigte. Andererseits sehnte sich Bardi in letzter Zeit öfter nach seinem alten, unkomplizierten Leben.

Als könne sie die Gedanken ihres Vaters lesen, legte Antonella die Gabel zur Seite. »Ich überlege, ob ich nicht in Italien mein Abi mache und dann in Florenz studiere.«

»Da wird deine Mutter begeistert sein«, murmelte Bardi.

Antonella schüttelte den Kopf. »Immer schiebst du Mamma vor. In Wirklichkeit willst du mich loswerden.«

»Das ist Quatsch. Es ist nur, weil wir uns einig waren, dass du nach dem Ende des Schuljahres wieder auf die High

School in Kalifornien zurückkehrst.« Bardi griff nach Antonellas Hand. »Und du weißt ja, wie deine Mutter ist.«

»Allerdings.« Antonella schenkte ihm ein Lächeln.

»Und woher rührt dein plötzlicher Sinneswandel?«

Noch vor zwei Wochen hatte Antonella geschwärmt, wie sehr sie sich schon auf Kalifornien freue, wenn sie den amerikanischen Freundinnen von ihrem Toskana-Abenteuer berichten könne.

»Ist ja auch nur so eine Idee«, murmelte Antonella mit unschuldigem Blick. »Irgendwann muss ich ja zurück, wenn ich Hollywoodstar werden will.« Sie zwinkerte ihrem Vater zu und schenkte ihm jenes Lächeln, von dem sie wusste, dass es bei ihm väterliche Instinkte weckte.

Bardi jedoch durchschaute die Taktik seiner Tochter. Die Idee des Hierbleibens stand von nun am Raum und Antonella würde nicht lockerlassen, bis sie Wirklichkeit wurde. Und was konnte er dagegen tun? Bardi atmete schwer aus und beschloss, vorerst auf Zeit zu spielen. Vielleicht überlegte Antonella es sich in ein paar Tagen wieder anders. »Gehst du heute zu Frederica?«

Frederica Melli war Antonellas Schulkameradin und beste Freundin. Sie lebte auf dem Anwesen eines alten Castellos unweit von San Pietro, wo ihre Eltern Antiquitäten restaurierten.

Antonella nickte grinsend. »Ich habe dir doch von Kingston erzählt.«

»Das neue Pferd von Frederica.«

»Genau. Jetzt behauptet Frederica, dass Kingston in direkter Linie von Silver Bullet abstammt.«

»Silver Bullet?«

»Ein Vollblut. Muss man nur googeln. Ist eines der erfolgreichsten Rennpferde der letzten Jahrzehnte und bringt nun Unsummen als Deckhengst ein. Dabei ist ein Vorderbein von Kingston etwas kürzer als das andere.«

»Frederica hat eben eine blühende Fantasie.«

»Deshalb ist es auch nie langweilig mit ihr.« Antonella

pickte einen letzten Salatrest vom Teller und stand auf. »Wir wollen einen kleinen Ausritt machen. Fredericas Mutter leiht mir ihr Pferd.«

Bardi nickte. »Aber seid vorsichtig.«

Antonella verdrehte die Augen.

»Und komm vor Einbruch der Dunkelheit zurück.«

Antonella verdrehte erneut die Augen und drückte ihrem Vater einen Kuss auf die Wange. »Ich bin spätestens um sieben zurück. Wir schreiben übermorgen Englisch.«

»Und dafür musst du als Quasi-Amerikanerin üben?«

»Das Thema ist Shakespeare. Und den halten wir in Kalifornien für einen Hollywoodstar«, kicherte Antonella und verschwand.

Versonnen blickte Bardi ihr nach.

Von der Piazza Grande drangen Rufe und metallische Geräusche herauf und holten ihn in die Realität zurück.

Die Piazza Grande bildete den Mittelpunkt von San Pietro. An ihr lag nicht nur die Carabinieri-Wache, sondern auch das Rathaus und die Kirche. Warum dieser relativ kleine Platz jedoch den Beinamen groß erhalten hatte, wusste niemand.

Heute Abend wollte Tavano, der Bürgermeister von San Pietro, den Wahlkampf mit einer Rede einläuten. Deshalb legten die städtischen Arbeiter letzte Hand an die Tribüne, die Tavano für diesen Zweck eigens hatte errichten lassen.

Bardi trug den Teller in die Wohnküche, nahm seine Uniformjacke vom Haken neben der Tür und machte sich auf den Weg in die Wache, die sich im Erdgeschoss des alten, freilich etwas heruntergekommenen Palazzos befand.

»Gibt es etwas Neues?«, wollte Bardi von seinem jungen Assistenten Carabiniere Emanuele Rossi wissen, als er die Wache betrat.

Wie stets fuhr Emanuele herum, als habe ihn Bardi bei etwas Verbotenem erwischt. Und wie stets lächelte Bardi milde. Emanuele war sowohl beruflich als auch menschlich ein echter Glücksfall, auch wenn ihm immer noch eine gewisse Lockerheit fehlte. Auf ihn war immer Verlass, was bei

Emanueles Vorgänger, dem behäbigen Filippo, nicht der Fall gewesen war. Mit viel Wohlwollen hatte man dessen Verhalten als phlegmatisch bezeichnen können, Bardi freilich nannte es Faulheit. Und diese hielt Bardi von allen dienstlichen Sünden für die größte.

»Vor ein paar Minuten hat wieder jemand eine illegale Mülldeponie gemeldet«, berichtete Emanuele und fuhr sich durch die Haare, die er neuerdings immer modisch gegelt trug.

»Wer und wo?«

»Ein Mann. Hat seinen Namen nicht genannt.«

Bardi nickte brummend. »Und wo befindet sich diese Mülldeponie?«

Emanuele studierte kurz den Notizblock auf dem Schreibtisch. »Im Wald an der Straße nach Radda. Etwa 100 Meter nach dem Hinweisschild. Linker Hand.«

»Darum kümmere ich mich. Denk du an Tavanos Wahlkampfveranstaltung.«

»Ist ja nicht zu überhören.«

»Sieh bitte nach, ob die Vorschriften eingehalten werden. Elektrokabel und so weiter ...«

Emanuele nickte eifrig, wenngleich sein Gesichtsausdruck andeutete, dass Bardi ihm dies nicht extra hätte sagen brauchen.

Auf dem Weg zum angegebenen Ort fielen Bardi die Werbeplakate auf, die in schöner Regelmäßigkeit alle 50 Meter auftauchten. Sie zeigten ein geschöntes Konterfei des Bürgermeisters, auf dem er mindestens zehn Jahre jünger wirkte. Darüber stand in großen blauen Lettern nur ein Wort: T A V A N O.

Bardi fragte sich, warum die anderen Parteien und Listen keine Plakate aufgestellt hatten. Die Antwort sollte er schnell erhalten.

2. Kapitel

Die wilde Müllkippe am Rande des Waldes entpuppte sich als ein mannshoher Berg fein säuberlich aufgeschichteter Wahlplakate. Bardi konnte darunter keines von Tavano entdecken. Ungläubig lächelnd machte er mit seinem *Telefonino* Beweisfotos. Für einen kurzen Augenblick erwog er, die Nummer der Müllabfuhr zu wählen, entschloss sich dann jedoch, der Sache auf den Grund zu gehen, bevor die Öffentlichkeit davon erfuhr und ein Skandal um Tavano drohte. Denn obwohl Bardi Tavano wenig schätzte und dessen politische Arbeit für einen Skandal hielt, mochte er es noch weniger, wenn vorschnelle Schlüsse gezogen wurden, die seine Polizeiarbeit behinderten.

Als Bardi mit dem Streifenwagen von der schmalen Einbuchtung am Wald auf die Hauptverkehrsstraße fahren wollte, stieß er fast mit einem dunkelblauen Opel Monza zusammen, der plötzlich aus der lang gezogenen Kurve vor ihm geschossen kam. Bardi konnte gerade noch rechtzeitig bremsen. Über so viel Leichtsinn fluchend, bog er in Richtung San Pietro ab.

Sein *Telefonino* meldete sich. Er lenkte den Lancia erneut an den Straßenrand. Auf dem Display stand der Name seiner Tochter mitsamt dem Symbol für neue Nachrichten.

»Hallo Papa. Hier ist was ganz Schlimmes passiert. Komm bitte sofort. Bitte.« Antonellas Stimme klang verzweifelt – ja fast panisch.

Bardi versuchte, Antonella zurückzurufen, doch bei ihr meldete sich nur die Mailbox. Während er hastig wendete und das Blaulicht einschaltete, fühlte Bardi, wie ihm die Angst um seine Tochter die Kehle zusammenschnürte.

3. Kapitel

Das pittoreske Castello lag wenige Kilometer von San Pietro entfernt auf einem Hügel. Eine kurvenreiche Stichstraße führte an Pinienbäumen vorbei zum Anwesen. Bardi erreichte diesen Privatweg binnen fünf Minuten.

Als er abbog, schoss ein rotes BMW-Cabrio schlingernd aus der Einfahrt und verfehlte den Streifenwagen nur um Zentimeter. Am Steuer saß ein junger Mann, dessen verspiegelte Sonnenbrille im Licht blitzte.

Bardi schaute über die Schulter, ob dem BMW etwas passiert war. Doch das Auto war bereits hinter der nächsten Kurve verschwunden. Dafür erschien jetzt ein Notarztwagen mit Blaulicht. Der Fahrer ließ kurz die Sirene aufheulen, um dann vor Bardis Streifenwagen abzubiegen.

Bardi folgte dem Rettungswagen die breite Auffahrt hinauf.

Die Grundmauern des Castellos stammten aus dem späten 13. Jahrhundert. Durch die Jahrhunderte hatten sich auf dem Chianti-Gebiet die rivalisierenden Städterepubliken von Florenz und Siena bekämpft. Die alte Burg diente zunächst den Florentinern als wichtiger Vorposten.

Nach der Eroberung durch die Aragoneser aus Neapel und dem späteren Friedensschluss zwischen Florenz und Siena ging das Castello durch die Hände diverser Adeliger, die es immer wieder umbauten, erweiterten und renovierten.

Heute bestand es aus einem großen Hauptgebäude, in dessen Erdgeschoss sich die Verkaufsräume für die antiquarischen Möbel befanden, einem Nebengebäude, das als Werkstatt diente, und einem Stall für die drei Pferde der Familie. Die Gebäude lagen auf einem gepflegten Anwesen, umgeben von großzügigen Rasenflächen, alten Mauern, Pinienbäumen und einem Zypressenwäldchen.

Über der zweiflügligen Eingangstür zu den Verkaufsräumen hing ein Schild, auf dem in geschwungenen Lettern *Antiquario – Castello Melli & Pintore* stand.

Das Anwesen gehörte der Familie von Fredericas Mutter Sara seit Anfang des 20. Jahrhunderts, als es ihr Urgroßvater, ein neureicher Tuchhändler aus Mailand, von einem verarmten Baron erworben hatte.

Cesare Pintore war Mitte der Neunziger in die Nähe von San Pietro gekommen und hatte sich zunächst als Gehilfe bei einer Schreinerei verdingt, um dann für Sara Melli Möbel zu restaurieren.

Bald waren Sara und er ein Paar geworden. Die beiden hatten nie geheiratet, auch nicht, als zuerst ihr Sohn Andrea und zwei Jahre später Frederica das Licht der Welt erblickten. Dies hatte anfangs für Getuschel unter dem gläubigeren Teil der Bewohner San Pietros gesorgt.

Da sich aber Pintore, der Zugezogene, als ein zwar stiller, aber sehr fleißiger und hilfsbereiter Handwerker entpuppte, waren diese Stimmen schnell verstummt. Im Laufe der Jahre hatte das Paar aus dem heruntergekommenen Anwesen ein eigenes Arkadien erschaffen, mitsamt leise vor sich hin plätscherndem Springbrunnen, der den Mittelpunkt des Castellos bildete.

An eben jenem Springbrunnen wartete nun Bardis Tochter mit ihrer Freundin Frederica.

Hektisch winkten Antonella und Frederica den Rettungswagen zur Werkstatt.

Erleichtert, dass seine Tochter wohlauf war, parkte Bardi

den Streifenwagen vor dem Haupthaus, um den Rettungskräften nicht den Rückweg zu versperren.

»Papa.« Antonella stürmte auf ihn zu und umklammerte ihn. »Es ist so schrecklich.«

Bardi strich Antonella über die Haare. »Was ist denn geschehen?«

»Wir ... Frederica und ich ... wir waren mit den Pferden gerade losgeritten. Da hörten wir einen lauten Knall und einen Schrei. Wir sind dann sofort ...« Antonellas Stimme wurde von einem Schluchzen verschluckt. Sie zitterte am ganzen Körper. »Wir sind sofort zurück. Dann hörten wir eine laute Männerstimme aus der Werkstatt. Sie klang so seltsam hoch. Wie eine ... eine Fistelstimme.«

»Was hat der Mann gesagt?«

»Immer das Gleiche: Wer ist Delon ... Wer ist Delon?«

»Delon? Wie der französische Schauspieler?«

Antonella sah Bardi mit verständnislosem Blick an. »Welcher Schauspieler?«

»Delon war der George Clooney von früher«, erklärte Bardi.

»Clooney ist doch auch schon ein Opa.«

»Klar«, sagte Bardi und lächelte kurz. »Was geschah dann?«

»Wir haben die Pferde festgebunden. Aber bevor wir die Werkstatt erreichten, gab es einen zweiten Knall ... Wir ... wir hörten ein furchtbares Stöhnen aus der Werkstatt. Und jemand rannte weg.«

»Habt ihr diesen Jemand gesehen?«

»Nein. Er muss hintenraus verschwunden sein. Als wir in die Werkstatt kamen, lag dort Fredericas Vater in einer Blutlache. Ich habe dann sofort dich und Notarzt verständigt ... Es war so schrecklich.« Antonellas Stimme versank in einem Weinen.

»Das hast du richtig gemacht«, flüsterte Bardi.

»Aber weißt du, was komisch ist?« Antonella löste sich von ihrem Vater und wischte sich die Tränen von den Wangen.

»Was denn?«

»Die bei der Notfallzentrale waren schon informiert.«

»Das ist in der Tat seltsam. Hat hier ein rotes BMW-Cabrio geparkt?«

Antonella überlegte kurz. »Nein, hier war kein Fahrzeug.«

Bardi nickte. »Wenn du willst, kannst du dich in den Streifenwagen setzen.«

Antonella schüttelte den Kopf. »Ich muss mich um Frederica kümmern.«

Bardi nickte seiner Tochter aufmunternd zu und betrat die Werkstatt.

Zwischen einer Reihe halb fertiger Stühle und einer mächtigen Werkbank knieten zwei Sanitäter und der Notarzt neben Cesare Pintore, der bewusstlos auf einer Krankenbahre lag. Auf seinem weißen Hemd hatte sich in Brusthöhe ein großer roter Fleck ausgebreitet. Der Notarzt hatte eine Infusion gelegt und öffnete das Hemd, um die Wunde freizulegen.

»Eine Schussverletzung. Er verliert viel Blut«, erklärte der Notarzt, während er einen Pressverband anlegte.

»Wohin bringen Sie ihn?«

»Ins Klinikum Siena. Können Sie bitte die Infusionsflasche halten?«

Bardi tat, wie ihm geheißen, während der Notarzt und einer der Sanitäter die Bahre anhoben und den Verletzten zum Notarztwagen brachten. Der zweite Sanitäter, der in Personalunion als Fahrer fungierte, öffnete die Hecktüren und übernahm dann die Flasche von Bardi.

»Wird er durchkommen?«, fragte Bardi den Notarzt, während dieser die Bahre über eine Schiene ins Innere des Krankenwagens schob.

»Kommt drauf an, ob und wenn ja welche Organe in Mitleidenschaft gezogen wurden.«

In diesem Augenblick fuhr ein kleiner roter Lieferwagen mit der Aufschrift *Antiquario – Melli & Pintore* auf den Platz und kam neben dem Rettungswagen zum Stehen. Die Fahrertür wurde aufgestoßen. Eine große, schlanke Frau Anfang 40 stieg aus – Sara Melli, die Frau von Cesare Pintore.

4. Kapitel

»Was ist hier los?« Sara Melli blickte besorgt in Richtung des Krankenwagens, um dann Bardi anzuschauen.

Bevor dieser antworten konnte, zog Frederica ihre Mutter zur Seite und flüsterte aufgeregt mit ihr.

Gleichzeitig wurde zögerlich die Beifahrertür des Lieferwagens geöffnet und ein junger schlaksiger Mann in Designerjeans, über die er lässig ein Armani-T-Shirt trug, entstieg dem Lieferwagen. Erst beim zweiten Hinschauen erkannte Bardi Fredericas Bruder Andrea. Als Bardi Andrea zuletzt gesehen hatte, war dieser ungefähr so groß gewesen wie er selbst. Nun freilich überragte Fredericas Bruder den Capitano um zwei Köpfe.

Plötzlich stieß Sara Melli ein lautes Jaulen aus, stürmte zum Notarztwagen und wollte zu ihrem Mann. Der Sanitäter versperrte ihr den Weg. Doch sie drückte ihn zur Seite. Ein hilfloses Gerangel entstand. Erst als Bardi seine Arme von hinten um sie legte, gab sie auf.

Das Signalhorn heulte kurz, dann preschte der Krankenwagen davon. Zurück blieb eine weiße Wolke aus Marmorstaub.

Bardi berichtete Sara Melli das wenige, dass er wusste. Bei jedem seiner Worte wurde ihr Gesicht bleicher.

»Aber warum sollte jemand auf Cesare schießen?«, fragte

sie schließlich.

»Das werden wir herausfinden«, erwiderte Bardi. »Hatte Ihr Mann Feinde oder wurde er in letzter Zeit bedroht?«

»Feinde? Cesare?« Sara Melli sah Bardi erschrocken an.

»Kennen Sie jemanden namens Delon, wie der Schauspieler?«

»Delon? Nein, so heißt keiner, den wir kennen.«

Bardi nickte. »Fahren Sie in die Klinik nach Siena. Ihr Mann braucht Sie jetzt.«

Nickend wandte Sara Melli sich ihrem Sohn zu, der vorm Eingang zur Werkstatt hin und her schlurfte und offensichtlich nicht so recht wusste, wie er mit der Situation umgehen sollte.

Sara Melli strich Andrea zärtlich über die Wange. »Einer sollte hierbleiben.«

Andrea nickte zaghaft. Seinem Gesichtsausdruck zufolge war er ganz froh, nicht mit ins Krankenhaus zu müssen.

Nachdem Sara Melli mit ihrer Tochter losgefahren war, benachrichtigte Bardi die Spezialisten der Spurensicherung in Florenz. Der Wachhabende versprach, ein Team zu schicken.

Als Nächstes rief Bardi seinen Assistenten an.

»Auf der Piazza ist der Teufel los«, berichtete Emanuele.

»Bin schon auf dem Weg«, erwiderte Bardi und bestellte Emanuele zum Castello, damit dieser den Tatort bis zum Eintreffen der Spurensicherung im Auge behielt.

5. Kapitel

Wenig später erreichte Bardi mit Antonella die Piazza Grande. Emanuele hatte nicht übertrieben. Auf der kleinen Bühne stand an einem Rednerpult der Bürgermeister, hinter sich ein riesiges Banner mit seinem Konterfei. Es handelte sich um dasselbe Motiv wie auf den Wahlplakaten. Wie stets war an Tavano vom Scheitel bis zu den Schuhen alles perfekt, wenngleich auch er langsam in die Jahre kam, was er mit ein paar Stunden unter der Sonnenbank und sorgsam getönten Haarsträhnen wettzumachen versuchte.

Tavano besaß nicht nur politische Macht, ihm und seiner Familie gehörten auch ein Golf- und Erlebnishotel, zwei Anlagen mit Ferienwohnungen gehobenen Standards sowie ein gut gehender Wellnesstempel. Außerdem betrachtete der Bürgermeister San Pietro als sein Privatrefugium, was die Bewohner des Städtchens einschloss.

Vor der Bühne hatte sich scheinbar ganz San Pietro versammelt. Darunter waren auch viele der neuen Einwohner, die in letzter Zeit in das Neubaugebiet vor den Toren der Altstadt gezogen waren. Aber sie waren nicht gekommen, um Tavano zuzujubeln – wie er es gewohnt war. Im Gegenteil, die Stimmung war aufgeheizt. Und obwohl Tavano mit seinem Mikrofon die akustische Übermacht besaß, wurde er von den Buhrufen und schrillen Pfiffen so sehr gestört, dass er keinen klaren Satz formulieren konnte.

Bardi ließ die Sirene aufheulen, um sich Platz zu verschaffen, und parkte den Streifenwagen hinter der Bühne. Er schickte Antonella nach oben in ihre kleine Wohnung, die sich unterhalb seiner befand. Dann straffte er sowohl Uniform als auch seine Haltung und trat neben die Bühne.

Tavano bemerkte Bardi und warf ihm hilfesuchende Blicke zu. Doch solange es lediglich beim lautstarken Protest blieb, gab es für Bardi keine Veranlassung, einzugreifen.

Da kam für den Bürgermeister Hilfe von unerwarteter Seite. Ein groß gewachsener Mann mit scharfgeschnittenem Gesicht, das ein hipper Henriquatre-Bart zierte, stellte sich vor die Bühne und bedeutete den Anwesenden mit ausladenden Armbewegungen, still zu sein.

Bei dem Mann handelte es sich um Carlo Contini, den Schwager des Bürgermeisters, der nicht nur politisch Tavanos ärgster Gegner war. Als linker Stadtrat war Contini dem rechtskonservativen Bürgermeister ein Dorn im Auge.

Vor einem Jahr hatte ein Skandal San Pietro erschüttert, als Tavanos junge Frau Letitia, bei der es sich zudem um Continis Schwester handelte, wegen fahrlässiger Tötung verurteilt worden war. Sie hatte im Wald ein Drahtseil über einen Weg gespannt, über den von Tavanos Hotel veranstaltete Enduro-Touren führten. Einem schottischen Motorradfahrer war das Seil zur tödlichen Falle geworden. Letitias Motiv war Rache an ihrem Ehemann gewesen, der einige, kaum verborgene, außereheliche Affären hatte. Dank eines gewieften Anwalts hatte das Gericht sie nur wegen fahrlässiger Tötung verurteilt, statt – wie von der Staatsanwaltschaft gefordert – wegen Totschlages. So konnte Letitia darauf hoffen, bereits in knapp zwei Jahren aus dem Gefängnis Capanne bei Perugia entlassen zu werden.

Als die Menge ruhiger geworden war, wandte sich Contini mit kräftiger Stimme an Tavano.

»Wären Sie, verehrter Bürgermeister, bereit, ein paar Fragen zu beantworten?«

Für eine Sekunde spiegelte Tavanos Gesicht den puren Argwohn wider. Doch schnell fand er zu seiner offiziellen Miene zurück. Zähne zeigend lächelte er.

»Nur zu, mein lieber Freund.«

»Stimmt es, dass Sie Fördergelder aus Rom für den Bau einer weiteren Umgehungsstraße beantragt haben?«

»Natürlich. Wir müssen die Mittel ausschöpfen, die Rom uns zugesteht. Die Summen sind bescheiden genug.« Tavano blickte Zustimmung heischend ins Publikum. Und tatsächlich nickten nicht wenige. Erleichtert zeigte der Bürgermeister erneut sein aasiges Lächeln.

»Sie haben den Antrag im Alleingang gestellt, ohne vorher den Stadtrat oder wenigstens den Bauausschuss zu befragen.«

Wieder nickte Tavano. »Sonst würden wir uns ja noch heute um jeden einzelnen Buchstaben des Antrags streiten. Außerdem habe ich als Bürgermeister in dieser Sache die Entscheidungsbefugnis.«

»Ist es nicht vielmehr so, dass Sie den Antrag geheim halten wollen, weil diese Umgehungsstraße hauptsächlich ihre beiden Hotels mit der Strada statale verbindet?«

Wieder entgleiste Tavano das Gesicht. Wieder ertönten Buhrufe.

»Das hat geografische und straßenbautechnische Gründe«, versuchte er sich herauszureden, was jedoch nur dazu führte, dass aus den Buhrufen wüste Beschimpfungen wurden. »Außerdem werde ich ein Programm zur Errichtung neuer Spielplätze aufsetzen.«

»Das hättest du längst tun können«, schrie eine junge Frau.

»Genau. Du bist ein Auslaufmodell«, rief eine weitere Frauenstimme.

Tavanos Gesicht war nun puterrot angelaufen. »Ist das der Dank für über 15 Jahre Dienst an der Gemeinde?«, schrie er so laut ins Mikrofon, dass es eine quietschende Rückkopplung gab. »Ich habe die besten Deals für unsere schöne Stadt herausgeholt. Bei den Technokraten in Brüssel und vor allem in Berlin. Und ausgerechnet jetzt, wo endlich ein anderer Wind in Italien weht, wollt ihr den Vorreiter vom Feld jagen?«

Ein gellendes Pfeifkonzert war die Antwort.

Plötzlich segelte ein kleiner runder Gegenstand auf den Bürgermeister zu.

»Achtung«, rief Bardi.

Doch zu spät, das faule Ei traf Tavano mitten auf der Stirn.

Der Bürgermeister erstarrte. Das nicht mehr sehr gelbe Eigelb lief langsam über seine Nase.

Weitere Eier flogen, doch da hatte Bardi Tavano schon vom Podium gezerrt und dahinter in Sicherheit gebracht. Zumindest vorerst. Denn die Buhrufe wollten nicht aufhören. Eine Bierflasche flog im hohen Bogen über die Bühne und zerbarst wenige Meter hinter Tavano, der sich jetzt wie ein ängstliches Kind an Bardi klammerte. »Verdammt, bringen Sie mich hier raus.«

»In die Wache«, rief Bardi und riss den Bürgermeister in Richtung des Eingangs zur Carabinieri-Station.

»Tavano no. Tavano no. Tavano no«, skandierte die wütende Menge.

Bardi schloss die Tür auf und stieß Tavano hinein. »Rühren Sie sich nicht vom Fleck.«

Dann eilte er zurück zur Bühne, auf der Contini vergeblich versuchte, die Leute zu beruhigen.

Bardi kletterte behänd auf das Podest und stellte sich neben Contini. »Müssen Sie immer Öl ins Feuer gießen?«

»Bei meinem werten Herrn Schwager kann es nicht genug sein«, erwiderte Contini. »Aber jetzt überlasse ich die Bühne gerne Ihnen. Hören Sie die Rufe?«

Tatsächlich brüllten die Leute: »Tavano no, Bardi si.« Erst waren es nur einige, doch schnell wurden es immer mehr.

Verlegen zeigte Bardi seine Handflächen, um die Menschenmenge zu beschwichtigen.

»Ich schlage vor ...«, rief er ins Mikro. Nicht zu laut, damit die Leute gezwungen waren, sich ruhiger zu verhalten, um ihn zu verstehen. »... dass wir uns wieder hier versammeln, wenn sich die Gemüter beruhigt haben. Dann sollen alle Kandidaten die Gelegenheit haben, ihre Programme vorzustellen.«

Erneut ertönten Bardi-Rufe.

»Und nun geht nach Hause. Die Veranstaltung ist beendet.«

Dann tat er etwas, von dem er nicht wusste, warum. »Alles wird gut«, rief er. Dabei reckte er den Daumen seiner rechten Hand in die Höhe.

So verließ er die Bühne. In seinem Rücken schrien die Menschen. »Tavano no, Bardi si.«

Contini fing ihn auf dem Weg ab. »Schon einmal überlegt, in die Politik zu wechseln?«

»Ich bin leidenschaftlicher Nichtwähler.«

»Und ein Naturtalent. Die Leute mögen Sie.« Contini reckte den Daumen in die Höhe. »Alles wird gut. Das ist fast so einprägsam wie Obamas Yes we can.«

»Und was hat es gebracht? America First!«

6. Kapitel

Vor der Werkstatt standen zwei weiße Transporter mit getönten Scheiben und Florentiner Kennzeichen – die Tatortfahrzeuge der Spurensicherung. Männer in weißen Overalls luden Scheinwerfer aus. Als Bardi aus seinem Wagen stieg, kam Emanuele auf ihn zu.

Bevor sie ein Wort miteinander wechseln konnten, meldete sich Bardis *Telefonino.* Sara Melli rief aus der Klinik in Siena an. Cesare Pintores Zustand war stabil. Man hatte ihn ins künstliche Koma versetzt, um eine schnelle Genesung zu ermöglichen.

Erleichtert fragte Bardi, ob ein Arzt in der Nähe sei. Kurz darauf hatte er Dottoressa di Giacomo, die diensthabende Stationsärztin, an der Leitung.

»Der Patient hat Glück gehabt. Es wurden keine lebenswichtigen Gefäße oder Organe in Mitleidenschaft gezogen. Das Projektil ist von einer Rippe abgebremst worden. Wir haben es mitsamt ein paar Knochensplittern entfernt«, erklärte sie.

»Wann wird Pintore vernehmungsfähig sein?«

»Das hängt vom Genesungsprozess ab.«

»Könnten Sie das Projektil bitte sicher verwahren, bis ein Bote der Kriminaltechnik es abholt«, sagte Bardi. Seine Stimme klang ungewollt barsch.

»Wir kennen die Vorschriften«, erwiderte Dottoressa di Giacomo denn auch kurz angebunden.

»Und noch etwas«, sagte Bardi.

»Aber schnell. Ich habe noch eine OP.«

»Ich werde die örtlichen Carabinieri bitten, eine Wache vor Cesare Pintores Krankenzimmer zu postieren.«

»Ist das unbedingt nötig?«

»Möglicherweise versucht der Schütze, sein Werk bei Ihnen in der Klinik zu vollenden.«

»Die anderen Patienten könnten es mit der Angst zu tun bekommen, wenn die Station von der Polizei bewacht würde. Und über einen separaten Trakt verfügen wir leider nicht. Ich kann Ihnen aber versichern, dass sein Aufenthalt anonym gehandhabt wird. Außerdem ist der Zugang zur Intensivstation von außen nur mit Chipkarte möglich.«

Bardi überlegte kurz. Vielleicht hatte die Dottoressa recht. Die Kollegen in Siena wären sicherlich froh, wenn ihnen bei der allgemeinen Personalknappheit dieser zeitaufwendige Job erspart bliebe.

»Okay«, sagte er schließlich.

»Wo ist Andrea?«, wollte Bardi von Emanuele wissen, als das Gespräch beendet war.

»Sie meinen den Sohn?«

Bardi nickte und ging auf die Werkstatt zu.

»Der war nicht sehr gesprächig.« Emanuele deutete auf ein beleuchtetes Fenster in der ersten Etage des Wohnhauses. »Sein Verhalten kommt mir komisch vor. Er hat sich schnell verzogen. Außerdem war er total verschwitzt und sein T-Shirt war schmutzig.«

»Er wollte sicher nur seine Ruhe haben.«

»Kann schon sein.« Emanuele klang wenig überzeugt. »Als ich herkam, telefonierte er. Hat mich zunächst nicht bemerkt. Dann war er richtig erschrocken und hat sein *Telefonino* schnell verschwinden lassen.«

»Wahrscheinlich hat er mit seiner Mutter telefoniert, um zu erfahren, wie es dem Vater geht.«

»Dann hätte er sich anders verhalten. Ich habe nur mitbekommen, dass er was von Stoff faselte. Vielleicht meinte er Drogen.«

»Ich werde ihm nachher auf den Zahn fühlen.« Bardi machte eine Kopfbewegung in Richtung von Emanueles Vespa, die vor der Werkstatt stand. »Und nun ist Feierabend. Morgen früh wartet schon die nächste Aufgabe auf dich.«

»Die da wäre?«

»Finde heraus, wer den Notarzt hierher bestellt hat. Eine Nummer gehört meiner Tochter, aber zuvor hat sich noch jemand anderes gemeldet.«

Emanuele nickte, salutierte kurz und wollte zu seinem Motorroller, blieb dann aber noch einmal stehen.

»Was ist eigentlich mit dieser wilden Müllkippe?«

Bardi berichtete von den Wahlplakaten.

»Dann steckt Tavano dahinter.« Emanueles Gesicht verriet unverhohlene Freude.

»Das müsste man ihm erst beweisen.«

»Ein Bekannter von mir arbeitet im Objektschutz. Alarmanlagen und auch Überwachungskameras. Und er ist mir noch einen Gefallen schuldig.«

»Kommt nicht in Frage«, erwiderte Bardi. »Für Kameras im öffentlichen Raum bräuchten wir einen Gerichtsbeschluss. Und nun verschwinde endlich.«

Bardi betrat die Werkstatt, in der sich neben den beiden weiß gekleideten Männern noch der Polizeifotograf und der Leiter des Teams befanden. Es handelte sich um einen jungen, schlaksigen Mann, mit dem Bardi schon zu tun gehabt hatte.

Sie begrüßten sich mit einem kurzen Nicken. Das von Bardi war freundlich, das des Kriminaltechnikers freudlos.

Der Mann nahm zwei transparente Asservatenbeutel von der Werkbank, auf der ein ganzes Arsenal solcher Beutel lag, in denen von Zigarettenstummeln über Holzsplitter bis hin zu profanem Staub alles Mögliche verwahrt worden war. Er hielt die Beutel ins grelle Licht der Scheinwerfer.

Bardi erkannte zwei Patronenhülsen, was zu Antonellas Aussage passte, dass der Täter zweimal geschossen hatte.

»Neun Millimeter, Parabellum«, erklärte der Leiter der Spurensicherung und legte die Beutel vorsichtig an ihren alten Ort zurück. »Die Parabellum, auch Neun-Millimeter-Luger genannt, ist die am weitesten verbreitete Munition weltweit.«

Bardi brummte missmutig. Das war Wissen aus dem Grundkurs der Polizeiakademie. Wahrscheinlich hing auch dieser Mann dem allgegenwärtigen Vorurteil an, dass Carabinieri grundsätzlich schlecht ausgebildete Dorftrottel seien.

Der Mann trat zwei Schritte an Bardi vorbei und deutete auf ein kaum wahrnehmbares Loch im Türrahmen. »Würde mich nicht wundern, wenn wir hier eines der Projektile finden.«

Bardi nickte. »Die Umgebung muss auch untersucht werden. Der oder die Täter müssen schließlich irgendwie hierher gelangt sein.«

»Dann muss ich morgen zwei weitere Spezialisten anfordern. Das geht dann aber auf Ihre Kappe.«

»Klar«, erwiderte Bardi und dachte mit Grausen an die Diskussionen mit seiner vorgesetzten Dienststelle, in der die Erbsenzähler regierten.

Als er wieder ins Freie trat, war es schon fast dunkel. Ein frischer Wind wehte. Es roch feucht und würzig, so als wäre das Meer nur einen Steinwurf entfernt. Für einen Augenblick schloss Bardi die Augen und sog die Luft ein. Dann machte er kehrt und betrat erneut die Werkstatt.

Der Leiter des Teams kniete jetzt am Boden und platzierte kleine Schilder mit Nummern an der Stelle, wo Cesare Pintore gelegen hatte.

»In spätestens einer Stunde wird es regnen. Wäre es deshalb nicht sinnvoll, die Umgebung sofort zu untersuchen«, erklärte Bardi.

Der Leiter seufzte laut, sah demonstrativ auf seine Armbanduhr und schüttelte den Kopf. »Zu dieser späten Stunde müsste schon eine Bombe auf der Ponte Vecchio explodieren, um zusätzliches Personal zu aktivieren.«

»Warum nehmen Sie nicht Ihre Männer und untersuchen die Umgebung? Vor allem hinter der Werkstatt. Hier drinnen wird der Regen ja keinen Schaden anrichten.«

»Sagen Sie mir nicht, wie ich meine Arbeit zu machen habe«, fauchte der Mann und begann mit dem Polizeifotografen zu tuscheln, der Bardi daraufhin mit einem genervten Blick bedachte.

7. Kapitel

Andrea Pintore stand am Fenster seines Zimmers und blickte in den Abendhimmel. Seine lockigen Haare glänzten nass. Außerdem trug er jetzt eine Chinohose und ein offenes Hemd.

Bardi hatte es sich auf der einzigen Sitzgelegenheit bequem gemacht, einem riesigen Drehsessel, der vor Andreas Schreibtisch stand. Dieser wurde von drei Monitoren und einem martialisch aussehenden Computer dominiert.

»Toller Gamer-PC. Wenn Carabiniere Rossi den sehen könnte, wäre er ganz bestimmt neidisch«, versuchte Bardi ein Gespräch in Gang zu bringen.

»Carabiniere Rossi«, murmelte Andrea abfällig.

»Was ist mit ihm?«

Andrea zuckte nur mit den Schultern.

»War sicher nicht billig.« Bardi deutete auf den Computer.

Andrea warf Bardi einen misstrauischen Blick zu und schwieg.

»Du hilfst also deinen Eltern beim Geschäft?«

Beiläufig betrachtete Bardi die Pinnwand über Andreas Schreibtisch. Eine Korkplatte in einem antiken Rahmen, an die unzählige Fotos gepinnt waren. Hauptmotiv war immer Andrea. Die meisten waren Schnappschüsse in Klubs und Diskotheken. Eines der Fotos zeigte Andrea mit Antonella auf seiner Vespa. Bardi hatte nicht gewusst, dass seine Tochter mit Andrea verkehrte, wenngleich daran nichts Ungewöhnliches war. Schließlich war Andreas Schwester Antonellas beste Freundin. Und bisher war ihm noch nichts Schlechtes über den jungen Mann zu Ohren gekommen – bis auf Emanueles Vermutung bezüglich der Drogen.

Endlich drehte sich Andrea um. Sein Gesichtsausdruck verriet weiterhin Misstrauen.

»Du musst viel zu tun haben. Man sieht dich selten in der Stadt.«

»Stadt?«

»San Pietro.«

»Stadt.« Andrea blies verächtlich Luft durch die Lippen.

»Eher der Großstadttyp, wie?«

»Dort gibt es wenigstens vernünftige Klubs.«

Bardi nickte. »Wo warst du heute Nachmittag mit deiner Mutter?«

»Eine Kommode ausliefern und danach bei einem Importeur in Livorno, der alte Hölzer aus Asien importiert.«

»Hat dein Vater jemanden erwartet, während ihr fort wart?«

»Dann wäre meine Mutter hiergeblieben. Mein Vater führt nur ungern Verkaufsgespräche.«

Das deckte sich mit dem Bild des schüchternen, stillen Mannes, das Bardi von Cesare Pintore hatte.

»Was ist mit Bekannten oder Freunden?«

Wieder zischte Andrea verächtlich. »Die einzigen Freunde meines Vaters sind seine antiquarischen Möbel oder das, was die Kunden für antiquarisch halten.«

»Wie meinst du das?«

»Na, wie viel ist an einem wurmstichigen Stuhl wohl antiquarisch, wenn er restauriert wurde?«

»Wenn dein Vater keine Freunde hat, wie sieht es mit Feinden aus?«, fragte Bardi.

»Mein Vater pflegt keinerlei Kontakte. Wie soll er da Feinde haben?«

»Vielleicht von früher.«

»Seitdem ich denken kann, war mein Vater höchstens dreimal mit meiner Mutter in Florenz in der Oper. Da wird er wohl kaum die Zeit gehabt haben, sich Feinde zu machen.«

»Was hat er denn früher gemacht, bevor er hierhergekommen ist?«

»Papa redet nicht gerne über seine Jugend, weil er so eine Art Tagelöhner war. Davor war er, glaube ich, im Kinderheim. Jedenfalls kennt er seine Eltern nicht.« Andrea seufzte. »Das sind Sachen, auf die man ihn besser nicht anspricht. Er klingt dann immer so ... so traurig.«

»Und du?«

Trotz lag in Andreas Augen. »Wie ich?«

»Hast du Freunde?«

»Klar. Viele.«

»Und was macht ihr so?«

»Abhängen. In Klubs oder im Freien. So was halt.«

»Was ist mit Drogen?«

Andrea zupfte nervös an seinem Hemd. »Mein Vater kämpft im Krankenhaus um sein Leben und Sie fragen mich nach Drogen?«

›Natürlich Drogen‹, dachte Bardi. »Entschuldige«, sagte er. »Was hast du gemacht, nachdem der Notarztwagen weg war?«

»Verdächtigen Sie mich etwa?«

»Natürlich nicht. Du hast ein felsenfestes Alibi.«

»Dann ist ja gut.«

»Die Frage ist reine Routine. Wenn wir Spuren von dir finden, können sie auf diese Weise ausgeschlossen werden. Das erspart viel Arbeit«, sagte Bardi und was er sagte, stimmte sogar. Zumindest halbwegs.

»Ich konnte doch nicht untätig herumstehen. Da habe ich den Verhau hinter der Werkstatt aufgeräumt, wo wir das Holz lagern, das nicht mehr gebraucht wird.«

Jetzt drangen von draußen Rufe ins Zimmer. Andrea blickte durchs Fenster. »Ihre Person wird verlangt.«

Bardi erhob sich. »Kennst du jemanden, der ein rotes

BMW-Cabrio fährt?«

»Nein«, nuschelte Andrea und konnte Bardi dabei nicht in die Augen blicken.

»Und wie sieht es mit jemanden namens Delon aus?«

»Ist das ein Franzose?«

8. Kapitel

»Wir haben frische Reifenspuren auf dem Feldweg hinter der Werkstatt gefunden«, erklärte der Leiter der Spurensicherung, als Bardi aus dem Haus kam.

Er führte Bardi an der Werkstatt vorbei, deren Eingang jetzt mit rot-weißem Flatterband versperrt war. In einiger Entfernung sah Bardi helle Scheinwerfer und vernahm das Summen eines Generators.

Als sie hinter die Werkstatt gelangten, deutete Bardi auf ein tiefes Vordach neben dem Hintereingang. Das musste der Verhau sein, von dem Andrea gesprochen hatte. Unter dem Dach lagen Möbelteile und Holzbretter jeglicher Große.

»Unterziehen Sie auch diesen Bereich einer genauen Untersuchung.«

Als er den genervten Gesichtsausdruck des Leiters sah, fügte er ein »Bitte!« hinzu.

Weiter ging es über einen kurz gestutzten Rasen und durch einen lichten Pinienhain, bis sie schließlich einen schmalen Feldweg erreichten. Da es seit Tagen nicht geregnet hatte, war der Untergrund staubig trocken.

»Wir haben auch Fußspuren gefunden«, erklärte einer der Männer und deutete auf die Stelle am Rande des Weges. »Eine Person. Profilsohle. Ich tippe auf Schuhgröße 42.«

»Und das Auto?«, wollte sein Chef wissen.

»Ein PKW, dem Radstand nach zu urteilen. Außerdem«, der Mann deutete auf eine Stelle ein paar Meter weiter, »haben wir eine kaum aufgerauchte, frische Zigarette entdeckt.«

Das *Telefonino* des Leiters gab eine schrille Melodie von sich. Er trat ein paar Schritte zur Seite, um das Gespräch anzunehmen.

»Der Täter könnte also hier geparkt haben und dann den Weg genommen haben, den wir gerade gekommen sind«, meinte Bardi.

Der Mann von der Spurensicherung nickte. Sein Chef streckte sein *Telefonino* in die Luft. »Unser anderer Kollege hat am Privatweg zum Castello etwas entdeckt.«

Jetzt fielen die ersten feinen Regentropfen, weshalb Bardi und der Leiter eiligen Schrittes den Weg zurückliefen, den sie gekommen waren. An der Auffahrt schwenkte eine weiß gekleidete Gestalt eine Taschenlampe.

Da der Regen zunahm, eilten sie im Laufschritt über den Hof.

»Weiter unten hat vor Kurzem ein Wagen gestanden«, begrüßte sie der Mann. Sie folgten ihm zwei Kurven den Weg hinunter, der zum Castello führte.

»Hier ist es.« Der Mann leuchtete auf den Seitenstreifen, der aus akkurat gekürztem Rasen bestand. »Er ist über den Rasen gefahren und hat dort geparkt.«

Er deutete mit der Taschenlampe den Weg an, den der Wagen genommen hatte. An der ordentlich abgestochenen Rasenkante waren zwei Stellen in Reifenabstand zu erkennen, wo Erde zum Vorschein kam. Ansonsten bestand die Spur aus abgeknickten Grashalmen. Der Wagen war schätzungsweise zehn Meter über den Rasen gefahren, um dann zwischen einem alten mannshohen Mauerstück und einer ausladenden Pinie zu parken.

»Das war kein schwerer Wagen, wahrscheinlich ein Kleinwagen oder Sportwagen«, erklärte der Mann mit der Taschenlampe.

Bardi dachte an den roten BMW, der ihm entgegengekommen war. Wahrscheinlich hatte auch der Fahrer dieses Wagens etwas zu verbergen gehabt. Warum sonst war er nicht auf den Parkplatz gefahren? Aber er hatte lange nicht so viel Vorsicht walten lassen, wie der andere Mann, der von hinten auf das Grundstück gekommen war.

Das würde auch zu dem Notruf passen, der kurz vor dem seiner Tochter abgesetzt worden war.

Bardi vermutete, dass der BMW-Fahrer die Schüsse gehört hatte, den verletzten Cesare Pintore am Boden entdeckte und daraufhin die Notrufnummer wählte. Dann hatte er es – warum auch immer – eilig gehabt, vom Castello wegzukommen.

Denkbar war natürlich auch, dass es sich bei dem BMW-Fahrer um den Täter handelte. Er hatte hier geparkt, auf Cesare Pintore geschossen und war dann schnell verschwunden. Und der andere Mann hatte zufällig auf dem Feldweg hinter der Werkstatt geparkt. Vielleicht, um in Ruhe eine Zigarette zu rauchen. Er hört den Schuss, schaut nach, was geschehen ist und verständigte den Notarzt. Um sich nicht den lästigen Fragen stellen zu müssen, die unweigerlich auf ihn zukommen würden, verschwand er eilig. Bardi hatte dies schon oft erlebt, freilich vor allem bei Verkehrsunfällen. Als Zeuge auf der Wache oder vor Gericht erscheinen zu müssen, war vielen zu aufwendig.

9. Kapitel

Punkt acht Uhr saß Bardi zur allmorgendlichen Rasur im Salon von Giovanni, dem Barbier seines Vertrauens. Noch vor einem Jahr hatte Giovanni mit dem Gedanken gespielt, sein Geschäft mangels Kundschaft zu schließen.

Doch dann hatte der alte Dagoberto, der im Nachbarhaus von Giovannis Laden wohnte, den Lotto-Jackpot von sagenhaften zwölf Millionen Euro geknackt. Zuerst hatte er das Haus, in dem er wohnte, von den Investoren zurückgekauft, die ihn zuvor mit allen Mitteln rausekeln wollten, um seine und die anderen schon leer stehenden Wohnungen in Luxusappartements für reiche Nordeuropäer und Amerikaner umzuwandeln.

Dies hatte auch zur Folge, dass Bardis Lieblingsbar, die wegen der horrenden Pachtforderungen der Investoren hatte schließen müssen, unter neuer Leitung wieder eröffnet worden war.

Damit nicht genug, Dagoberto hatte auch andere Geschäftsleute großzügig unterstützt. So war binnen eines Jahres der schleichende Leerstand in der Altstadt von San Pietro nicht nur gestoppt worden, sondern viele neue Geschäfte sorgten dafür, dass die Einwohner aus dem Neubaugebiet jetzt lieber ihre Einkäufe in San Pietro erledigten, als wie früher in die Einkaufszentren von Florenz zu fahren.

Auch abends herrschte in den Gassen wieder reges Treiben, weil das gastronomische Angebot nun alle Geschmäcker abdeckte.

Und Giovanni, der Barbier, hatte neue Kunden gewonnen: junge Männer, die eine professionelle Pflege ihrer stylishen Bärte zu schätzen wussten.

Da Dagoberto das Haus, in dem sich Giovannis Salon befand, gleich miterworben und die Miete für den Laden gesenkt hatte, war es dem Barbier außerdem möglich gewesen, das Interieur zu erneuern. Als Zugeständnis an seine neue Kundschaft hatte Giovanni seinen Salon in *Giovanni's Barber Lounge* umbenannt.

All diesen Änderungen zum Trotz war Giovanni ganz der Alte geblieben. Mit wichtiger Miene hatte er Bardis Wangen und Kinn eingeseift. Jetzt begann er mit ausholenden Armbewegungen die Rasur.

»Meine Stimme haben Sie, Capitano.«

Bardi versuchte, etwas zu entgegnen, bekam aber sofort etwas Rasierseife in den Mund.

»Alles wird gut ... wenn Tavano erst einmal vom Sockel gestoßen ist. Der König ist tot, lang lebe der König. Und der sind Sie.« Giovanni hatte sichtlich Freude an seinen Wortspielen.

Bardi hatte seinem gestrigen Auftritt keine große Bedeutung beigemessen. Dennoch hätte er spätestens auf dem kurzen Weg zu Giovanni bemerken müssen, dass sich etwas anbahnte. Nämlich zu dem Zeitpunkt, als sein Freund Mirri, dessen Delikatessladen mitsamt kleiner Trattoria in der gleichen Gasse wie *Giovanni's Barber Lounge* lag, ihn wortlos mit emporgerecktem Daumen begrüßt hatte.

Endlich war Giovanni mit der Rasur fertig.

»Ich kann nicht Carabiniere und Bürgermeister in Personalunion sein«, erklärte Bardi, während Giovanni mit einem Alaunstein über die noch feuchten Wangen fuhr, um Hautirritationen vorzubeugen. Das Salz brannte auf der Haut, wich jedoch bald einem wohlig frischen Gefühl.

»Apropos Personalunion: Tavano ist Hotelier und Bürgermeister. Genau in dieser Reihenfolge.« Giovanni wusch den Film, den der Alaunstein auf Bardis Gesicht hinterlassen hatte, vorsichtig mit einem Schwämmchen ab und trocknete es mit einem Tuch.

»Noch etwas Creme?«, bot Giovanni wie stets an, seit sein Laden sich Barber Lounge nannte. Und wie stets lehnte Bardi ab.

Er erhob sich aus seinem Stuhl und nahm seine Uniformjacke von der Garderobe. »Politik interessiert mich nicht.«

»Zunächst zieren sie sich alle«, lachte Giovanni, öffnete mit wohldosiertem Schwung die Eingangstür und reckte Bardi seinen erhobenen Daumen entgegen.

»Sie und Ihre Weisheiten, Giovanni.« Spöttisch grinsend trat Bardi auf die Gasse.

»In drei Monaten sind Sie Bürgermeister. Darauf gehe ich jede Wette ein«, rief Giovanni ihm hinterher.

»Diese Wette verlieren Sie.«

»Alles wird gut«, hatte der Barbier das letzte Wort.

Bardi betrat die benachbarte Bar *Puccini*.

Alberto Benigni, der Wirt der Bar, begrüßte ihn zum Glück nicht mit erhobenem Daumen.

Das tat dafür der Pfarrer San Pietros - Padre Adriano. Er saß an einem der kleinen Tische, die beidseitig den Weg zum Tresen flankierten, las in der Zeitung und trank einen Espresso.

Bardi, der keine Lust auf ein weiteres Gespräch über die Kandidatur zum Bürgermeister hatte, nickte nur kurz und flüsterte ein »Monsignore«, als er an Padre Adrianos Tisch vorbeikam.

»Wie immer?«, fragte Alberto über den Tresen hinweg.

»Wie immer«, erwiderte Bardi.

Alberto war der Sohn der Leiterin der örtlichen Scuola Primaria. Obwohl der junge Mann ein Diplom in Volkswirtschaft besaß, war es ihm – wie so vielen seiner verlorenen

Generation – nicht gelungen, einen adäquaten Job zu finden. So hatte er die Gelegenheit am Schopf ergriffen und mithilfe eines Zuschusses des alten Dagoberto die Bar Puccini wiederbelebt. Dies hatte leider auch zur Folge, dass Alberto kaum mehr zum Training des San Pietro Polo Clubs kam, dem auch Bardi und Tavano, der Bürgermeister, angehörten. Immerhin nahm Alberto regelmäßig an den Spielen teil, wo er auch ohne Training seine Klasse bewies.

Während Alberto an der Espressomaschine die Milch aufschäumte, begann er dann doch, über Tavanos gestrigen Auftritt zu sprechen.

»Der Mann ist eindeutig ein Auslaufmodell. Wir brauchen hier jemanden, der die Leute wirklich versteht. Jetzt, wo es San Pietro wieder besser geht, muss ein modernes Citymanagement her.«

Langsam goss Alberto den Espresso in das Milchglas, um es dann zusammen mit dem Cornetto vor Bardi auf den Tresen zu stellen.

»Genau«, kam die sonore Stimme des Padres von hinten. »Wie ich höre, sind Sie nicht abgeneigt, Capitano.«

Bardi wollte gerade etwas entgegnen, als in seiner Uniformjacke das *Telefonino* vibrierte.

Am anderen Ende war die Stationsärztin aus Siena – Dottoressa di Giacomo. Mit übermüdeter Stimme berichtete die Medizinerin, dass Cesare Pintore langsam aus dem künstlichen Koma geholt werde und wahrscheinlich am nächsten Tag bereit für eine kurze Befragung sei.

10. Kapitel

»Florenz hat sich gemeldet«, begrüßte Emanuele seinen Chef, als dieser die Wache betrat. »Commissario Meister möchte, dass wir uns vorerst allein um den Fall Cesare Pintore kümmern. Weil ...«

»... weil die Kriminalpolizei von Florenz über beide Ohren mit wichtigeren Fällen befasst ist«, vollendete Bardi.

»Genau.«

Bardi hatte vor ein paar Jahren zusammen mit Commissario Meister, einem jungen Südtiroler, den Mord an einer deutschen Touristin aufgeklärt. Damals war Meister noch eine mittlere Charge bei der Kriminalpolizei gewesen. Mittlerweile war er zum Leiter der Abteilung für Verbrechensbekämpfung aufgestiegen.

»Und was haben unsere Freunde von der Kriminaltechnik für uns?«, fragte Bardi.

»Die Spurensicherung war bis in den frühen Morgen vor Ort. Mit vorläufigen Ergebnissen ist nicht vor morgen Mittag zu rechnen.«

Bardi nickte zufrieden.

»Eine Sache haben sie doch«, fügte Emanuele hinzu und konnte sich ein Grinsen nicht verkneifen.

»Dann raus mit der Sprache.«

»Sie haben zwischen ein paar Brettern hinter Pintores

Werkstatt eine kleine Tüte mit fünf kleinen blauen Pillen gefunden. Ninja Turtles.«

»Ninja Turtles?«

»MDMA, besser bekannt als Ecstasy.«

»Dann werden wir uns später noch mal Andrea vorknöpfen müssen«, seufzte Bardi. »Und wer hat den Notarzt benachrichtigt?«

»Die Nummer gehört zu einer Prepaid-SIM-Card. Sie wurde noch zu der Zeit gekauft, als man sich für die Inbetriebnahme nicht mit dem Personalausweis registrieren musste.«

»Also kein Name?«

Emanuele schüttelte den Kopf und grinste wieder.

»Und darüber bist du froh?«

»Ich habe meine Kontakte spielen lassen und ...«

»Verdammt, wenn ich Ratespiele machen möchte, schalte ich Canale 5 ein.«

»Seit wann wissen Sie, was auf Canale 5 läuft?«, spielte Emanuele darauf an, dass Bardi keinen Fernseher besaß.

»Überspann den Bogen nicht.«

Emanuele blätterte in den Computerausdrucken, die vor ihm auf dem Schreibtisch lagen. »Ein Bekannter von mir kennt jemanden beim Telefonanbieter.« Emanuele blickte vorsichtig zu seinem Chef hinüber, der ungeduldig mit den Fingern auf den Schreibtisch trommelte. Entschuldigung. Unwichtig. Also ich habe mir die Daten der Funkzellen besorgt, über die das Handy in letzter Zeit angemeldet war. Und dabei fällt auf, dass es am längsten in Colle di Val d'Elsa geortet werden konnte. Wir können also annehmen, dass derjenige, der den Notarzt angefordert hat, dort wohnt. Wenn wir jetzt noch einen Abgleich mit allen Haltern von roten BMW-Cabrios machen, dann ...«

»Das dauert zu lange«, rief Bardi.

***

40 Minuten später erreichten sie die etwas über 30 Kilometer entfernte Stadt Colle di Val d'Elsa, die in den westlichen Ausläufern jener Hügelketten lag, die das Gebiet zwischen Florenz und Siena prägten. Die Stadt war weltweit bekannt für ihre Kristallglasproduktion. Sie unterteilte sich in eine moderne, industriell geprägte Unterstadt und den sehenswerten historischen Teil, der auf einem Hügel lag.

Zu seiner Schande musste Bardi gestehen, dass er bisher immer an Colle di Val d'Elsa – kurz Colle genannt – vorbeigefahren war, wenn er das nahe gelegene San Gimignano besucht hatte, das auch in den Reiseführern stets einen Spitzenplatz bei den als sehenswert empfohlenen Orten in der Toskana einnahm. In dieser Hinsicht führte Colle wie auch San Pietro ein Schattendasein. Das war der Fluch, wenn man in einer mit Attraktionen im Überfluss gesegneten Region beheimatet war. Der Segen bestand darin, dass die Orte abseits der üblichen Touristenrouten nicht so überlaufen waren.

Emanuele hatte mithilfe der GPS-Daten, die er von dem Telefonanbieter erhalten hatte, die ungefähre Adresse ermittelt. Sie befand sich in der alten Oberstadt, die sich als ein kleines Labyrinth aus engen mittelalterlichen Gassen entpuppte.

Bardi hatte den Streifenwagen auf einem Parkplatz ein paar Schritte unterhalb der Oberstadt geparkt. Oben angekommen, trennten sie sich, um den BMW zu suchen.

Während Emanuele die Via Francesco Campana nahm, suchte Bardi die parallel laufende Via XX Settembre ab und hatte Glück. Schon nach wenigen Metern entdeckte er ein rotes BMW-Cabrio, das auf einem der wenigen ausgewiesenen Flächen parkte. Er rief die Carabinieri-Zentrale in Florenz an und gab das Autokennzeichen durch. Es dauerte nur Sekunden, bis er einen Namen und die Adresse hatte. Jarno Roll, Via XX Settembre 70.

Bardi gab Emanuele Bescheid.

Wenige Minuten später standen Bardi und Emanuele vor einem zweistöckigen Haus aus Naturstein. Es war das letzte in der Gasse, lag versteckt hinter einer Biegung und machte im Gegensatz zu den anderen Gebäuden in der Altstadt einen heruntergekommenen Eindruck. An der Haustür befanden sich zwei anonyme Klingelknöpfe. In der oberen Etage war ein Fenster geöffnet, aus dem ein gut vernehmliches Schnarchen zu hören war.

»Noch schläft er den Schlaf der Gerechten«, raunte Bardi seinem Assistenten zu und deutete auf den verwilderten Garten neben dem Haus. »Du bewachst den Hinterausgang.«

Emanuele bahnte sich einen Weg durch das Distel-Gestrüpp.

Bardi wartete einen Augenblick. Dann drückte er den oberen Klingelknopf. Ein lautes Schnarren ertönte. Wenig später fluchte jemand und ein feistes, unrasiertes Gesicht erschien am offenen Fenster. Es gehörte einem Mann von Mitte 20, der sich schlaftrunken die Augen rieb.

»Jarno Roll?«, fragte Bardi.

Der Mann riss panisch die Augen auf und verschwand aus Bardis Gesichtsfeld. Aus dem Inneren polterte und schepperte es, jemand fluchte. Bardi hämmerte gegen die Haustür. Schließlich gellte ein Schrei von der Rückseite des Hauses zu Bardi hinüber.

11. Kapitel

Zwischen Mülltonnen und Kartons mit leeren Wein- und Spirituosenflaschen krümmte sich Emanuele auf dem Boden. Als er seinen Chef sah, deutete er auf einen verrotteten Zaun und stöhnte: »Da ist er lang.«

Bardi riss seine Dienstwaffe aus dem Holster und eilte zum Zaun, hinter dem sich ein steiler, mit Gestrüpp bewachsener Abhang befand, der die Altstadt von der Unterstadt trennte. Weiter unten sah Bardi eine dickliche Gestalt, lediglich mit Boxershorts und einem bunten Poloshirt bekleidet, die sich durch das Gestrüpp kämpfte.

Kurz überlegte Bardi, über den Zaun zu steigen. Doch Rolls Vorsprung war zu groß. Deshalb richtete er seine Waffe auf den Flüchtenden und schrie: »Sofort stehen bleiben.«

Tatsächlich wandte sich Roll um und zielte seinerseits mit einer Pistole auf Bardi.

Instinktiv duckte sich Bardi. Als er sich wieder aufrichtete, war Roll verschwunden.

Bardi betrachtete Emanuele, der mit resigniertem Gesichtsausdruck auf dem Boden kniete.

»Alles okay?« Bardi half Emanuele auf.

»Tut mir leid«, sagte Emanuele mit zittriger Stimme und klopfte seine Uniform sauber. »Aber der kam wie ein Blitz aus der Tür geschossen und hat mich mit so einem Kung-Fu-Tritt außer Gefecht gesetzt. Dabei ist er mindestens einen Kopf kleiner als ich und dürfte das Doppelte wiegen.«

»Außerdem ist er ja bewaffnet«, beruhigte Bardi ihn.

Emanuele sah auf seine leeren Hände. »Verdammt.«

»Was ist los?«

»Meine Dienstwaffe ...«

»Scheiße«, rutschte es Bardi raus.

»Und nun?«, fragte Emanuele ängstlich.

Bardi überlegte. Normalerweise musste der Verlust einer Dienstwaffe sofort gemeldet werden. Doch führte dies zu einem Makel in Form eines nicht zu tilgenden Eintrags in der Personalakte. Außerdem zog ein solcher Verlust unangenehme interne Untersuchungen nach sich. »Wir behalten den Verlust erst einmal für uns. Weit kann Roll ja nicht kommen. Wenn wir ihn bis morgen nicht mitsamt deiner Waffe festnehmen, müssen wir es melden.«

»Okay«, erwiderte Emanuele kleinlaut.

Bardi atmete tief durch und gab an die Leitstelle der Carabinieri eine Personenfahndung für Jarno Roll heraus. Dabei warnte er, dass Roll bewaffnet sei.

»Weit wird der nicht kommen«, wiederholte Bardi nach dem Telefonat – wohl auch, um sich selbst Mut zu machen – und stieß die Tür zum Haus auf.

Dahinter kam ein erstaunlich weitläufiger Hausflur zum Vorschein, in dem es nach Staub und Moder roch. Die beiden Carabinieri stiegen die breite Steintreppe hinauf, die zu Rolls Wohnung führte. An den Wänden zeugten verblichene Fresken vom einstigen Glanz des Hauses.

Die einzige Tür in der oberen Etage stand offen und gab den Blick auf eine große Einraumwohnung frei, die zwar geschmacklos, aber offensichtlich teuer eingerichtet war.

Der Boden war mit Marmor belegt, an den Wänden klebten Textiltapeten mit orientalisch anmutenden Motiven.

Der Raum wurde von einem großen Wasserbett dominiert. Ein riesiger Fernseher hing an der Wand und flimmerte stumm vor sich hin. Neben dem Bett lagen mehrere Champagnerflaschen und ein Jackett, auf dem wiederum ein Haufen Geldscheine lag. Hauptsächlich Zehner und Zwanziger. Bardi schätzte, dass es sich um mindestens 1.000 Euro handeln musste.

In einer Nische stand eine auf alt getrimmte Badewanne mit goldenen Wasserhähnen auf gusseisernen Füßen. Eine Küche suchte Bardi vergeblich. Nur ein doppeltüriger Kühlschrank mit Eismaschine war zu entdecken.

Von draußen drangen Sirenengeräusche in die Wohnung. In der Unterstadt machten die hiesigen Carabinieri Jagd auf Jarno Roll.

»Chef.« Emanuele hatte die verspiegelte Schiebetür des Wandschrankes aufgeschoben, der eine ganze Seitenwand bedeckte.

Dahinter kam eine endlose Reihe von Anzügen zum Vorschein, die nach den Farben eines Regenbogens sortiert waren. Jarno Roll liebte es anscheinend bunt. Emanueles Aufmerksamkeit erregten jedoch nicht die Papageienanzüge, sondern eine Aluminiumkiste, die aufgeklappt neben einem Staubsaugerroboter stand.

Er griff hinein und streckte mehrere Beutel mit blauen Pillen in die Höhe.

12. Kapitel

Eine Stunde später saßen Bardi und Emanuele im Hinterzimmer der Carabinieri-Wache von Colle dem Chef der Station, Tenente Arcuri, gegenüber. Bardi kannte ihn schon lange. Sie waren ungefähr im selben Alter und sich einige Male bei Schulungen in Florenz begegnet.

Die Wache befand sich an einem belebten Platz mit Springbrunnen und Obelisken. Da es mittlerweile ziemlich heiß geworden war, hatte Arcuri den Wachhabenden beauftragt, drei große Portionen Eis aus der benachbarten Gelateria zu holen.

Bardi hatte Arcuri in groben Zügen in seine Ermittlungen eingeweiht. Zunächst hatte er gezögert, das Missgeschick mit Emanueles Dienstwaffe zu erwähnen. Doch dies zu unterlassen, wäre fahrlässig gewesen, zumal Bardi Arcuri nicht als Paragrafenreiter einschätzte. Arcuri versprach denn auch, das Verschwinden der Dienstwaffe diskret zu behandeln.

Sie löffelten erfrischendes Limetteneis, als das Handfunkgerät, das neben Arcuris Eisbecher lag, ein knarzendes Geräusch von sich gab. Arcuri meldete sich und Bardi konnte dem Dialog entnehmen, dass Roll entwischt war.

Wütend knallte Arcuri das Funkgerät auf den Tisch. »Diese Leute sind wie Ratten. Sie finden immer ein Loch, durch das sie entkommen können.«

Er löffelte ein paar Happen Eis und musterte dann Bardi. »Du hättest mich vorab informieren sollen, dann wäre dieser ganze Schlamassel nicht passiert.«

Bardi nickte schuldbewusst. »Was ist dieser Roll denn für ein Typ, abgesehen davon, dass er eine Ratte ist?«

»Roll ist hier geboren. Eigentlich war er immer unauffällig. Ein paar Jahre hat er die Jugend im Karateklub trainiert. Auch meinen Jungen ...« Arcuri holte ein Foto aus der Brieftasche, das seine Familie zeigte, die aus Frau, zwei Töchtern und einem Sohn bestand. Er tippte auf den Jungen, der alle überragte. »Nick. Seit zwei Jahren spielt er Basketball.«

Bardi murmelte ein paar Komplimente, um Arcuri einen Gefallen zu tun.

»Roll hat mal hier, mal dort gearbeitet. Gekellnert und so weiter. Seit einiger Zeit gehört er zu jenen jungen Leuten mit schnellem Wagen, teurer Uhr am Handgelenk und Geldbündel in der Gesäßtasche der Designerjeans.«

Bardi nickte wissend.

»Solange wir keine konkreten Hinweise auf eine Straftat haben, müssen wir uns mit Ausweiskontrollen und ähnlichen kleinen Piesackereien begnügen«, fügte Arcuri hinzu.

»Was ist mit der Guardia di Finanza?«

»Auf die Idee sind wir auch schon gekommen. Roll ist stellvertretender Geschäftsführer einer Diskothek unweit von hier. Ihr müsstet eigentlich auf dem Weg von San Pietro hierher an ihr vorbeigekommen sein.«

»*Amnesia*?«, fragte Emanuele.

Arcuri nickte und Bardi sah seinen Assistenten verwundert an, was zur Folge hatte, dass Emanueles Gesicht die Farbe eines Granatapfels annahm.

»Ich war ein, zweimal dort«, stotterte Emanuele verlegen.

»Die Diskothek ist bei den jungen Leuten aus der ganzen Toskana beliebt«, kam Arcuri ihm zur Hilfe.

Bardi nickte. »Dann verdient ein stellvertretender Geschäftsführer dementsprechend.«

Arcuri lachte spöttisch. »Einer vielleicht. Aber nicht fünf.

Denn so viele hat das Etablissement. Das sind natürlich alles Pro-forma-Jobs, die als Alibi für illegale Einnahmen dienen.«

»Aber beweisen kann man das nicht«, ergänzte Bardi.

»Natürlich nicht«, presste Arcuri zwischen geschlossenen Zähnen hervor.

13. Kapitel

Die Diskothek fügte sich nahtlos zwischen den Lagerhallen des Gewerbegebiets ein, das sich vor Colle im Niemandsland befand. Über dem von Repliken altrömischer Säulen gesäumten Eingang prangte in riesigen Neonbuchstaben: *AMNESIA*.

Bardi musste zugeben, dass der Name passte, dienten diese modernen Kultstätten der Jugend doch letztendlich dem gnädigen Vergessen des tristen römischen Alltags mit seiner Arbeits- und Orientierungslosigkeit. Er drückte die Klingel neben der schweren Stahltür. Wenig später öffnete ein Mann mit sorgfältig gestutztem Dreitagebart. Die Bräune seines Gesichts wurde durch das weiße Hemd, das er trug, hervorgehoben, seine blauen Augen strahlten hell.

»Dürfen wir eintreten?«, fragte Bardi höflich, wobei er dem Mann seinen Dienstausweis unter die Nase hielt.

»Wir haben nichts zu verbergen«, entgegnete der Mann. Ein spöttisches Lächeln umspielte seine Lippen, während er zur Seite trat und eine einladende Geste machte.

Bardi und Emanuele betraten einen breiten Gang, der im Dämmerlicht lag.

»Sie sind?«, fragte Bardi, als der Mann sich anschickte, ihnen den Weg zu leiten.

»Dario Gaudiano, der Geschäftsführer.«

»Sehr gut«, erwiderte Bardi und folgte Gaudiano mit Emanuele im Schlepptau in einen dunklen Raum, dessen riesige Ausmaße er nur erahnen konnte. Er fühlte sich an die Hallen des Computerchip-Herstellers erinnert, die er vor vielen Jahren in Catania besichtigt hatte. Steril und seltsam leer. Es roch nach Chlorreiniger und etwas Fruchtigem, das er nicht zuordnen konnte.

Gaudiano führte sie zu der längsten Bar, die Bardi jemals gesehen hatte.

Der Geschäftsführer beugte sich über den Tresen und drückte einen unterhalb der Platte verborgenen Knopf, woraufhin eine fast unsichtbare Tür in der Wand neben der Bar aufsprang.

»Mögen die Herren eine Erfrischung?«, fragte Gaudiano, nachdem er durch die Tür gegangen und auf der anderen Seite des Tresens wieder aufgetaucht war.

Bardi und Emanuele schüttelten unisono den Kopf, was Gaudiano wieder zu einem spöttischen Lächeln verleitete.

»Worum geht es also?«

»Um einen Ihrer Stellvertreter namens Jarno Roll«, erklärte Bardi.

»Was ist mit Rollo?«

»Nach ihm wird gefahndet.«

Gaudiano schnaubte verächtlich.

»Wissen Sie, wo er sich aufhalten könnte?«, fragte Bardi.

»Ich kann Ihnen gerne seine Adresse raussuchen«, erwiderte Gaudiano betont höflich.

»Spiel hier nicht den Schlaumeier«, schaltete sich jetzt Emanuele ein. »Wo ist Jarno Roll?«

Gaudiano zuckte mit den Schultern. »Ich verkehre nicht privat mit ihm.«

»Ist bei fünf Stellvertretern ja auch schwer«, rief Emanuele.

»Wir sind der größte Klub in der ganzen Toskana. Nicht nur flächenmäßig, sondern auch bei den Besucherzahlen. Wir kommen am Wochenende auf 2.000 Gäste. Da können Sie sich vorstellen, dass sich solch ein Laden ...«, Gaudiano beugte sich zu Emanuele vor, der instinktiv zurückwich, »... nicht wie eine Dorftrattoria führen lässt.«

»Und welche Aufgaben erledigt Jarno Roll für Sie?«, wollte Bardi wissen.

»F & B Service Manager«, antwortete Gaudiano. »Sie verstehen?«

»Food and Beverage«, sagte Emanuele ruhig und stemmte dann blitzartig beide Fäuste auf den Tresen, sodass Gaudiano seinerseits erschrocken zurückwich. »Wie wär's, wenn wir heute Abend noch einmal mit ein paar Kollegen wiederkommen?«

Bardi blickte verstohlen zu seinem Assistenten hinüber. So ehrlich wütend hatte er Emanuele noch nie erlebt. Und Gaudiano schien tatsächlich etwas Angst zu bekommen, denn er hob beschwichtigend die Hände. »Ich weiß leider wirklich nicht, wo Jarno Roll sich aufhält.«

Bardi glaubte Gaudiano, trotzdem interessierte ihn noch eine Frage. »Wem gehört das alles hier?«

»Einer Investmentgesellschaft«, antwortete Gaudiano ausweichend.

»Namens?«

»*F.M. Private Equity Partners*«, erwiderte Gaudiano zögernd. »*SGR S.p.A.*«

»Wofür steht *F.M.*?«

Gaudiano schwieg.

»Das sind doch die Initialen von Franco Mauro?«

Gaudiano nickte langsam.

»Waren Sie auf seiner Beerdigung?«

Wieder nickte Gaudiano zögernd.

»Und war Jarno Roll auch auf seiner Beerdigung?«

Gaudiano nickte.

Bardi musterte das braun gebrannte Gesicht seines Gegenübers. Gaudianos Augen schienen durch ihn hindurchzusehen. Sein Mund war nur noch ein Strich. Verschlossen, komme was wolle. Das Gehirn abgeschaltet. Keine Gedanken. Denn schon Gedanken konnten genügen, um zum Verräter zu werden. Und zur Beerdigung eines Verräters kam niemand, weil niemand trauerte.

»Wir finden selbst hinaus«, durchbrach Bardi schließlich die Stille und sowohl Emanuele als auch Gaudiano zuckten zusammen.

Als Bardi und Emanuele den Ausgang erreichten, hörten sie hinter sich Gaudianos Stimme.

»Sie sind jederzeit willkommen. Aber bitte ohne Kollegen und in Zivil. Gratis-Drinks inklusive ...«

Emanuele wartete, bis sein Chef ihm nach draußen gefolgt war. Dann warf er die schwere Tür donnernd zu und zischte: »Mafia-Arschloch.«

»Ruhig«, ermahnte Bardi ihn. Aber natürlich war Emanueles Reaktion verständlich. Franco Mauro entstammte einer kalabrischen ’Ndrangheta-Familie und hatte in der Toskana das große Rad gedreht. Egal ob Drogen, Prostitution, illegale Müllentsorgung oder Geldwäsche, es gab kaum einen Bereich der Organisierten Kriminalität, in den Franco Mauro nicht verwickelt gewesen war. Bardi verfluchte den Tag, an dem er das erste Mal mit dem Mafiaboss in Kontakt gekommen war. Nachdem Franco Mauro gestorben war, hatte er drei Kreuze gemacht, obwohl er nicht sonderlich gläubig war. Aber natürlich hätte er es besser wissen müssen. Die Mafia war wie ein Tintenfisch. Wurde ein Tentakel abgeschlagen, gab es noch genügend andere oder ein neuer wuchs nach.

Als sie den Streifenwagen erreichten, wies Bardi Emanuele den Fahrersitz zu.

»Was war denn mit dir los?«

»Entschuldigung, Chef. Es war nur ...« Emanuele sah wie ein unterwürfiger Welpe zu Bardi hinüber.

»Achte gefälligst auf die Straße«, raunzte Bardi. Dann kicherte er. »Das war gut. Richtig gut.«

Für ein paar Minuten kehrte Schweigen ein.

»Glauben Sie, dass die Mafia hinter den Schüssen auf Pintore steckt?«, fragte Emanuele schließlich.

»Möglich ist alles. Aber ich glaube nicht, dass Roll der Schütze war. Die ’Ndrangheta würde subtiler vorgehen. Zumindest hätte es Franco Mauro so gehalten.«

»Aber der liegt im Grab«, warf Emanuele ein.

14. Kapitel

Nachdem er Emanuele an der Wache abgesetzt hatte, verputzte Bardi bei Mirri einen Teller Pasta kombiniert mit Hackfleischbällchen im knusprigen Couscousmantel und frischen Tomaten samt Basilikum. Die köstliche *Torta della Nonna*, ein nicht zu süßer Mürbeteigkuchen mit Vanillecremefüllung und Pistazien, rundete das Geschmackserlebnis ab.

Auf dem Weg nach draußen stieß er mit Carlo Contini, dem Schwager des Bürgermeisters, zusammen.

Nachdem beide sich mehrmals entschuldigt hatten, nahm Contini ihn zur Seite. »Ich würde Sie gerne jemandem vorstellen.«

Bardi blickte sich suchend um, was ein Lächeln auf Continis Antlitz hervorrief.

»Nicht hier. In Siena, bei der Versammlung unserer Liste am Freitagabend.«

»Welche Liste?«

»Entschuldigung, wenn ich das so sage, aber Sie sind heute schwer von Kapee, Capitano. Ich rede von unserer Liste, die auch hier zur Gemeindewahl antritt. Ihre Rede hat die Aufmerksamkeit einiger wichtiger Leute erregt.«

»Wer möchte mich denn kennenlernen?«, fragte Bardi.

»Unsere Vorsitzende. Eine interessante Frau. Sie wird Ihnen gefallen.«

Bardi zögerte.

»Außerdem brauche ich einen Fahrer.« Contini spielte auf den Umstand an, dass er keinen Führerschein besaß.

Bardi seufzte und zuckte mit den Schultern.

»Okay. Ich werde Freitagabend Punkt 19 Uhr vor Ihrer Tür stehen«, rief Contini und verschwand in Mirris Laden, bevor Bardi etwas erwidern konnte.

***

Bardi parkte den Streifenwagen vor dem Haupthaus des Castellos. Draußen umfing ihn die Nachmittagshitze wie eine warme Decke, binnen Sekunden bildeten sich auf seiner Stirn Schweißperlen.

An der Tür zu den Verkaufsräumen hing ein Schild mit der Aufschrift *chiuso per malattia*. Bardi ging um das Haus herum und klopfte an den Hintereingang. Ein Fenster in der ersten Etage wurde aufgestoßen und Andrea Melli steckte seinen Kopf heraus. Er trug überdimensionale Kopfhörer.

»Meine Mutter ist nicht da«, schrie er.

»Ich möchte dich sprechen«, rief Bardi.

»Was?«

Bardi deutete auf seine Ohren. Andrea verstand und nahm die Kopfhörer ab.

»Ich habe noch ein paar Fragen an dich.«

»Ich spiele gerade. Ich komme in fünf Minuten runter«, erklärte Andrea, setzte seine Kopfhörer wieder auf und knallte die Fensterläden zu, bevor Bardi etwas erwidern konnte.

Kopfschüttelnd drückte Bardi die Klinke der Hintertür. Sie gab nach. Innen herrschte jene angenehme Kühle, die nur alte Gemäuer zu erzeugen vermochten.

Bardi stieg die Steintreppe hoch. Sie mündete in einem schmalen Gang, dessen Boden mit teurem Parkett ausgelegt war. In die Decke waren kleine Scheinwerferspots eingelassen, die ein sanftes Licht abgaben. Von seinem vorherigen Besuch wusste er, dass sich Andreas Zimmer rechter Hand hinter der zweiten Tür befand. Die Tür war nur angelehnt und Bardi vernahm leise Klickgeräusche, die von Gemurmel begleitet wurden. Vorsichtig schob der die Tür auf. Der Raum vor ihm lag im Halbdunkel.

Andrea, die Kopfhörer auf dem Kopf, saß vor den drei Monitoren, ein Gamepad in beiden Händen. Auf den Monitoren war eine mittelalterliche Stadt zu erkennen, deren Kulisse Bardi seltsam bekannt vorkam. Andrea veränderte die Perspektive auf dem einen Schirm und eine riesige rote Kuppel kam ins Sichtfeld. Jetzt wusste Bardi, um welchen Ort es sich handelte: Florenz. Der Kleidung nach zu urteilen, welche die Menschen auf den Straßen trugen, war das Spiel in der Hochrenaissance der Medici angesiedelt, jener künstlerisch und geistig fruchtbaren Epoche nach dem Mittelalter.

Einen Augenblick versank Bardi in der virtuellen Welt, doch dann folgte sein Blick dem Stromkabel, das vom Schreibtisch zu einer Steckdose neben der Tür führte. Kurzentschlossen bückte er sich und zog den Stecker.

»Verdammt«, rief Andrea, schmiss sein Gamepad auf den Schreibtisch und betätigte hektisch den Schalter seines PCs.

Bardi trat hinter den jungen Mann und ließ das Kabelende vor dessen Gesicht baumeln.

Andrea drehte sich auf seinem Sessel um und blickte Bardi wütend an.

Bardi ließ das Kabel zu Boden gleiten, trat ans Fenster und stieß die Läden auf. Das Licht blendete Andrea. »Verdammt.«

»Kennst du einen Jarno Roll aus Colle? Freunde nennen ihn Rollo.«

»Nein«, erwiderte Andrea und drehte sich zur Seite, um nicht weiter geblendet zu werden. Aber wohl auch, um Bardi nicht ins Gesicht blicken zu müssen.

Bardi schnalzte verächtlich mit der Zunge. »Okay. Fangen wir anders an. Sagt dir der Name Mauro etwas?«

»Nein.«

»Den Mauros gehört die Großraumdisco *Amnesia* kurz vor Colle. Den Laden kennst du als eifriger Klubgänger sicher.

Oder?«

Andrea nickte langsam.

»Die Mauros sind eine sogenannte ehrenwerte Familie. Du weißt, was damit gemeint ist?«

»Und was hat das mit mir zu tun?«

»Langsam. Mit den Mauros ist nicht zu spaßen. Denn ehrenwert ist an denen nichts. Nehmen wir an, ein kleiner Drogendealer, der über einen Mittelsmann Pillen von den Mauros bezieht – so ein wirklich kleiner Fisch, der am Wochenende ab und zu ein bisschen Ecstasy verkauft – verliert eine Tüte mit den bunten Pillen. Was glaubst du, was mit dem passiert?«

Andrea zuckte mit den Schultern.

»Gut möglich, dass ihm nur ein Finger abgehackt wird. Dann hat das arme Schwein Glück gehabt. Aber was, wenn er seine Schulden nicht bezahlen kann?«

Andrea schwieg.

»Dann verschwindet so jemand spurlos in einem Fass mit Säure. Nichts bleibt von ihm übrig. Schau mich gefälligst an, wenn ich mit dir rede.«

Zögernd sah Andrea auf. Lange hielt sein Blick jedoch nicht dem Bardis stand.

»Wir haben hinter der Werkstatt einige Beutel mit chemischen Drogen gefunden. Ich nehme nicht an, dass sie deinem Vater gehören, oder?«

Andrea schüttelte kaum merklich den Kopf.

»Das Geld scheint leicht verdient. Aber der Preis kann verdammt hoch sein«, sagte Bardi so laut und bestimmt, dass Andrea in seinem Sessel zusammensackte. »Auf deinen Vater wurde geschossen. So wie es scheint, wahrscheinlich nicht von Jarno Roll. Denn der war deinetwegen da. Nicht wahr? Um ein paar Beutel mit Pillen abzuliefern, die er von den Mauros bezogen hat. Oder um seinen Anteil an den Drogengeschäften abzuholen. Stimmt's?«

Andrea wagte nicht aufzusehen.

»Stimmt das?«, wiederholte Bardi und trat nahe an Andrea heran.

Jetzt begann Andrea, am ganzen Leib zu zittern. Langsam hob sich sein Kopf. Er hatte Tränen in den Augen. »Tut mir leid.«

»Das nützt uns jetzt wenig«, erwiderte Bardi kalt. Natürlich hatte er Mitleid. Aber noch musste er den Druck aufrechterhalten.

»Ich wusste nicht, dass die Drogen von der Mafia sind ...«, murmelte Andrea. »... zumindest habe ich mir darüber nie Gedanken gemacht. Rollo hat mir ab und zu ein paar Trips verkauft. Wirklich gutes Zeug. Schließlich hat er mir angeboten, dass ich für ihn ein wenig deale. So kam ich umsonst an meine Trips und konnte noch etwas Geld nebenher verdienen. Von diesen Mauros war aber nie die Rede. Wirklich ...«

Bardi nickte. »Mich interessiert, wo Jarno Roll sich aufhält.«

»Er wohnt in Colle«, antwortete Andrea ausweichend.

»Verdammt Andrea. Mach es mir doch nicht so schwer«, sagte Bardi. »Roll ist der einzige Zeuge, der uns helfen kann, herauszufinden, wer auf deinen Vater geschossen hat.«

Andrea überlegte kurz, dann nickte er zaghaft. »Rollo hat immer mit seiner Freundin angegeben. Soll eine ehemalige Miss Toskana oder so sein. Ich habe sie nie gesehen. Aber sie soll eine Boutique in Colle besitzen.«

»Na, geht doch.« Bardi legte Andrea die Hand auf die Schulter. »Was Neues von deinem Vater?«

Erneut rollten Tränen über Andreas Wangen. »Verdammt nein. Das alles ...« Die letzten Worte wurden von einem Schluchzen verschluckt.

»Er wird durchkommen. In ein paar Wochen wird alles wieder wie früher sein.«

»Das glaube ich nicht.«

»Bleib tapfer. Deine Mutter und deine Schwester brauchen dich jetzt.« Bardi gab Andrea einen aufmunternden Klaps auf die Schulter und ging zur Tür. Kurz entschlossen kniete er dort nieder und schob den Stecker wieder in die Steckdose.

»Was wird denn jetzt mit mir?«, fragte Andrea. »Wegen der

Pillen.«

Bardi richtete sich wieder auf. »Ich werde versuchen, das geradezubiegen. Aber solltest du jemals wieder mit Drogen angetroffen werden, dann ...«

15. Kapitel

Kurz nach halb sieben zog die junge Frau das Gitter vor ihrer Damenboutique herunter und verschloss es. Danach verschwand sie in der Haustür neben dem Modeladen, über dem sich zwei Etagen mit Wohnungen befanden.

Das Geschäft lag gegenüber dem Teatro del Populo von Colle.

Bardi hatte sich mit Arcuri hinter einem Veranstaltungsplakat versteckt, auf dem das Teatro in bunten Lettern für Musik, Theater und Kino warb. Am heutigen Abend spielte eine Rap-Formation aus Turin, deren Name Bardi nichts sagte. Was nicht viel bedeutete, war Bardis letzte Neuentdeckung doch Gianna Nannini gewesen - wenngleich er mittlerweile die Leckereien der elterlichen Konditorei in Siena der Musik der Tochter vorzog.

Bei der jungen Frau handelte es sich um die Schönheitskönigin mit Modeladen, von der Andrea gesprochen hatte. Arcuris Männer hatten von der oberen Etage des Teatros das gegenüberliegende Gebäude inspiziert und so herausgefunden, dass sich jemand in ihrer Wohnung aufhielt, die sich über dem Geschäft befand.

Ob es sich bei dieser Person um Jarno Roll handelte, konnte nicht eindeutig geklärt werden. Zweifelsfrei handelte es sich aber um einen korpulenten Mann.

Der eilig geschmiedete Schlachtplan sah vor, dass die Carabinieri unauffällig mit dem Zweitschlüssel der Vermieterin die Wohnung öffnen würden, um so Roll, falls er sich dort aufhielt, zu überraschen. Doch die Vermieterin, die extra aus dem 30 Kilometer entfernten Florenz anreisen musste, stand im Stau. So blieb Bardi und Arcuri samt seiner drei Männer nichts anderes übrig, als im Verborgenen auszuharren und das Haus im Blick zu behalten.

Der Platz vor dem Theater füllte sich allmählich mit aufgekratzt schnatternden, jungen Leuten, die auf Einlass zum Konzert warteten. Einige warfen Bardi und Arcuri misstrauische Blicke zu, doch die Carabinieri schenkten ihnen keinerlei Aufmerksamkeit.

Arcuri winkte einem seiner Männer in Zivil zu, der in der Einfahrt zur Tiefgarage gegenüber kauerte. Der Mann nickte gähnend.

Zehn Minuten später fuhr ein silberner Lancia mit Florenzer Kennzeichen vor.

»Das wird die Vermieterin sein«, sagte Arcuri und tatsächlich begann das *Telefonino* in seiner Hand zu vibrieren.

Nachdem Arcuri der Vermieterin seine Instruktionen erteilt hatte, gab er seinen Männern telefonisch bekannt, dass es losginge. Zwei von ihnen behielten die Terrasse der Wohnung auf Rückseite im Blick.

Bardi sah, wie der dritte Beamte, ein Mann von bulliger Statur, im toten Winkel der Hauswand zur Eingangstür eilte, die bald darauf von einer Frau in den Fünfzigern geöffnet wurde. Bardi und Arcuri rannten über die Straße.

Arcuri nahm von der Vermieterin den Wohnungsschlüssel entgegen und reichte ihn direkt an Bardi weiter.

»Warten Sie hier«, raunte er der Frau zu, die stumm nickte. Ängstlich beobachtete sie, wie Arcuri und sein Untergebener ihre Waffen aus den Holstern nahmen und entsicherten.

Eilig schlichen sie die Treppe hoch. Oben angekommen, bezogen Arcuri und sein Kollege mit erhobenen Waffen an beiden Seiten der Wohnungstür Stellung, bereit, die Räume zu stürmen, sobald Bardi die Tür geöffnet hatte.

Bardi legte ein Ohr an die Tür, von innen vernahm er leise

Musik. Seichte Klassik mit vielen Streichern. Dazu das Kichern einer Frau.

Behutsam steckte er den Schlüssel ins Schloss. Wieder kicherte die Frau. Bardi versuchte, den Schlüssel zu drehen, doch sofort spürte er einen Widerstand. Er versuchte es nochmals. Die Blockade blieb. Von innen schien ebenfalls ein Schlüssel zu stecken. Arcuri bedeutete Bardi, zur Seite zu treten, und zeigte auf den anderen Carabiniere. Dieser nickte und steckte seine Dienstwaffe weg. Dafür zog Bardi seine aus dem Holster. Beide wechselten die Posten.

Der Carabiniere musterte kurz die Tür, strich mit den Händen über die Holzzargen, nickte abermals, trat drei Schritte zurück, um dann mit der Schulter voran die Tür auf der Schlossseite zu rammen. Die physikalischen Gesetze taten ihre Wirkung. Es gab ein splitterndes Geräusch, als der Schlossriegel das Schließblech aus der Zarge sprengte. Mit einem lauten Schlag flog die Tür auf, der Carabiniere hinterher. Schnell rappelte sich dieser auf, sodass Bardi und Arcuri an ihm vorbeieilen konnten. Von einem schmalen Flur gingen links und rechts je zwei Türen ab. Die beiden vorderen standen offen, Küche und Bad. Mit dem Fuß stieß Arcuri die hintere Tür auf der linken Seite auf. Ein schneller Blick genügte: Hier befand sich das Wohnzimmer, das von der Abendsonne in ein blutiges Rot getaucht wurde. Bardi drückte gegen die letzte Tür und sprang mit erhobener Waffe in den Raum. Auf einem Futon saß eine junge Frau. Sie war nackt und starrte Bardi mit aufgerissenen Augen an. Roll kniete neben dem Bett an der Fensterseite. Ebenfalls nackt. Schnaufend wühlte er in einem Kleiderberg auf dem Boden. Sein Bauch schwabbelte bei jeder Bewegung. Geistesgegenwärtig machte Bardi einen Satz über das Bett und rang ihn nieder.

Währenddessen schob Arcuri mit dem Fuß die Kleidungsstücke neben dem Bett auseinander. Ganz unten, zwischen Rolls Shorts und dem BH seiner Freundin, lag eine Pistole des Typs, den die Carabinieri benutzten.

Bardi erhob sich langsam von dem Fleischberg, der bäuchlings auf dem Boden lag. »Los, aufstehen.«

Doch Jarno Roll blieb am Boden. Er atmete schnell und schnaufend.

Jetzt begann die Frau im Bett zu kreischen.

»Ruhe. Es ist vorbei. Ihnen passiert nichts. Wir sind von den Carabinieri«, rief Arcuri.

Die Worte zeigten Wirkung, denn das Kreischen ging ein ersticktes Weinen über.

»Los, aufstehen«, befahl Bardi abermals.

Roll wuchtete sich auf die Ellbogen und murmelte schwach etwas. Bardi beugte sich herunter, um ihn zu verstehen.

»Mir ... mir ist nicht gut«, sagte Roll mit tonloser Stimme. Leise stöhnend drehte er den Kopf und blickte Bardi an. Sein feistes Gesicht war schweißnass und seine Lippen blass wie Zeitungspapier. Dann sackte er zusammen.

Arcuri schnappte sich sein *Telefonino* und wählte die 118.

16. Kapitel

Es war bereits dunkel, als Bardi nach San Pietro zurückkehrte. Er fühlte sich müde und alt. Seine linke Körperhälfte schmerzte. Er duschte kurz und heiß und schlüpfte dann in seine bequeme Leinenhose. Derart erfrischt, setzte er sich mit einem Glas Prosecco-Orange auf seine Terrasse. Er trank einen Schluck und legte den Kopf in den Nacken. Die Sterne funkelten am Nachthimmel. Von den Gassen des Städtchens drangen vereinzelte Stimmen nach oben. Ein leichter Juniwind verfing sich in seinen Haaren.

Das Signal seines *Telefoninos* störte die Idylle.

Am anderen Ende war Arcuri. »Der Arzt nennt Roll einen begnadeten Schauspieler. Aber da der Bursche stark adipös ist, soll er über Nacht zur Beobachtung in der Klinik bleiben. Ab morgen können wir ihn also grillen.« Bardi vernahm ein spöttisches Lachen.

»Hört sich gut an.«

Wieder lachte Arcuri und verabschiedete sich.

Kaum war das Gespräch beendet, klingelte es erneut. Die Nummer auf dem Display war lang.

»Bardi.«

»Hier ist Antonia.« Die Stimme seiner Ex-Frau klang patzig, als störe man sie. Dabei war sie es doch, die anrief. »Hast du Antonella diesen Floh ins Ohr gesetzt?«

»Welchen Floh?«

»Das weißt du ganz genau.«

»Antonella ist sich über ihre Zukunft im Unklaren. Das ist für ihr Alter doch ganz gewöhnlich.«

»Deshalb braucht sie Führung. Die Flugtickets sind bezahlt und es ist beschlossene Sache, dass sie nach Hause kommt.«

»Ihr Zuhause ist genauso hier wie bei euch.«

»Das ist mal wieder typisch für dich. Du lockst Antonella mit Dolce Vita, Toskana und was weiß ich in dein Provinzkaff und dann hältst du dich nicht an die Abmachung.«

»Schon vergessen? Ihr seid freiwillig nach San Pietro gekommen.« Bardi empfand das Gespräch zunehmend als Farce, wurde er doch in eine Ecke gedrängt, in die er nicht gehörte.

»Und diesmal ist Grant nicht auf deiner Seite.«

Grant war Antonias neuer Mann. Eigentlich ein netter Typ, wie Bardi sich eingestehen musste, als er Grant vor einem Jahr kennengelernt hatte. Damals hatte Grant mit sanfter List geholfen, dass Antonella bei Bardi bleiben durfte.

»Hör mal. Ich habe einen langen Arbeitstag hinter mir und bin müde. Mein Einfluss auf Antonella ist begrenzt, aber ich denke, dass sie ins Flugzeug steigen wird.«

In Kalifornien war ein lang gezogener Seufzer zu hören. Bardi befürchtete schon die nächste Breitseite.

»Okay. Dann sind wir uns ja einig. Vielleicht kannst du unsere Tochter zusätzlich damit bestechen, dass Grant ihr nächstes Jahr einen Platz bei der University of Southern California, UCS, besorgen will. Natürlich nur, wenn sie hier die Highschool beendet.«

***

»Wir müssen reden.« Bardi stellte das Frühstück vor seine Tochter auf den Terrassentisch. Die Sonne kam langsam hinter dem Dach der Kirche hervor. Der wolkenlose Himmel versprach einen warmen Frühsommertag, aber noch war es angenehm kühl.

»Worüber?« Antonella begann, ihr Müsli zu löffeln, mit dem sie jedes Frühstück begann.

»Kalifornien.«

Antonella verdrehte genervt ihre Augen.

»Dein Flug geht bald. Da solltest du langsam wissen, was du willst«, sagte Bardi.

Antonella schaute über ihren Vater hinweg in den Himmel. »Wenn das so einfach wäre.«

»Grant will dir einen Platz an der Uni von Südkalifornien besorgen. Ich nehme an, dass es sich um ein Regiestudium handelt, das gewiss nicht billig ist.«

»Über 50.000 im Jahr.«

Bardi nickte beeindruckt. »Das kann ich dir nicht bieten.«

»Aber genau darum geht es doch. Mamma will mich kaufen. Natürlich ist so ein Studium ein Traum und eine riesige Chance. Aber ...« Antonella stockte.

»Aber?«

»Es fühlt sich falsch an. Ich könnte auch in Rom Regie studieren und das würde nur einen Bruchteil kosten.«

»Cinecittà ist aber nicht Hollywood.«

»Und Hollywood ist auch nicht mehr Hollywood.«

»Das führt uns doch nicht weiter«, sagte Bardi und fasste seine Tochter über den Tisch hinweg an der Hand. »Ich habe eine Idee.«

»Du und deine Ideen.« Antonella musterte ihn skeptisch.

»Mach eine Liste mit allen Punkten, die für eine Rückkehr nach Kalifornien sprechen und allen, die dem entgegenstehen. Vielleicht siehst du dann klarer.«

»Okay.« Antonella klang nicht sehr überzeugt.

Dennoch hoffte Bardi, dass sie auf diese Weise zu einer Entscheidung kommen würde. Er trank seinen letzten Schluck Kaffee, stand auf und streckte sich. »Wie geht es Frederica? War sie gestern in der Schule?«

Antonella nickte kauend. »Für Frederica ist das ein großes Abenteuer. Zumindest seit bekannt ist, dass ihr Vater nicht allzu schwer verletzt ist. Auf dem Heimweg gestern hat sie etwas von einer Kiste in einem Verseck hinter einer alten Mauer gefaselt.«

Bardi wurde hellhörig. »Welche Kiste?«

»Wahrscheinlich sind das wieder Fredericas Hirngespinste. Angeblich bewahrt ihr Vater darin irgendwelche Sachen auf. Frederica behauptet, sie sei ihm einmal hinterhergeschlichen und da habe er diese Kiste geöffnet. Sie vermutet darin einen Schatz. Aber da die Kiste, wie könnte es anders sein, ein schweres Vorhängeschloss besitzt, konnte sie den Inhalt natürlich nicht in Augenschein nehmen.«

Bardi hörte Antonella nachdenklich zu. Der Signalton seines *Telefoninos* unterbrach sie. Bardi meldete sich und wurde zunächst aus der aufgeregt klingenden Frauenstimme am anderen Ende nicht schlau, bis er begriff, dass es sich um Fredericas Mutter handelte, die aus der Klinik anrief.

»Cesare ist verschwunden.«

17. Kapitel

Wenig später hatte Bardi Dottoressa di Giacomo am Apparat. Die Stationsärztin berichtete, dass Pintore am späten Abend ganz kurz aus dem künstlichen Koma erwacht sei. Pintore war aber sofort wieder eingeschlafen, was normal sei.

»Wann haben Sie sein Verschwinden bemerkt?«, fragte Bardi.

»Vor einer halben Stunde. Es war Schichtwechsel und die Oberschwester machte ihren Rundgang. Dabei fiel ihr auf, dass Signor Pintore nicht in seinem Zimmer war. Wir haben sofort die gesamte Station, das Klinikgebäude und das Gelände absuchen lassen. Leider ohne Erfolg.«

»Wann wurde er zuletzt gesehen?«

»Augenblick, ich schaue in den Aufzeichnungen der Nachtschicht nach ... Eine Schwester hat um Viertel nach Vier die Infusion überprüft.«

»Hat Pintore denn die Kraft, draußen klarzukommen?«

Die Ärztin zögerte. »Seine allgemeine Konstitution scheint recht gut zu sein. Allerdings hat er einiges an Blut verloren und seine Wunde ist zwar versorgt, aber noch lange nicht verheilt. Meiner Ansicht nach kann er sich ein oder zwei Stunden auf den Beinen halten. Vorausgesetzt, sein Kreislauf macht mit.«

»Ist dem Personal sonst etwas Seltsames aufgefallen?«

«Nein. Unsere Klinik wird videoüberwacht. Außerdem hatte Signor Pintore keine Gelegenheit, mit Außenstehenden

Kontakt aufzunehmen. Das Telefon in seinem Zimmer ist deaktiviert.«

»Und wie konnte Pintore dann unbemerkt die Klinik verlassen?«

»Ich werde dem nachgehen«, erwiderte die Ärztin mit Argwohn in der Stimme.

»Danke«, sagte Bardi und bat darum, noch einmal mit Sara Melli sprechen zu dürfen.

Diese hatte sich mittlerweile beruhigt. Bardi versprach, alle Kräfte zu mobilisieren, um ihren Mann zu finden. Im Anschluss fragte er nach der Kiste, von der Frederica erzählt hatte. Sara Melli wusste nichts von einer Kiste, zögerte dann aber.

»Vor ein paar Jahren ...« Sie stockte erneut. »Ich hielt es für unbedeutend. Aber trotzdem blieb es in meinem Gedächtnis haften. Ich kam früher von einem Einkauf zurück. Die Kinder waren noch in der Schule. Und Cesare war nirgends zu finden, obwohl Haustür und Werkstatt offen standen. Ich ging ihn also suchen. Weiter hinten auf unserem Grundstück befindet sich ein Stückchen Wald. Wir nennen es immer unseren Amazonas, weil es so undurchdringlich wie ein Urwald ist. Am Rande des Wäldchens steht eine Mauer. Wohl die Überreste einer Kapelle. Und dort fand ich Cesare. Offensichtlich hatte ich ihn bei irgendetwas erwischt, denn er erschrak, als ich auftauchte. Er rechtfertigte sich damit, dass er sich das Gemäuer einmal genauer habe ansehen wollen.«

Nach dem Telefonat bat Bardi seine Tochter, Frederica anzurufen und zu bitten, nicht in die Schule zu fahren, da er auf dem schnellsten Wege zum Castello kommen würde.

Weit konnte Pintore nicht sein. Und der naheliegendste Ort, wo Bardi ihn vermutete, war sein Zuhause. Außerdem ließ ihn der Gedanke an diese ominöse Kiste nicht los.

So eilte er hinunter in die Wache, um eine Suchmeldung mit höchster Priorität herauszugeben. Außerdem befahl er Emanuele, der sich auf dem Weg nach San Pietro befand, telefonisch, den Streifenwagen zu holen und damit unverzüglich nach Siena zu fahren, um das Klinikpersonal zu befragen.

Außerdem bat er ihn, allen Apotheken, die Notdienst hatten, Pintores Personenbeschreibung durchzugeben. Gleiches galt für die Krankenhäuser der Umgebung.

18. Kapitel

Das Castello lag friedlich in der Morgensonne, als Bardi an der Tür zum Haupthaus klopfte. Offensichtlich hatte Frederica auf ihn gewartet, denn sie öffnete augenblicklich.

»Soll ich Ihnen die Stelle zeigen?«

Bardi nickte.

Er folgte Frederica am Pferdestall vorbei über eine Wildwiese.

»Warum ist mein Vater aus dem Krankenhaus verschwunden?« Frederica klang verzweifelt.

»Vielleicht bringt uns ja diese Kiste weiter«, versuchte Bardi ihr Mut zu machen. Schließlich erreichten sie ein kleines, dichtes Wäldchen, an dessen Rand eine mit Efeu bewachsene Steinmauer mit der Silhouette einer grobzackigen Säge aufragte. Ein paar Meter vor der Mauer blieb Frederica stehen.

»Das ist die alte Kapelle«, flüsterte sie ehrfürchtig. »Viele Adelige haben hier geheiratet.«

Das erschien Bardi unwahrscheinlich. Der Mauer nach zu urteilen, musste es sich um eine winzige Kapelle gehandelt haben, in der früher gewiss keine adeligen Hochzeitszeremonien abgehalten wurden. Trotzdem tat er beeindruckt.

Plötzlich war ein metallisches Geräusch hinter der Mauer zu vernehmen.

»Papa?«, rief Frederica.

Jetzt trat eine Gestalt hinter der Mauer hervor. Sie trug einen langen Mantel. Da sie im Schatten der Bäume blieb und das seitliche Sonnenlicht Bardi blendete, konnte dieser das Gesicht nicht erkennen.

»Bleib stehen, Frederica«, rief die Gestalt. »Und Sie auch, Bardi.«

»Warum sind Sie aus der Klinik getürmt?«, fragte Bardi, der jetzt Pintore erkannte, und trat einen Schritt vor.

»Stehen bleiben«, schrie Pintore. Seine Stimme brach bei der letzten Silbe ab. Bardi konnte ihn schwer atmen hören.

Dann hob Pintore seinen rechten Arm und Bardi sah einen Revolver im Sonnenlicht glänzen.

»Bleibt beide, wo ihr seid.«

Als Frederica die Waffe in der Hand ihres Vaters sah, wich sie erschrocken zurück.

»Sag deiner Mutter und Andrea, dass ich euch liebe.« Pintore riss den Revolver hoch. Ein Schuss peitschte durch die Luft.

Instinktiv duckte Bardi sich, während Frederica erstarrt stehen blieb.

Als Bardi wieder aufblickte, war Pintore verschwunden. Hastig holte er seine Dienstwaffe unter der Jacke hervor und rannte in Richtung Wäldchen.

»Alles okay?«, rief er, als er an Frederica vorbeikam.

Das Mädchen nickte und klammerte sich an ihm fest. »Sie dürfen nicht auf Papa schießen.«

Bardi entwand sich der Umklammerung. »Ich werde nicht schießen. Versprochen.«

Ein schmaler Pfad führte seitlich an dem Wäldchen vorbei. Pintore konnte nur diesen Weg genommen haben. Kurz bevor Bardi die letzte Biegung erreichte, hörte er, wie ein Motor gestartet wurde und eine Kupplung quietschte. Er beschleunigte das Tempo. Der Pfad mündete in jenen Feldweg, der auch hinter der Werkstatt entlangführte. Doch alles, was er sah, war eine Staubwolke.

19. Kapitel

Vom Staub hustend, stützte Bardi sich auf seinen Knien ab. Pintores Verhalten erschien ihm immer rätselhafter. Wozu benötigte er die Waffe? Hatte er Angst, dass der Schütze zurückkam, um sein Werk zu vollenden, oder wollte er selbst in die Offensive gehen?

Fluchend richtete er sich auf und rief Emanuele an.

Dieser war mittlerweile in Siena angekommen. Bardi berichtete, was vorgefallen war.

»Pintore muss irgendwoher ein Auto bekommen haben, wahrscheinlich einen Kleinwagen.«, berichtete Bardi.

»Was ist mit einem Komplizen?«, fragte Emanuele.

»Den Gedanken hatte ich auch schon. Aber niemand wusste, in welcher Klinik Pintore liegt, und er selbst konnte keinen Kontakt nach außen aufnehmen.«

Bardi kehrte zu Frederica zurück. Ihr Haarschopf lugte zwischen zwei Mauerresten hervor.

»Wo ist Vater?«, fragte sie.

»Verschwunden«, erklärte Bardi. »Aber keine Sorge, wir finden ihn und dann wird sich alles aufklären.«

Für einen Moment blickten sich beide stumm an.

»Ich habe die Kiste gefunden«, sagte Frederica schließlich.

Bardi stieg über ein paar Steinbrocken und gelangte auf diese Weise zu Frederica hinter die Mauer. Der Boden der

Ruine bestand aus Felsplatten. Vor der Mauer befand sich ein behauener Block aus demselben Stein. Wahrscheinlich handelte es sich um den kleinen Altar der Kapelle. Auf diesem stand eine flache Holzkiste von der Größe eines Aktenkoffers. Bardi kannte diese Kisten aus seiner Militärzeit. Es handelte sich um einen ausrangierten Aufbewahrungsbehälter für Munition. Bardi schätzte, dass es eine Munitionskiste aus dem Zweiten Weltkrieg oder den frühen Nachkriegsjahren war, denn die moderneren waren vollständig aus Metall. Sie war olivgrün lackiert, wenngleich die Farbe an vielen Stellen bereits abgeblättert war. Neben ihr lag ein Vorhängeschloss.

»Sie war leer«, bemerkte Frederica. »Bis auf das hier.«

Sie schwenkte ein zerfleddertes Paperback.

Bardi besah sich das Buch. Es handelte sich um eine alte Ausgabe von Giuseppe Tomasi di Lampedusas einzigem Roman *Il Gattopardo*. Bardi hatte diesen Klassiker der italienischen Literatur nie gelesen. Nur Viscontis Verfilmung kannte er. Wenn er sich recht erinnerte, hatte er ihn zusammen mit seiner Ex-Frau in einem kleinen Programmkino in Rom gesehen, das es sicher schon längst nicht mehr gab. Die Hauptfigur, einen melancholischen Fürsten eines alten sizilianischen Geschlechts, hatte Burt Lancaster verkörpert. Mehr aber war Bardi der junge Alain Delon im Gedächtnis geblieben, der einen der revolutionären Neffen des Fürsten spielte. Delon? Hatte das Buch mit dem ominösen Delon zu tun, dessen Namen der Mann in Pintores Werkstatt gerufen hatte?

Bardi blätterte das Buch durch. Viele Seiten waren in den oberen äußeren Ecken mit Kreuzen markiert. Und unter einzelnen Buchstaben befanden sich Punkte. Scheinbar handelte es sich um eine Art Code-Buch.

Bardi legte es beiseite und blickte in die Kiste. Innen glänzte der Blecheinsatz. Er wollte sich schon abwenden, da bemerkte er etwas zwischen dem Blecheinsatz und dem Außenholz, wo sich ein dünner Spalt befand. Ein Stück Pappe oder dickes Papier in Form eines winzigen Dreiecks lugte hervor. Bardi versuchte, das Stück zu fassen, doch seine Finger waren zu dick und seine Fingernägel zu kurz.

»Soll ich?«, fragte Frederica.

Bardi nickte. Geschickt hielt Frederica Daumen und Mittelfinger wie eine Pinzette und zog vorsichtig an dem Stück Pappe. Langsam kam eine Ansichtskarte zum Vorschein. Frederica drehte sie kurz hin und her, dann reichte sie die Karte mit ratlosem Blick an Bardi weiter.

Die Rückseite zeigte den Schiefen Turm von Pisa. Bardi drehte die Karte um und las den kurzen Text auf der Vorderseite: Bin am 14. gut in Turin angekommen. C.C. Adressiert war die Karte postlagernd an Feltrinelli, Hauptpostamt in Florenz. Der Poststempel stammte vom 8. April 2009 aus Mailand.

»Sagen dir die Kürzel C.C. etwas?« Bardi sah Frederica an.

Das Mädchen zog die Stirn in Falten. »Nein.«

»Und Feltrinelli?«

Frederica schüttelte den Kopf.

Bardi las die Nachricht auf der Karte noch einmal. War jemand am 14. März 2009 gut in Turin angekommen? Aus Pisa? Aber warum hatte er die Karte dann mehr als drei Wochen später in Mailand abgeschickt? Das ergab keinen Sinn.

Jetzt meldete sich Bardis *Telefonino*. Es war Emanuele, der seine Ermittlungsergebnisse mitteilte.

»Ein Pfleger vermisst seinen Wagen. Es handelt sich um einen roten Kia Picanto. Außerdem ist der Mantel eines Assistenzarztes aus dem Umkleideraum entwendet worden.«

»Gute Arbeit. Überprüfe bitte noch, wer für die Videoüberwachung zuständig ist und ob es Aufzeichnungen der Kameras gibt. Ist doch seltsam, dass Pintore sich unerkannt Zutritt zum Umkleidetrakt verschaffen konnte«, sagte Bardi.

»Wird gemacht.«

»Aber vorher gibst du bitte eine Fahndung nach dem Wagen des Pflegers durch.

Kaum hatte Bardi das Gespräch mit Emanuele beendet,

ertönte erneut die Erkennungsmelodie des *Telefoninos*.

Am anderen Ende war ein freudiger Tenente Arcuri. »Jarno Roll sitzt bei uns im Vernehmungsraum.«

20. Kapitel

Als Bardi eine Stunde später die Carabinieri-Station von Colle erreichte, war die gute Laune von Arcuri dunklen Wolken gewichen.

»Vor einer halben Stunde ist Rolls Anwalt aufgetaucht«, nahm er Bardi in Empfang.

»Damit war zu rechnen«, erwiderte Bardi.

»Mit einem normalen Anwalt vielleicht«, orakelte Arcuri und leitete Bardi durch die Wache zum rückwärtigen Trakt. »Aber Rolls Anwalt ist extra aus Rom gekommen. Mit einem Mercedes der S-Klasse, gelenkt von einem Chauffeur.«

Bardi fluchte leise. »Der Anwalt heißt nicht zufälligerweise Dottore Fabiano Fabri?«

»Verdammt, seit wann kannst du hellsehen?« Arcuri blieb abrupt stehen, sodass Bardi fast in ihn hineinlief.

»Das hat mit Hellsehen nichts zu tun«, entgegnete Bardi. »Roll dealt für den 'Ndrangheta-Clan der Mauros. Und bei Fabri handelt es sich um den *Avvocato* der Mauros.«

***

Fabiano Fabri war ein kleiner, drahtiger Mann um die 60 mit weißem Haarkranz und dicker schwarzer Brille, hinter der sich wache Augen verbargen. Und obwohl er nur halb so breit wie sein Mandant war, hatte er Jarno Roll ganz an die Seite des Tisches im Verhörraum verdrängt. Vor dem Anwalt stapelte sich ein Vesuv aus Akten und Schriftstücken, die größtenteils in grauen Pappmappen steckten.

Als Bardi und Arcuri den Raum betraten, sah Fabri zunächst nicht von den Akten auf, die er mit einem dicken Füllfederhalter bearbeitete. Erst nachdem die beiden Carabinieri gegenüber Platz genommen hatten, schaute er hoch, justierte seine Brille und lächelte dann lustlos.

»Da sind Sie also, Capitano Bardi«, sagte er, nachdem er seinen Blick langsam von Arcuri zu Bardi hatte wandern lassen. Er musterte Bardi einen Augenblick, dann reichte er ihm die Hand über den Tisch. »Wie lange kennen wir uns nun schon?«

Bardi ergriff die Hand, antwortete aber nicht, obwohl er natürlich genau wusste, dass Fabri auf die alte Geschichte vor über einem Vierteljahrhundert anspielte.

Die Ereignisse hatten einen tragischen Wendepunkt in Bardis Leben bedeutet. Damals hatte er einer Spezialeinheit der Carabinieri angehört, die für den Schutz des Innenministers zuständig gewesen war.

Kurz zuvor war der berühmte Richter Falcone mit seiner Frau Opfer einer Bombenfalle geworden. Deshalb galt auch der Innenminister, ein guter Freund und Unterstützer Falcones, als gefährdet.

Eines Morgens, Bardi hatte Dienst in der Privatvilla des Innenministers, erhielt er einen anonymen Anruf, der vor einer Autobombe an der Dienstlimousine des Ministers warnte. Bardi eilte sofort zum Minister, der auf seiner Terrasse frühstückte, um diesen zu warnen.

Kaum hatte er seinen Schutzbefohlenen erreicht, ließ eine gewaltige Detonation die Erde erzittern, Scheiben barsten, Autoteile flogen durch die Luft.

Der fünfjährige Sohn des Chauffeurs, der auf dem Hof Ball gespielt hatte, wo auch die Limousine des Ministers parkte, musste die hintere Tür des Wagens geöffnet und damit den Zünder der Autobombe aktiviert haben.

Bardi hielt den tragischen Tod des Jungen für ein Fanal seines eigenen Versagens. Warum hatte er nicht zuerst alle Personen in der Nähe des Wagens evakuiert?

Diese Frage hatte Bardi in die größte seelische Krise seines Lebens gestürzt. Und er überwand sie erst, nachdem er den Posten in San Pietro angenommen hatte, der eigentlich seines Ranges als Capitano unwürdig war.

Immerhin wurde einige Zeit später die Identität des anonymen Anrufers aufgedeckt. Es handelte sich um einen Autoschlosser mit Kontakten zur 'Ndrangheta.

Vor Gericht wurde der Mann von Fabri vertreten, der seinen Mandanten zu Stillschweigen verdonnerte und einen winzigen Verfahrensfehler nutzte, um den Prozess platzen zu lassen.

Nun also saßen sie sich wieder gegenüber. Beide älter, aber Fabri besaß noch immer jenen wachen Blick, der alles und jeden zu durchschauen schien und der Bardi eine halbe Ewigkeit bis in seine Träume verfolgt hatte.

»Vorweg eines, ich würde es begrüßen, wenn diese Vorbesprechung nicht aufgezeichnet würde«, erklärte Fabri und deutete auf den altertümlichen Kassettenrekorder, der auf einem Rollwagen an der Wand stand.

Arcuri sah Bardi fragend an. Bardi überlegte kurz. Offensichtlich würde Fabri seinem Mandanten raten, keinerlei Aussagen zu machen, falls das Tonband lief.

»Meinetwegen«, sagte Bardi.

Fabri nickte zufrieden. »Sie halten meinen Mandanten ...«, er blätterte in der vor ihm liegenden Akte, »... Signore Jarno Roll, wegen verbotenen Besitzes von Drogen fest.« Er sah von der Akte auf und lugte forschend über seine Brille.

»Wir haben in seiner Wohnung genau 189 Beutel mit je fünf Pillen der unter das Betäubungsmittelgesetz fallenden chemischen Substanz MDMA gefunden. Dabei handelt es sich um eine ebenso beliebte wie gefährliche sogenannte Partydroge«, erklärte Arcuri.

»... die Ihr Mandant unter anderem in der Diskothek *Amnesia* verkauft hat, in der er als stellvertretender Geschäftsführer angestellt ist«, fügte Bardi hinzu. »Besitzer dieses Etablissements sind die Mauros, die Ihnen ja bekannt sein dürften.«

Fabri bohrte seinen Blick in Bardi. »Hatten Sie einen Haussuchungsbeschluss, als sie die Wohnung meines Mandanten betraten?«

»Nein. Aber Ihr Mandant türmte, als wir mit ihm sprechen wollten. Dabei ließ er sowohl die rückwärtige Haustür als auch jene zu seiner Wohnung offen. Wir haben die Räume nur zur Sicherung seines Eigentums betreten. Mein Assistent meinte, Gasgeruch wahrzunehmen.«

»Blödsinn«, murmelte Fabri. Dann grinste er breit. »Wie ich höre, hat Ihr Assistent leichtfertig seine Dienstwaffe herumliegen lassen, die mein Mandant aus Sicherheitsgründen in seinen Besitz nahm. Stellen Sie sich nun einmal vor, ein kleiner Junge würde beim Ballspielen solch eine Waffe finden. Das könnte tödlich enden.«

Bardi spürte, wie Zorn in ihm hochkochte. Dieser provokante Winkeladvokat. Wie er Männer dieses Schlages hasste, die nur zu existieren schienen, um das Gesetz und seine ausführenden Organe im Sinne der verbrecherischen Herren, denen sie dienten, zu manipulieren, zu beugen und ins Gegenteil dessen zu verkehren, wofür Recht und Gesetz standen.

Bardi atmete tief durch und hielt auf diese Weise seinen Zorn im Zaum.

Natürlich war diese Bemerkung eine Falle. Sollte er Roll beschuldigen, Emanuele die Dienstwaffe entwendet zu haben, würde der Vorfall aktenkundig. Und dann stände Aussage gegen Aussage. So lächerlich auch jene von Roll war, am Ende würde Emanuele der Hauptleidtragende sein.

»Wovon reden Sie? Mein Assistent hat seine Dienstwaffe noch nie verloren«, erwiderte Bardi nach einer Weile und zwang sich zu einem süffisanten Lächeln.

»Der lügt doch«, rief jetzt Roll, aber ein kurzer Blick Fabris genügte, um ihn sofort verstummen zu lassen.

»In welcher Angelegenheit wollten Sie meinen Mandanten sprechen?«, wandte sich Fabri wieder Bardi zu.

»Ihr Mandant war bei einer Schießerei in einem Castello in der Nähe von San Pietro zugegen. Dazu wollte ich seine Aussage.«

»Darf ich Ihren Worten entnehmen, dass ihm nicht vorgeworfen wird, selbst geschossen zu haben?«

»Vorerst nicht. Ein Schmauchspurtest wäre in dieser Hinsicht sicherlich hilfreich.«

»Den Test können Sie sich sparen«, rief Roll, der sich jetzt auch nicht durch den Blick seines Anwalts zur Ruhe bringen ließ. »Ich habe noch nie in meinem Leben geschossen, nicht mal auf eine Coladose.«

»Aber Sie sind Zeuge geworden, wie auf Cesare Pintore, den Vater von Andrea Pintore, geschossen wurde«, sagte Bardi.

Roll sah seinen Anwalt fragend an. »Pintore, Castello ... wovon redet der?«

Fabri drückte seinen Zeigefinger auf den Mund seines Mandanten. Dann blickte er Bardi an und lächelte. »Ich verstehe, die Pillen sind sozusagen nur ein Abfallprodukt Ihrer Ermittlungen.«

Bardi wollte etwas sagen, doch Fabri kam ihm zuvor. »Darf ich mit meinem Mandanten unter vier Augen sprechen?«

21. Kapitel

Knapp zehn Minuten winkte Fabri sie mit einer übertrieben unterwürfigen Geste wieder hinein. Roll saß mit Leichenbittermiene auf seinem Platz. Es war, als habe ihm Fabri in den wenigen Minuten sämtliche Lebenskraft ausgesaugt, denn der Anwalt war umso lebhafter.

»Mein Mandant wäre unter Umständen bereit, eine gewisse Teilschuld auf sich zu nehmen«, flötete Fabri, als Bardi und Arcuri ihre Plätze eingenommen hatten. »Außerdem ist er bereit, sich zu dem Vorfall auf dem Castello ...« Er blätterte kurz durch die Akten. »... Melli & Pintore zu äußern, bei dem er lediglich Zeuge war.«

»Von welchen Umständen sprechen Sie?«, fragte Bardi.

Fabri schenkte Bardi ein herablassendes Lächeln. »Sie erwähnten die Diskothek *Amnesia*. Die Anstellung dort hat nichts mit den Pillen in der Wohnung meines Mandanten zu tun. Könnten wir uns darauf einigen?«

Bardi legte seufzend den Kopf in den Nacken. Die Dinge schienen sich nie zu ändern. Sobald die Mafia im Spiel war, ging es immer um Deals, um schmutzige Deals. Und wie immer würde ihm am Ende nichts anderes übrig bleiben, als darauf einzugehen.

»Wer führt jetzt eigentlich den Mauro-Clan, wo der alte Franco endlich das Zeitliche gesegnet hat?«, konnte sich Bardi eine Spitze nicht verkneifen. »Der Erbprinz sitzt ja noch im Gefängnis. Und unter uns, Kenneth hat von seinem Vater höchstens die Knollennase geerbt, aber nicht den Verstand.«

Für einen Augenblick war denn auch so etwas wie Zorn auf Fabris Antlitz zu erkennen. Doch sofort setzte der Anwalt wieder seine lächelnde Maske auf. »Kommen wir ins Geschäft?«

Bardi sah zu Arcuri hinüber. Als dieser mit einem Augenzwinkern sein Einverständnis gab, nickte Bardi kurz.

Fabri erhob sich, postierte sich hinter Roll und legte seinem Mandanten die Hände auf die speckigen Schultern. »Stellen Sie Ihre Fragen.«

»Sie waren genau vor einer Woche gegen 16.30 Uhr auf dem Anwesen *Melli & Pintore*«, begann Bardi.

Roll nickte kaum merklich.

»Heißt das ja?«

»Ja.«

»Was war der Zweck Ihres Besuchs?«

Roll verdrehte seinen Kopf in Richtung seines Anwalts. Der nickte und knetete so fest Rolls Schultern, dass dieser sein Gesicht vor Schmerz verzog.

»Ich wollte Andrea Pintore Nachschub bringen«, murmelte Roll.

»Erzählen Sie, was sich genau abspielte«, befahl Bardi mit fester Stimme.

»Ich habe meinen BMW etwas unterhalb des Castellos geparkt. Musste ja niemand mitbekommen, dass ich dort war.«

»Niemand außer Andrea«, warf Bardi ein.

Roll nickte. »Wir hatten uns für Punkt fünf hinter dem Stall verabredet. Ich war pünktlich dort. Aber von Andrea fehlte jede Spur. Mit der Zeit nimmt es der junge Mann nicht so genau. Und dann waren da noch diese beiden Gören, die ihre Pferde aus dem Stall geholt haben. Fast hätten die mich entdeckt. Hatten aber zum Glück nur Augen für ihre Viecher.«

»Und dann?«

»Na ja, ich verbarg mich hinter einem Strauch. Von dort aus hatte ich sowohl den Stall als auch die Rückseite der Werkstatt im Blick, wo der Alte von Andrea vor sich hin werkelte. Dem wollte ich natürlich als Allerletztem über den Weg laufen. Andrea ließ weiter auf sich warten und ich wollte mir gerade eine Zigarette anzünden, als ich ein Auto hörte, das den Feldweg hinter dem Castello hochkam. Es handelte sich um so einen alten Opel. Ich glaube ein Monza. Dunkelblau oder schwarz.«

Bardi musste an den Wagen denken, mit dem er vor einer Woche auf dem Weg zum Castello fast zusammengestoßen wäre. Offensichtlich sagte Roll die Wahrheit.

»Ich musste hinter dem Stall Zuflucht suchen, damit mich der Fahrer des Wagens nicht bemerkte. Dann passierte erst mal für längere Zeit nichts. Ich wollte gerade mein Versteck verlassen, als das Geschrei losging.« Roll räusperte sich.

»Welches Geschrei?«

»Könnte ich ein Glas Wasser haben?«, bat Roll. »Mein Mund ist ganz trocken.«

Arcuri verließ den Raum, um nach kurzer Zeit mit einem Glas Wasser zurückzukehren, das er vor Roll auf den Tisch stellte. Roll trank gierig ein paar große Schlucke.

Bardi betrachtete diese Prozedur ungeduldig. Kaum hatte Roll das Glas abgestellt, fragte er erneut: »Welches Geschrei also?«

»Es kam aus Richtung der Werkstatt.« Roll wischte sich mit dem Handrücken über den Mund und unterdrückte ein Rülpsen. »Jemand schrie immerzu. ›Wer ist Delon?‹, ›Wer ist Delon?‹ Gab es da nicht einmal einen französischen Schauspieler, der so hieß?«

»Alain Delon«, erklärte Fabri von hinten.

»Auf jeden Fall ist mir ein ganz schöner Schreck in die Glieder gefahren, denn solch eine Stimme hat nur einer.«

22. Kapitel

»Sie kennen den Mann?«, fragte Bardi erstaunt.

»Das konnte nur Lino Sensi sein«, sagte Roll. »Nur der hat so eine seltsame Stimme. Hoch und piepsig.«

»Und woher kennen Sie diesen Sensi?«

»Lino hat bis vorigen Monat im *Amnesia* gearbeitet. Tagsüber. Hat die Getränke ins Lager geräumt und solche Dinge.«

»Also arbeitet er nicht mehr im *Amnesia*?«

»Er hat gekündigt. Was nicht schade ist, weil immer wieder Spirituosen fehlten und wir den Verdacht hatten, dass er heimlich was mitgehen ließ. Nicht viel, aber er hatte definitiv ein Alkoholproblem.«

»Haben Sie die Adresse von Sensi?«

Roll schüttelte den Kopf. »Aber seine Telefonnummer müsste noch in meinem *Telefonino* gespeichert sein. Aber das ...«

»Ich hole es«, sagte Arcuri.

»Was passierte dann?«, fragte Bardi, nachdem Arcuri den Raum verlassen hatte.

»Wann?« Roll hatte offensichtlich Probleme, Bardis Gedankensprung zu folgen.

»In der Werkstatt von Andrea Mellis Vater.«

»Lino schrie irgendetwas von einem Sohn und nannte Pintore ein Schwein. Genau weiß ich das nicht mehr. Auf jeden

Fall krachte es dann zweimal. Kurz nacheinander. Jemand schrie auf. Ich hörte Schritte, die sich rasch näherten. Ich habe mir fast in die Hose gemacht vor Angst.« Roll schüttelte ruckartig den Kopf, als wolle er die Erinnerung loswerden. »Ich habe mich an die Wand des Stalles gequetscht und die Augen geschlossen. Ich dachte wirklich, jetzt kommt der und knallt auch mich ab. Aber dann hörte ich, wie der Wagen gestartet wurde und Lino davonfuhr.«

Roll wischte sich mit dem Handrücken den Schweiß von der Stirn.

»Und dann?«, fragte Bardi.

»Als Lino weg war, bin ich in die Werkstatt gerannt. Pintore lag stöhnend auf dem Boden. Ich habe den Notarzt gerufen. Aber dann hörte ich, wie die beiden Mädchen zurückkamen. Da habe ich mich verzogen.«

»Was ist Sensi denn für ein Mensch?«

Roll überlegte. »Er ist schon älter. Sicher bereits über 60. Eher verschlossen. Hat nie viel geredet. Mir schien es immer, als habe er etwas zu verbergen.«

»Warum?«

»Er wirkte irgendwie verkrampft. Nicht authentisch, wenn Sie verstehen, was ich meine. Ich kenne das nur von Leuten, die was auf dem Kerbholz haben.«

Arcuri kehrte mit einem goldenen iPhone in den Vernehmungsraum zurück.

»Bei dem Namen Lino Sensi sind Sie sich sicher?«, fragte Arcuri Roll, bevor er ihm das *Telefonino* reichte.

»Absolut. Unser Chef stellt nur Leute ein, die sich ausweisen können und eine Steuernummer haben.«

Arcuri beugte sich zu Bardi hinüber. »Sensi ist ein verdammtes Phantom. Ich habe den Namen eben durch all unsere Systeme laufen lassen. Er taucht nirgendwo auf. Würde mich nicht wundern, wenn er mit falschen Papieren unterwegs ist«, flüsterte er.

Währenddessen tippte und wischte Roll mit geübten Bewegungen über das Display und nannte eine Festnetznummer.

»Ein *Telefonino* besitzt dieser Idiot ja nicht. Allein das wäre schon ein Entlassungsgrund gewesen«, versuchte er einen Witz. Niemand lachte.

Arcuri nahm das *Telefonino* wieder an sich. Fabri tätschelte Rolls Wangen. »Ich hoffe, Sie werden in Ihrem Bericht erwähnen, dass mein Mandant sich in allen Belangen sehr kooperativ verhalten hat?«

Bardi nickte. Dann sah er Roll an. »Darf ich Ihnen einen Rat geben?«

Roll schaute zu Fabri hoch, der aber nur abfällig mit den Schultern zuckte.

Bardi beugte sich zu Roll vor und fing dessen Blick ein. »Nehmen Sie im Prozess nicht alle Schuld auf sich. Erzählen Sie, von wem Sie die Drogen zum Weiterverkauf erhalten haben. Nur so kann der Staat Sie schützen. Ansonsten werden Sie ein Leben lang vom Wohlwollen der Mauros abhängig sein. Wobei ich zu prophezeien wage, dass Ihr Leben dann nicht lange währen wird.«

Rolls Augenlider zuckten nervös. Wieder suchte er Blickkontakt zu Fabri.

»Mein Mandant verweigert jede weitere Aussage.« Fabri tätschelte erneut Rolls Wangen.

***

Nachdem Fabri und Roll die Wache verlassen hatten – Fabri nach Rom, Roll ins Untersuchungsgefängnis nach Florenz – fanden Arcuris Männer schnell heraus, dass die von Roll genannte Telefonnummer auf eine Marialuisa Tripi zugelassen war. Die dazugehörige Adresse gehörte zur Gemeinde Castellina in Chianti. Eine genauere Untersuchung via Google Maps ergab, dass es sich um ein Gehöft am Rand des Ortsteils Fonterutoli handelte.

Vom Auto aus rief Bardi Emanuele an, der berichtete, dass die Videoüberwachung in der Klinik wegen eines technischen

Defekts ausgefallen war.

Die Sicherung des Stromkreislaufes der Portiersloge, in der sich die Monitore und das Videoaufzeichnungsgerät befinden, war herausgesprungen. Doch leider konnte die Aushilfe, welche die Nachtschicht übernommen hatte, nicht den Schlüssel zu jenem Raum finden, in dem der Sicherungskasten steht.

»Zufälle gibt's.« Bardis Stimme klang ungläubig.

23. Kapitel

Eine Stunde später hielt Emanuele mit dem Streifenwagen neben Bardis Peugeot an einer Kreuzung nahe jenem Gehöft, in dem Lino Sensi wohnen sollte. Er hatte Ferngläser mitgebracht.

Die Wartezeit bis zum Treffen hatte Bardi damit verbracht, unauffällig die Umgebung des Gehöfts zu untersuchen. Es lag verborgen hinter einem Dickicht. Doch Bardi hatte eine kleine Anhöhe in der Nähe entdeckt, von der aus man das Grundstück überblicken konnte.

Das Anwesen bestand aus einem länglichen einstöckigen, mit grauem Rauputz versehenen Wohnhaus sowie einem baufälligen Gebäude, das früher einmal ein Stall gewesen sein mochte und das ein rostiges Wellblechdach krönte. Der heruntergekommene Eindruck wurde durch zwei ausgeschlachtete Autowracks verstärkt, die neben dem Stall aufgebockt waren.

Bardi führte Emanuele über einen Feldweg zur Anhöhe. Der monotone Singsang der Zikaden hallte über das Gelände. Die heiße Nachmittagssonne brannte auf der Haut und bald hatten beide ihre Uniformen durchgeschwitzt. Zudem war Bardi durstig und auch der Hunger meldete sich.

In einiger Entfernung konnte man über den Zypressen die Dächer von Fonterutoli erkennen und nicht weit dahinter jene des stolzen Siena, die vom Torre del Mangia und vom Dom überragt wurden, als Zeichen des Gleichklangs von Staat und Kirche.

Bardi richtete sein Fernglas auf das Grundstück. In Vergrößerung sah alles noch trostloser aus. Überall lagen Äste, Plastiktüten und alte Glasflaschen herum. Die Farbe von der Haustür blätterte ab und die Fenster des Hauses waren stumpf vor Schmutz. Sogar ein Zeichen von Leben entdeckte Bardi, als eine fette Katze zwischen zwei Mülltonnen, die an der Hauswand standen, hervorgeschlichen kam. Bardi beobachtete, wie sie verharrte und in seine Richtung blickte. Fast so, als habe sie ihn entdeckt. Dann plötzlich jaulte sie laut auf und jagte davon.

»Rotzlöffel«, hörte er Emanuele neben sich murmeln.

Bardi schwenkte das Okular und entdeckte hinter dem Stall einen etwa zwölfjährigen Jungen, der eine Steinschleuder in der Hand hielt. Dann erregte etwas hinter dem Jungen seine Aufmerksamkeit. Es war der Teil eines Kühlergrills, halb verdeckt durch den Stall. »Kannst du erkennen, welche Farbe das Auto hinter dem Stall hat?«

Emanuele schaute angestrengt durch sein Fernglas. »Ich würde sagen schwarz oder dunkelblau. Auf jeden Fall ist es ein alter Opel Monza. Unser Nachbar früher hatte so einen.«

»Bingo«, murmelte Bardi.

24. Kapitel

Bardi hatte Emanuele angewiesen, sich im Hintergrund zu halten, die Hand an seiner Dienstpistole, für den Fall, dass Sensi beim Anblick zweier Carabinieri von seiner Waffe Gebrauch machen würde.

Der einzige Weg zum Grundstück war schnurgerade und von dornigem Gestrüpp umgeben. Bardi und Emanuele bemühten sich, am Rand zu bleiben. Niemand schien Notiz von ihnen zu nehmen. Weder die Katze noch der Junge waren zu sehen. Die einzigen Geräusche waren das Singen der Zikaden und ein konstantes leises Rauschen, das von der nahen Fernstraße kam.

Sie überquerten den Hof, schauten in den verfallenen Stall, in dem sich altes Gerümpel stapelte, begutachteten den Opel Monza, der verschlossen war, und gingen einmal um das Wohnhaus herum.

Einen Hinterausgang gab es nicht, die drei Fenster auf der Rückseite waren vergittert. Bardi fragte sich, wo der Junge geblieben war. Die Antwort ließ nicht lange auf sich warten. Denn plötzlich verspürte er einen Schmerz an der Wange. Ein kleiner Stein schlug scheppernd gegen eine der Mülltonnen neben dem Eingang. Instinktiv fasste sich Bardi an die Wange.

»Chef. Sie bluten«, rief Emanuele erschrocken.

Bardi schaute auf das Blut an seiner Hand und dann hoch zum Wipfel der knorrigen Eiche, die am Rand des Grundstücks stand. Dort saß der Junge auf einem dicken Ast und grinste frech.

Jetzt wurde die Haustür von einer Frau geöffnet. Sie trug ein einfaches Leinenkleid und sah verschlafen aus. Bardi schätzte sie auf Ende 40. Doch beim zweiten Blick revidierte er seine Beobachtung. Das Gesicht der Frau wirkte verlebter, als es ihrem wahren Alter entsprach.

»Verdammt, was soll der Lärm«, rief sie und riss verwundert die Augen auf, als sie der Carabinieri gewahr wurde. »Sie bluten«, bemerkte sie trocken, trat einen Schritt aus der Tür, blickte sich um und schrie: »Komm her du kleine Ratte.«

»Wir sind nicht wegen Ihres Sohnes hier«, erklärte Bardi.

Die Frau seufzte erleichtert, musterte Bardi aber zugleich argwöhnisch.

»Signora Tripi?«, fragte Bardi.

»Warum?«

»Wohnt Lino Sensi bei Ihnen?«

»Signor Sensi ist mein Untermieter.«

»Ist Signor Sensi zu sprechen?«

»Der ist seit ein paar Tagen nicht mehr aufgetaucht.«

»Geht das auch genauer?«, warf Emanuele ein.

»Moment«, antwortete Signora Tripi und rannte plötzlich wie von einer Tarantel gestochen quer über den Hof und verschwand im Stall, um kurz darauf mit dem Jungen zurückzukehren. Mit der einen Hand hatte sie ihn so fest am Oberarm gepackt, dass sich sein Gesicht vor Schmerz verzerrte, in der anderen Hand hielt sie die Steinschleuder.

Sie schleifte den Jungen bis vor Bardis Füße und schmiss die Steinschleuder in eine der Mülltonnen. »Und nun entschuldige dich bei dem Polizisten.«

»*Mi perdoni*«, sagte der Junge mit einem frechen Grinsen, wofür er eine kräftige Ohrfeige seiner Mutter erhielt.

»Rocco. Seit wann ist Lino weg?«, fragte sie unvermittelt ihren Sohn.

»Seit Dienstagnachmittag«, antwortete Rocco, woraufhin ihn seine Mutter losließ und er sich mit vorwurfsvollem Blick den Oberarm rieb. »Gibt es eine Belohnung?«

»Können wir uns Signor Sensis Wohnräume einmal ansehen?«, fragte Bardi, ohne den Jungen zu beachten.

»Er hat ein Zimmer mit Badbenutzung«, erklärte Signora Tripi.

Bardi und Emanuele folgten ihr ins Haus, was auch Rocco tat. Im Gegensatz zum Außenbereich war das Haus sauber und aufgeräumt. Hinter der Haustür sah man sich unvermittelt in einer kleinen Wohnküche, bestehend aus einem alten, aber blitzblank polierten Herd, Spüle und Kühlschrank sowie einem Holztisch, an dem vier Stühle standen. Weiter ging es in einen Flur mit drei weiteren Türen.

Signora Tripi öffnete diejenige, die der Küchentür gegenüber lag. Zum Vorschein kam ein quadratischer Raum von ungefähr drei Metern Seitenlänge. An der Wand gegenüber der Tür befand sich ein kleines vergittertes Fenster, vor dem eine Gardine mit vergilbtem Blumenmuster hing. An der linken Wand stand ein Bett mit Stahlgestell nebst einem Kleiderschrank, an der rechten ein tiefer Sessel, dessen Bezug das gleiche Blumenmotiv wie die Gardinen hatte, und daneben ein schmaler Schreibtisch, auf dem sich diverse Illustrierte stapelten.

Beiläufig nahm Bardi einige hoch. Es handelte sich hauptsächlich um Autozeitschriften und vereinzelte Pornohefte. Unter den Zeitschriften lag ein Schlüsselmäppchen aus Kunstleder, welches das Opel-Logo zierte. Bardi reichte es Emanuele.

Als Nächstes zog Bardi die Schreibtischschublade auf. Auch hier fand sich nichts von Belang, nur ein Durcheinander von Kugelschreibern, alten Kassenzetteln, leeren Blisterpackungen und aufgebrauchten Feuerzeugen. Bardi zog einen Papierkorb unterm Tisch hervor. Er war leer.

Und auch der Kleiderschrank offenbarte keine Geheimnisse. Im oberen Fach lag fein säuberlich zusammengelegte

Unterwäsche neben einem Stapel Socken. Auf der Stange hingen einige wenige Hosen und Hemden sowie ein Wintermantel.

Routinemäßig tastete Bardi die Kleidungsstücke ab, doch bis auf eine zerknüllte Zigarettenschachtel im Wintermantel fand er nichts. Einzig die beiden Kartons mit Wodka der nicht ganz billigen Marke Absolut auf dem Schrankboden störten das Bild. Einer war noch originalverpackt, der andere beinhaltete vier volle und zwei leere Flaschen.

»Gesoffen hat er wie ein Loch«, bemerkte Signora Tripi, die in der Tür stehen geblieben war. »Aber immerhin hat er pünktlich seine Miete bezahlt.«

»Fehlt hier irgendetwas?«, fragte Bardi.

Signora Tripi trat in den Raum, schaute sich um und schüttelte dann den Kopf.

»Was ist mit Steuererklärungen, Behörden-Korrespondenz oder Kontoauszügen?«

»Er hat immer in bar bezahlt. Außerdem sind die Räume der Mieter für mich tabu.«

›Von wegen‹, dachte Bardi. Wenn die Leute bei Verhören plötzlich hochgestochen daherredeten, logen sie meist.

Rocco stupste seine Mutter in die Seite. »Lass das«, raunzte Signora Tripi genervt. Aber ihr Sohn ließ nicht locker.

»Was ist denn?«, fragte Bardi freundlich.

»Onkel Lino hatte doch so eine Ka ... Kass ... Wie heißt das noch?« Rocco seufzte resigniert. »So einen Metallkasten mit Schlüssel.«

»Du meinst eine Kassette?«, fragte Bardi.

Rocco nickte heftig. »Die lag unten in seinem Schrank. Aber jetzt ist sie weg.«

»Wird sie mitgenommen haben, als er verduftet ist«, ergänzte seine Mutter.

»Seit wann wohnte Sensi denn bei ihnen?«

Die Signora legte die Stirn in Falten. »Seit ungefähr anderthalb Jahren.«

»Genau zwei Jahre«, berichtigte Rocco.

»Stimmt ... ich suchte damals einen Nachmieter für die alte Dordi. Sensi hat sich auf eine Zeitungsannonce gemeldet. Kam wohl aus der Gegend von Mailand und hatte hier einen neuen Job in dieser Disco ... Ich hatte zunächst Bedenken. Man weiß ja nie, wen man sich ins Haus holt. Aber er hat für ein halbes Jahr im Voraus bezahlt.«

»Hatte er Besuch?«

»Nein. Nie. Auf mich machte er einen sehr einsamen Eindruck. Er hat oft in seiner Kammer gehockt und gesoffen. Ein stiller Trinker. Sie verstehen?«

Bardi nickte. »Hat er mal von früher erzählt oder eine Familie erwähnt?«

Signora Tripi überlegte kurz. »Nein.«

»Sagt Ihnen der Name Pintore etwas? Cesare Pintore?«

»Nie gehört.«

Sie kehrten in die Wohnküche zurück. Bardi reichte der Hausherrin seine Karte mit der Bitte, sie möge sich unverzüglich melden, falls Sensi auftauchen sollte. Danach verließen Bardi und Emanuele, Rocco im Schlepptau, das Haus.

Unter Roccos neugierigen Blicken unterzogen sie Sensis Opel einer gründlichen Durchsuchung, mit demselben ernüchternden Ergebnis wie bei seiner Behausung.

»Vielleicht finden Sie bei Onkel Linos Werkzeug etwas«, sagte Rocco, als Bardi frustriert die Fahrertür zuschmiss.

»Und wo befindet sich dieses Werkzeug?«

»Wie viel?« Rocco rieb Daumen und Zeigefinger gegeneinander.

Bardi deutete auf die kleine Wunde auf seiner Wange. »Ich bin bereit, das zu vergessen, wenn du mir Onkel Linos Werkzeug zeigst.«

Rocco runzelte die Stirn. Dann schüttelte er aufgebracht den Kopf. »Fünf Euro.«

»Ich habe etwas viel Wertvolleres.« Bardi kramte eine weitere seiner Visitenkarten hervor und reichte sie Rocco.

Rocco drehte die Karte zweifelnd hin und her.

»Solltest du einmal Probleme haben, musst du nur meine

Nummer wählen und ich komme dir helfen.«

Wieder zog Rocco seine Stirn in Falten. Dann steckte er die Karte mit gönnerhafter Miene in seine Hosentasche.

»Komm.« Er winkte Bardi in den ehemaligen Stall.

Bardi und Emanuele bahnten sich hinter Rocco einen Weg durch das Gerümpel.

»Hier. Siehst du?« Vor Anstrengung ächzend, schob Rocco eine alte Tür beiseite und deutete auf eine kleine Nische zwischen einer winzigen Kutsche ohne Räder und einem riesigen, verrosteten Tankstellenschild.

Vor zwei alten Waschmaschinen stand ein Werkzeugkasten. Auf den Waschmaschinen, die als Werkbank fungierten, lag ein kleiner brauner Karton mit dem Aufdruck: *Sellier & Bellot – 250 nàboju – cartriges – 9 mm Luger*. Bardi öffnete den Karton. Er war leer.

Soweit Bardi wusste, handelte es sich bei *Sellier & Bellot* um einen großen Munitionshersteller aus Tschechien. Ohne Zweifel waren in dem Karton Patronen jenes Typs gewesen, mit denen auf Cesare Pintore geschossen worden war.

»Die Pistole hatte Onkel Lino neu. Er hat mich auch mal schießen lassen«, erzählte Rocco stolz. »Aber nur, wenn Mama nicht da war.«

»Und wo ist die Pistole jetzt?«, fragte Bardi.

»Die hat er mitgenommen.« Rocco klang enttäuscht. »Ich glaube, das hatte mit dem Brief zu tun.«

»Mit welchem Brief?«

»Den hat er vor zwei Wochen bekommen. Ich habe ihn in sein Zimmer gelegt, als ich von der Schule kam. Sonst hat er nie Post bekommen.«

»Weißt du denn, was in dem Brief stand?«

»Schon mal was vom Briefgeheimnis gehört?« Der Junge sah Bardi an, als habe der den Verstand verloren. »Aber ich habe gesehen, wie Onkel Lino mit dem Brief hier in sein Versteck gegangen ist. Am nächsten Tag ist er dann nach der Arbeit länger weggeblieben und kam mit der Pistole und der Munition zurück.«

»Hatte der Brief einen Absender?«

»Glaube schon.«

»Geht es auch genauer?«

»Irgendein Name. Kann mich nicht mehr erinnern. Aber vielleicht ...« Rocco begann, in einer ausrangierten Weinkiste zu wühlen, die neben den Waschmaschinen stand.

»Hier.« Triumphierend hielt er einen zerknüllten Briefumschlag hoch. »Wie viel?«

Bardi riss ihn dem Jungen aus der Hand und glättete das grobe Papier. Der Brief war in Florenz abgestempelt, *Arezzo CDM Poste*. Auf der Rückseite stand mit zittriger Hand *Russo*.

25. Kapitel

Zurück auf der Wache begannen Bardi und Emanuele, alle Russos im Einzugsgebiet von Arezzo zu ermitteln.

Allein in Arezzo gab es 13. Im Gesamtgebiet waren es 36. Und dies waren nur diejenigen, die im öffentlichen Telefonbuch aufgeführt waren. Bei einer Prüfung der Einwohnermelderegister sowie Kranken- und Sozialkassen würden wahrscheinlich noch einmal etliche hinzukommen. Aber das konnte dauern.

In der zentralen Datenbank der Polizeibehörden befanden sich drei Russos mit Vorstrafen. Ein Eliano Russo aus Arezzo hatte wegen Urkundenfälschung gesessen und ein Mateo Russo, wohnhaft in Bibbiena, wegen schwerer Verkehrsdelikte. Am interessantesten erschien noch eine Gabriele Russo aus Montevarchi, die wegen Totschlags verurteilt worden war. Ein Blick auf ihr Geburtsdatum genügte aber, um zu wissen, dass auch sie kaum infrage kam. Die gute Frau war 101 Jahre alt.

Frustriert strich Bardi zum wiederholten Male den Briefumschlag glatt, der vor ihm auf dem Schreibtisch lag. Diesmal fühlte er eine leichte Unebenheit am Rand. Er drehte den Schirm seiner Schreibtischlampe zur Seite und hielt den Umschlag ins Licht.

Zunächst sah er nichts. Doch dann entdeckte er einen

leichten Schatten.

»Da steht doch etwas«, murmelte er und legte den Umschlag wieder zurück auf den Schreibtisch. Offensichtlich hatte jemand etwas auf ein Papier geschrieben, das über dem Briefumschlag gelegen hatte, wodurch das Geschriebene einen leichten Abdruck auf dem Umschlag hinterlassen hatte.

»Hast du einen Bleistift mit weicher Mine?«, fragte Bardi.

Emanuele kramte in dem Stiftebecher auf seinem Schreibtisch herum und zog schließlich einen Bleistiftstummel hervor.

Skeptisch beäugte Bardi das Stückchen Holz, das kaum länger als drei Zentimeter war, dann strich er vorsichtig über die Stelle, wo er die Schrift entdeckt hatte.

Es erschienen die Ziffern 0575 und 333999. Offensichtlich handelte es sich um eine Telefonnummer aus Arezzo.

Bardi griff zum Hörer. Er musste endlos klingeln lassen, bis endlich abgenommen wurde. Eine fröhliche Frauenstimme flötete den Namen eines mobilen Essensservice. Bardi nannte seinen Namen, doch die Frau sprach einfach weiter. Bestellungen seien telefonisch montags bis freitags von 8.00 bis 16.00 Uhr und samstags von 8.00 bis 12.00 Uhr möglich oder gerne auch im Internet unter ... Bardi begriff, dass es sich um die Ansage eines Anrufbeantworters handelte.

Er hatte noch den Telefonhörer in der Hand, als Contini in die Wache kam.

»Sind Sie bereit?«, fragte Contini und blickte zweifelnd auf Bardis Uniform.

Verdammt, er hatte die Verabredung vergessen. »Bin sofort fertig.«

»Außerdem möchte ich Anzeige erstatten«, erklärte Contini. »Uns werden massenhaft Wahlplakate gestohlen. Kaum hängen sie, sind sie schon wieder weg.«

»... und landen im Wald«, murmelte Emanuele und fing sich böse Blicke von Bardi ein.

Contini musterte Emanuele misstrauisch. »Gibt es etwas, das ich wissen müsste?«

Bardi holte tief Luft und berichtete von der wilden Müllkippe im Wald.

Ein Grinsen huschte über Continis Gesicht. »Wenn das an die Öffentlichkeit kommt, haben wir den Wahlsieg in der Tasche.«

»Wollen Sie wirklich auf diese Weise gewinnen?«, fragte Bardi.

»Vielleicht gewinnen ja Sie?«

Bardi schüttelte genervt den Kopf. »Außerdem müssten wir Tavano oder seine Helfer schon auf frischer Tat ertappen.«

»Versteckte Kameras«, sagte Emanuele und Contini nickte begeistert.

»Für verborgene Kameras im öffentlichen Raum benötigen wir einen Gerichtsbeschluss«, sagte Bardi.

»Wer spricht denn vom öffentlichen Raum?«, erwiderte Contini und grinste erneut. »Der Weg zu meinem Hof ist über einen Kilometer lang und was die meisten nicht wissen, es handelt sich um einen Privatweg. Wenn wir dort mit viel Tamtam unsere Wahlplakate aufhängen, wären die der perfekte Köder.«

Er schaute Bardi erwartungsvoll an.

Bardi überlegte kurz und nickte dann. »Aber nur unter zwei Bedingungen: Den Auftrag für die Kameras müssen Sie erteilen ...«

Contini nickte. »Und zweitens?«

»Sie überlassen Tavano mir – falls er überhaupt dahintersteckt.«

Das Grinsen verging Contini, aber schließlich nickte er abermals.

26. Kapitel

Auf der Fahrt nach Siena klang Contini enthusiastisch, als er berichtete, was es mit der Liste auf sich hatte, die gegen Tavano in den Wahlkampf zog. Ihr Name lautete einfach *Lista civica*, Bürgerliste. »Nüchternheit und moralische Strenge, aber auch Fairness und Aufmerksamkeit für die Schwächsten, Stärkung der lokalen Identität und Offenheit für die heutige und zukünftige Welt. Und das alles ohne Demagogie und billige Bauernfängerei, wie sie mein werter Schwager betreibt«, erklärte Contini die Ziele.

»Aber sollten die Probleme nicht erst einmal im Kleinen gelöst werden?«, warf Bardi ein. »Ich glaube, dass die Menschen in den Gemeinden weniger das politische Lager interessiert als die Lebensumstände, die es zu verbessern gilt.«

»Wissen Sie, was Sie da gerade gesagt haben?« Contini betrachtete Bardi prüfend.

Auch Bardi warf Contini einen schnellen Blick zu. Hatte er, der in politischen Dingen und in Rhetorik wenig bewandert war, etwas Falsches gesagt?

»Kennen Sie das Programm der *Lista civica*?«

»Nie in den Händen gehalten.«

»Sie haben es in nur einem Satz perfekt zusammengefasst. Schon einmal was vom *Homo politicus* gehört?«

»Der politische Mensch.«

»Stimmt«, sagte Contini. »Aber die reine Übersetzung greift zu kurz. Ein *Homo politicus* denkt nicht nur politisch, er greift auch aktiv in das Gemeinleben ein.«

»Vereinfacht gesagt: Ein *Homo politicus* kennt die Menschen und kümmert sich um ihre Sorgen.«

»Genau.« Continis Enthusiasmus kannte jetzt keine Grenzen mehr. »Schauen Sie, ich weiß, dass ich oft zu kompliziert klinge. Deshalb halten mich viele für einen abgehobenen linken Spinner. Ich erreiche die Menschen einfach nicht. Aber Sie ... Sie sind ein Naturtalent. Allein wie Sie mit Tavano umgehen. Sie führen den Mann am Nasenring durch die Manege. Und dieser Dummkopf denkt dabei, Sie wären der Tanzbär.«

Continis Lobeshymne machte Bardi verlegen. Deshalb war er froh, als die Stadtmauern von Siena in der Abendsonne auftauchten.

»Am besten parken wir hier.« Contini wies auf die Einfahrt zum Parkplatz Santa Caterina.

»Wozu ist man Carabiniere«, rief Bardi, als sie Sekunden später das Stadttor Porta Fontebranda passierten.

Siena hatte als erste Stadt Italiens das historische Zentrum für den allgemeinen Verkehr gesperrt. Diese Sperre wurde durch ein lückenloses Kamerasystem überprüft. Fahrern, die mit ihren Fahrzeugen in die Falle tappten, drohten empfindliche Bußgelder. Als Carabiniere hatte Bardi für seinen Privatwagen eine Ausnahmegenehmigung erhalten, die es ihm erlaubte, auch in der Altstadt zu parken.

Trotzdem war auch für Bardis Wagen der Weg bald zu Ende. Kurz vor einem weiteren Tor, der Porta Salaria, gab es in den engen Gassen von Siena keinerlei Möglichkeit zu parken, ohne den Weg zu verstopfen.

Zu Fuß führte Contini den Capitano durch das Tor und nachdem sie ein paar Mal im Labyrinth der mittelalterlichen Gassen abgebogen waren, kamen sie auf die schmale, bogenförmige Via dei Termini, wo sich edle Boutiquen mit Cafés, Bars und Delikatessläden mischten. Auch zu dieser vorgerückten Stunde war Siena von Touristen und Einheimischen bevölkert.

Vor einem herrschaftlichen Haus, dessen Fassade offensichtlich eines neuen Anstrichs bedurfte, denn vor ihr ragte ein Gerüst in die Höhe, stoppte Contini, um herzlich zwei junge Männer zu begrüßen, die im Begriff waren, die hohe Eingangstür zu öffnen.

»Das ist Giulio Bardi aus San Pietro«, stellte er Bardi vor, woraufhin die beiden Männer diesen mit wohlwollender Neugierde beäugten, bevor sie dem Capitano die Hände reichten. Bardi konnte sich des Verdachts nicht erwehren, dass Contini ihnen schon vorher von ihm berichtet hatte.

Sie betraten ein großzügiges Treppenhaus, dessen altes Mauerwerk eine angenehme mineralische Kühle ausstrahlte. Je höher sie die Steintreppe stiegen, desto lauter war Stimmengewirr zu vernehmen. Schließlich klopfte Contini an eine Tür in der oberen Etage.

Es dauerte eine Weile, bis von einer kleinen, drahtigen Frau geöffnet wurde, die Bardi auf Mitte 50 schätzte, also ungefähr auf sein Alter. Ihr kastanienfarbenes Haar trug sie als symmetrischen Pagenkopf. Die Frisur verlieh ihrem Gesicht eine Strenge, die durch ihre nobel akzentuierte Nase noch unterstrichen wurde. Ein wenig erinnerte es Bardi an einen Raubvogel. Die meiste Aufmerksamkeit zogen jedoch ihre großen blauen Augen auf sich, die unter dem Pony hervorlugten und von denen Bardi sich kaum lösen konnte, als sie einander die Hand reichten.

»Sie sind also der Capitano«, sagte sie. Ihre Stimme war rau und hell zugleich und kam Bardi seltsam vertraut vor.

»Der bin ich. Ich hoffe, Contini hat kein dummes Zeug über mich erzählt.«

»Das ist wohl kaum nötig, schließlich kennen wir uns schon.«

Bardi sah sie verdutzt an.

Jetzt lachte die Signora. »Wir haben schon zwei- nein dreimal miteinander telefoniert.«

Jetzt ging ihm endlich ein Licht auf. »Sie sind die Stationsärztin ...«

»Stimmt. Dottoressa di Giacomo. Mein Vorname ist Camilla.«

»Giulio«, erwiderte Bardi und sie schüttelten sich erneut die Hände.

»Camilla kandidiert als unsere Spitzenkandidatin für das Europa-Parlament«, erklärte Contini stolz.

»Das ist noch nicht sicher«, warf Camilla ein.

»Wer soll es denn sonst machen?«, erwiderte Contini. »Du müsstest schon einen Mord begehen, um nicht aufgestellt zu werden.«

»Wenn du nicht aufhörst, begehe ich gleich wirklich einen.« Camilla formte mit ihrer Hand eine Pistole und zielte auf Contini, der sich lachend duckte.

27. Kapitel

Später standen Camilla und Bardi, Proseccogläser in den Händen, an der Brüstung des Balkons der großzügigen Dachwohnung und betrachteten das nächtliche Panorama Sienas. Der leuchtende Marmor des Campanile schien zum Greifen nah.

Camilla hatte gegen die Frische einen Poncho aus Alpakawolle übergeworfen. Bardi fühlte sich von den anregenden Gesprächen zuvor erhitzt. Da war das eiskalte, prickelnde Getränk doppelt köstlich.

Noch immer wurde im Wohnzimmer heftig debattiert. Bardi hatte 15 Leute gezählt, die einen Querschnitt durch die italienische Gesellschaft repräsentierten. Ihm zur Seite hatten ein pensionierter Pilot der Alitalia und eine junge Studentin der Politik gesessen.

Des Weiteren gab es einen Bäcker, zwei jungen Lehrerinnen sowie drei Büroangestellte, eine Anwältin, die im Stadtrat von Siena saß, und einen wortkargen Jazzmusiker mit Afro-Frisur.

Bei den beiden Männern, die Bardi und Contini vor dem Haus getroffen hatten, handelte es sich um ein schwules Pärchen, das eine Kunstgalerie an der Piazza del Campo führten.

Der heimliche Star jedoch war Pierre, ein französischer, graubärtiger Obdachloser mit Pferdeschwanz und zwei nervösen Windhunden, der unentwegt philosophische Monologe hielt. Er sprach mit einem starken französischen Akzent, den Bardi übertrieben fand, die Frauen im Raum aber anscheinend sehr anziehend.

Hinter vorgehaltener Hand hatte einer der Galeristen Bardi zugeraunt, dass Pierre in den späten Siebzigerjahren erst bei der französischen *Action directe* und später bei den italienischen *Brigate Rosse* eine aktive Rolle gespielt habe. Die jungen Frauen jedenfalls hingen an seinen Lippen und füllten sein Kristallglas mit Rotwein, sobald er es geleert hatte, was beinahe im Minutentakt der Fall war.

Bardi hatte sich mit der Anwältin und dem Bäcker unterhalten. Das Gespräch hatte er als anregend empfunden, da beide fest mit den Füßen auf dem Boden standen und lieber über die wirklich drängenden Probleme wie die Jugendarbeitslosigkeit und die daraus resultierende niedrige Geburtenrate und Überalterung sprachen.

Bardi merkte, dass die Probleme von Siena dieselben wie in San Pietro waren. Und seine beiden Gesprächspartner bestärkten ihn in seiner Überzeugung, dass zunächst die Probleme lokal gelöst werden mussten, bevor an die Beantwortung der großen nationalen, geschweige denn globalen Fragen überhaupt nur gedacht werden sollte. Ja, er ertappte sich sogar bei dem Gedanken, dass er sicher besser als Tavano geeignet war, diese Probleme anzupacken.

Doch jetzt hatte er nur Augen für Camilla. Auf den ersten Blick war diese ernste, stolze Frau ihm nicht so recht sympathisch gewesen. Camilla war zwischen den Gesprächsgrüppchen hin und hergewandert – als gute Gastgeberin stets mit einem großen Teller Antipasti in den Händen. Dabei hatte sie ab und zu messerscharfe Bemerkungen fallen lassen, ohne eine Replik abzuwarten. Bardi hatte dieses Verhalten als arrogant empfunden.

Doch dann hatte Camilla ihn gebeten, Wein mit ihr aus dem Keller zu holen. Auf dem Weg nach unten sprachen sie kurz über Pintore und sein Verschwinden aus dem Krankenhaus. Bardi berichtete von Pintores Auftauchen am Castello.

»Ein Wunder, dass er in seinem Zustand überhaupt so weit gekommen ist«, erklärte Camilla. »Ich kann nur hoffen, dass Pintore Ruhe bekommt. Ansonsten ...« Sie seufzte.

Beide erreichten das tiefe, gewölbeartige Kellergeschoss, das mit alten Möbeln, Winterreifen, Fahrrädern und anderem Krimskrams zugestellt war. Bardi folgte ihr durch das Gerümpel zu einer Holztür am anderen Ende des Raumes.

»Die Hinterlassenschaft meines verstorbenen Mannes«, sagte Camilla mit einladender Geste, nachdem sie die Tür mit einem überdimensionalen Schlüssel geöffnet hatte.

»War Ihr Mann auch Mediziner?«, fragte Bardi.

Camilla lachte auf. »Sagen Sie bloß, der Name Mariano di Giacomo sagt Ihnen nichts?«

»Ich hatte leider nie das Vergnügen.« Bardi fühlte, wie er rot wurde.

»Ob das ein Vergnügen geworden wäre, lässt sich jetzt nicht mehr feststellen.« Camilla schmunzelte, um direkt wieder ein ernstes Gesicht aufzusetzen. »Mariano war Visionär, Verleger und Politiker. Genau in dieser Reihenfolge. Zuletzt war er Mitglied im zweiten Kabinett Prodi.«

»Als Minister?«

»Und Sie wollen wirklich in die Politik?« Camilla schüttelte den Kopf.

»Wer behauptet das?«

»Aber warum sind Sie dann gekommen?« Camilla schien aufrichtig erstaunt.

»Am ehesten, um Contini einen Gefallen zu tun«, gab Bardi zu.

»Contini ist der festen Überzeugung, dass Sie zum Retter Ihres kleinen Dörfchens auserkoren sind.«

Bardi wusste nicht, was ihn mehr ärgerte. War es, dass Contini hinter seinem Rücken seine politische Karriere plante, oder dass Camilla San Pietro für ein Kaff hielt.

»Waren Sie schon einmal in San Pietro?«

»Bin dran vorbeigefahren.«

Bardi schnaubte und trat einen Schritt vor. Der Raum hinter der Tür lag im Dunkeln.

»Interessieren Sie sich für Polo?«

»Polo?«

»Ich lade Sie hiermit für Sonntag ein, damit Sie Gelegenheit haben, San Pietro einmal aus der Nähe kennenzulernen.«

»Mal sehen.« Camilla betätigte den Lichtschalter.

Bardi zählte fünf Reihen Weinregale, wovon gut die Hälfte mit Flaschen bestückt war.

»Alles Rotwein. Mein Mann ist vor einem Jahr gestorben. Ich selbst bin keine fleißige Trinkerin«, erklärte Camilla und holte eines der Holzgestelle, die neben der Tür standen und jeweils Platz für sechs Flaschen boten. »Sie haben die freie Auswahl.«

Bardi strich mit Camilla im Gefolge durch die Gänge, nahm mal diese mal jene Flasche in die Hand, blies den Staub vom Etikett und las ehrfürchtig die Angaben.

Es gab mehrere Lagen *Chianti Riserva* und *Gran Selezione*, australischen *Shiraz*, eine Lage 2005er *Sassicaia* und als Höhepunkt fand Bardi eine Flasche *Château Pétrus* mit Gravur aus dem Jahr 2004. Unwillkürlich musste er an seinen Freund und Polo-Kameraden John Thompson, den englischen Winzer, denken. Der hätte seine helle Freude an dieser Selektion gehabt.

»Die Weine müssen ein Vermögen wert sein.«

Camilla lächelte. »Mariano sagte immer, den wahren Wert eines Weines kann man erst ermessen, wenn die Flasche leer ist.«

Sie stand so dicht hinter ihm, dass ihr kühler Atem ihn am Nacken kitzelte.

»Da hatte er verdammt recht.« Bardi füllte den Flaschenhalter je zur Hälfte mit Shiraz und Chianti.

Als er sich umwandte, war Camillas Gesicht ganz nah an seinem. Für ein paar Sekunden musterten sie sich und Bardi fühlte den Drang, sie zu berühren. Doch dann wandte sich Camilla mit einem – so schien es Bardi – wissenden Lächeln ab und bewegte sich in Richtung Tür.

»Dieser Pierre ...«, bemerkte Bardi auf dem Weg nach oben.

»Lassen Sie mich raten. Als Carabinieri fühlen Sie sich nicht wohl in der Gesellschaft eines Ex-Terroristen.«

Bardi brummte zur Antwort.

»Keine Angst: Pierre ist harmlos. Ich glaube nicht, dass er je in die Nähe des bewaffneten Kampfes gekommen ist. Er tauchte irgendwann Anfang der Achtzigerjahre mit nichts weiter als seiner Kleidung am Körper, einer halben Schachtel Gauloises, aber umso mehr Räuberpistolen auf. Im Grunde genommen ist er ein *Poveretto*, eine arme Socke, ein Schnorrer ... Er ist vollkommen abgebrannt und auf Almosen angewiesen. Deshalb kultiviert er seinen Ruf als Revoluzzer.«

Oben angekommen, fragte Camilla. »Wollen Sie die Wohnung sehen?«

Bardi stellte die Weinflaschen im Flur ab. »Gerne.«

Welch ein Unterschied zu der Absteige, die er heute Mittag besichtigt hatte: Camillas Wohnung war der Inbegriff bürgerlichen Luxus. Großzügig geschnitten, elegant, aber unprätentiös möbliert und viel zu groß für eine Person.

Sie zeigte ihm ihr Arbeitszimmer, medizinische Fachbücher in deckenhohen Regalen und vor dem Fenster ein kleiner Schreibtisch mit Apple-Computer, das Schlafzimmer, dominiert von einem riesigen Futon, das Gästezimmer, ganz im nüchternen Bauhaus-Stil mitsamt Le-Corbusier-Liege, und schließlich das Büro ihres Mannes, zwei durch einen Vorraum verbundene Räume.

Der eine, kleinere und fensterlose, diente als Archiv – Camilla deutete auf die halb geöffnete Tür. Bardi sah im Halbdunkel ein Regal, das mit Büchern und Aktenordnern vollgestopft war.

»Camilla ... Camilla ... Komm mal, meine Perle.« Eine tiefe Männerstimme im Rücken ließ Bardi herumfahren.

28. Kapitel

»Das sind nur Garibaldi und Francesca, die Papageien meines Mannes«, lachte Camilla und stieß die Tür zum Arbeitszimmer ihres verstorbenen Mannes auf.

Der Raum erinnerte Bardi an ein Museum. Der Boden war mit mehreren Lagen Orientteppichen belegt. An den Wänden hingen gerahmte Fotografien. Ein massiver alter Schreibtisch stand vor dem großen Fenster, von dem aus man einen großartigen Blick über die Lichter der Stadt hatte. Daneben stand ein großer Vogelkäfig. Er war mit einer Haube aus grünem Brokat bedeckt. Darunter war das aufgeregte Feder-Geraschel der Papageien zu hören.

Eine dicke Kladde lag aufgeschlagen auf dem Schreibtisch, daneben ein schwerer Montblanc-Füllfederhalter und in einem Marmor-Aschenbecher befand sich eine halb aufgerauchte Havanna. Es schien, als habe Camillas Mann das Büro nur kurz verlassen, um sich einen Drink zu holen.

Bardi betrachtete die Fotografien an den Wänden.

»Das ist Mariano kurz vor seinem Tod.« Camilla deutete auf eines der Bilder. Es zeigte einen dicklichen Mann, den Bardi auf Mitte 70 schätzte.

»Ich war 18, als ich ihn heiratete. Er schon 42. Alle – vor allem meine Eltern – haben die Hände überm Kopf zusammengeschlagen. Sie konnten nicht verstehen, was ich von so einem alten Sack wollte, der weder gut aussah, noch sonderlich wohlhabend war. Aber ich war volljährig, wissbegierig und auf der Suche nach einem Kompass für mein Leben. Und all diese Wünsche und Sehnsüchte konnte nur Mariano erfüllen. Er hat mich zu der Frau gemacht, die ich heute bin.«

»Woran ist er denn gestorben?«

Camilla seufzte. »Er hat sich das Leben genommen. Mariano litt unter chronischem Nierenversagen und musste mehrmals wöchentlich zur Dialyse. Das hat ihm schwer zu schaffen gemacht, wo er doch früher so gerne in der Weltgeschichte herumgegondelt ist. Und bevor Sie fragen ...«

Sie zögerte. »... ich habe keine Anzeichen für eine suizidale Neigung erkannt. Mariano hat sich Nembutal besorgt. Ein Barbiturat, das häufig in der Sterbehilfe eingesetzt wird. Keine Ahnung, wie er daran gekommen ist. Dazu hat er wohl eine halbe Flasche seines Lieblingsgrappas getrunken. Ich kam von der Arbeit und habe ihn hier vorgefunden ...«

Sie deutete auf den Schreibtisch. »Mariano hat immer zu viel getrunken und vom Rauchen konnte er auch nicht lassen. Er war ein Genussmensch. Mit Anfang Fünfzig bekam er Diabetes. Ich habe meine gesamte Energie darauf verwendet, ihn medizinisch zu behandeln, damit es zu keinen körperlichen Schäden kam. Aber scheinbar hatte Mariano es sich zum Ziel gesetzt, all meine Bemühungen zu torpedieren. Sein Wahlspruch war: *Si vive una volta sola.* Er hat nichts ausgelassen. Dieser unverbesserliche Kindskopf.«

Camilla blickte kurz in Richtung der hohen Zimmerdecke, als wolle sie sich bei ihrem verstorbenen Mann entschuldigen.

»Man lebt nur einmal«, murmelte Bardi, während er weiter die Fotos betrachtete.

Mariano di Giacomo Zigarre rauchend mit Fidel Castro, di Giacomo mit einem weißhaarigen bärtigen Mann, den Bardi nach einigen Überlegungen als den Sowjet-Dissidenten Solschenizyn identifizierte, di Giacomo mit Lech Walesa und Arbeitern der Fiat-Werke. Die zahlreichen anderen Personen konnte Bardi nicht identifizieren, doch nahm er an, dass es sich um weitere Hochkaräter aus Politik und Kultur handelte.

Bardi trat vor das Bücherregal an der Wand und studierte die Titel: *Die linke Revolution, Ein gerechtes Italien in einer gerechten Welt, Auf die Straße!* Untertitel: *Veränderungen werden mit den Füßen gemacht.* Er kannte keines dieser Bücher.

Camilla zog ein Exemplar von Die linke Revolution aus dem Regal und reichte es Bardi. Es war ein schmales Büchlein mit rotem Einband.

»Das ist Marianos Hauptwerk. Erschienen 1973 und immer noch aktuell. Lesen Sie es und es wird Ihnen die Augen öffnen.«

Sie strich Bardi über die Hand. Diese intime Berührung irritierte ihn.

Ein Räuspern, das aus dem Vorraum kam, beendete diesen Augenblick.

Camilla wirbelte herum und blickte wütend den Mann an, der mit einem roten Aktenordner in der Hand in der Tür stand. Dann riss sie ihm den Aktenordner aus der Hand. »Hast du uns belauscht?«

»Du weißt doch, dass die Gesellschaft im Wohnzimmer nicht so recht die meinige ist. Da habe ich es vorgezogen, ein wenig in meiner und Marianos Vergangenheit zu schwelgen«, verteidigte sich der Mann mit verlegener Stimme.

Er deutete auf das Archiv hinter sich. Dann trat er auf Bardi zu und streckte ihm die Hand entgegen.

»Raniero Domus.«

Bardi nannte seinen Namen und schüttelte Domus die Hand. Domus war Anfang 60, klein, drahtig und trug eine randlose Brille. Er kam Bardi vage bekannt vor.

»Raniero ist der beste Freund meines Mannes gewesen«, erklärte Camilla.

»Ich war Oberstaatsanwalt in Bologna, aber ursprünglich stamme ich aus Florenz«, sagte Domus und kramte aus seinem Jackett eine Visitenkarte hervor. »Seit einiger Zeit leite ich jedoch eine Hauptabteilung für Justizangelegenheiten.«

»Noch eine Stufe höher auf der Karriereleiter und Raniero

ist Justizminister«, erklärte Camilla. »Aber nur wenn wir die nächsten Wahlen nicht gewinnen. Raniero steht nämlich neuerdings auf der anderen Seite. Vom Paulus zum Saulus ...«

»Hören Sie nicht auf Camilla«, sagte Domus lächelnd.

Bardi nahm das Kärtchen: Raniero Domus war ihm tatsächlich schon einmal begegnet. Aber nicht in Bologna, sondern als noch ziemlich junger Staatsanwalt vor über einem Vierteljahrhundert in Rom bei einem Mammutprozess gegen die Mafia. Bei diesem hatte Bardi in seiner Funktion als Personenschützer des Innenministers, der beinahe einem Bombenattentat der 'Ndrangheta zum Opfer gefallen war, als einer von über 200 Zeugen ausgesagt.

Damals hatte Domus den Beinamen *Falcones Fallbeil* bekommen, da er immer für sehr harte Strafen plädiert hatte.

Bardi erinnerte sich, dass Domus später genauso hart gegen den schwarzen und roten Terror vorgegangen war. Und war da nicht vor Jahren ein kleiner Skandal gewesen, weil bei einem Prozess gegen die Roten Brigaden Akten der Staatsanwaltschaft verschwunden waren, was Domus beinahe seinen Kopf gekostet hatte?

»Wie gefällt Ihnen die illustre Runde?«, fragte Domus mit einem verschwörerischen Augenzwinkern.

»Auf jeden Fall ist sie nicht langweilig«, erwiderte Bardi ebenfalls augenzwinkernd.

»Sehr salomonisch«, sagte Domus. »Sie sollten Politiker werden.«

»Davon versuche ich unseren Freund schon den ganzen Abend zu überzeugen«, sagte Camilla und schenkte Bardi ein breites Lächeln.

Als sie wieder Domus anblickte, verdüsterte sich ihre Miene allerdings. »Du hättest wenigstens Bescheid sagen können, dass du Marianos Archiv benutzt.«

Domus nickte schuldbewusst. »Er fehlt mir.«

29. Kapitel

Am Samstagmorgen wählte Bardi die Nummer des mobilen Essensservice aus Arezzo. Eine jugendliche Frauenstimme flötete ihre Begrüßung. Diesmal handelte es sich nicht um den Anrufbeantworter.

»Haben Sie einen Kunden namens Russo?«, fragte Bardi, nachdem er sich vorgestellt hatte und die Mitarbeiterin anhand seiner Telefonnummer überprüft hatte, dass sie tatsächlich einen Carabiniere an der Strippe hatte. »Oder eine Kundin?«

Bardi hörte das Geklapper einer Tastatur. »Leider nein.«

Bardi blickte auf den Briefumschlag, der immer noch auf seinem Schreibtisch lag. In ihm keimte eine vage Hoffnung auf: Wenn der Absender sich die Telefonnummer des Essensservice notiert hatte, war vielleicht davon auszugehen, dass er dessen Dienste zum ersten Mal in Anspruch genommen hatte. Der Brief war laut Poststempel vor zweieinhalb Wochen losgeschickt worden. Bardi nannte der Mitarbeiterin das Datum.

»Haben Sie an den Tagen zuvor Aufträge von neuen Kunden bekommen?«

Wieder Geklapper. »Ja, einen Tag zuvor. Ein gewisser Tassilo Branchini.« Sie nannte eine Adresse nahe Montepulciano.

Bardi bedankte sich und wollte schon auflegen, da sagte

die Mitarbeiterin: »Moment, das ist seltsam.«

»Was denn?«

»Signore Branchini hat dreimal das Mittagsmenü geliefert bekommen. Beim vierten und fünften Mal war er nicht zu Hause. Wir haben die Lieferung dann eingestellt, denn er hatte nur bis zum Ende der Woche bezahlt.«

»Das ist in der Tat seltsam«, sagte Bardi und bedankte sich für die Hilfe.

Eine dunkle Vorahnung beschlich ihn, als er die Rasur bei Giovanni auf später verschob, den Brief einsteckte und sich sofort auf den Weg zur angegebenen Adresse machte.

Doch der herrliche Frühsommermorgen verdrängte bald seine düsteren Gedanken. Er genoss die Fahrt durch das langsam erwachende Chianti und machte einen kleinen Umweg, um die schmale Straße zu inspizieren, die zu Continis Biohof führte. Contini hatte sein Versprechen über Nacht wahr gemacht: Überall hingen Plakate für die *Lista civica* und zu seinem Erstaunen auch einige, auf denen einzig eine Hand mit emporgerecktem Daumen zu sehen war. Sein erster Gedanke war, Contini zur Rede zu stellen. Aber Bardi musste sich eingestehen, dass er sich ungemein geschmeichelt fühlte. Außerdem war sein Name nirgends zu lesen, wenngleich sicher alle wussten, auf wen der Daumen anspielte.

Kameras konnte er zunächst nicht entdecken. Er trat näher an das wildwuchernde Gestrüpp heran, das die Straße säumte. Und tatsächlich: Zwischen ein paar Ästen entdeckte er eine winzige Kamera. Grinsend bestieg er den Streifenwagen und fuhr weiter in Richtung Montepulciano.

Bis auf ein paar hohe Zirruswolken war der Himmel von einem tiefen Blau. Immer wieder boten sich neue Blickwinkel auf die Anhöhen, auf deren Kämmen Zypressen wie erhabene antike Säulen über die Täler wachten. Die Straßen passten sich dem sanften Auf und Ab der grünen Wellen an.

So ließ Bardi sich treiben, bis das Hügelstädtchen Montepulciano wie eine Fata Morgana am flirrenden Horizont auftauchte.

Der staubige Weg, an dem sich Branchinis Haus befinden sollte, endete abrupt vor einem Schutthaufen. Notgedrungen wendete Bardi und entdeckte erst auf dem zweiten Blick das Haus, das sich hinter wilden Brombeersträuchern verbarg.

Ringsherum war nur wilde, unberührte Natur, was für die Toskana – jene durch die Jahrtausende von Menschenhand geformte Parklandschaft – ungewöhnlich war.

»Hallo«, rief Bardi, als er sich einen Weg durch das Gestrüpp gebahnt hatte und die Steinterrasse vor dem kleinen Haus erreichte. Außer dem Summen einiger fleißiger Bienen gab es keine Antwort.

»Signor Branchini?« Bardi klopfte an die Tür. Wenn Branchini den mobilen Menüservice in Anspruch nahm, war er sicher alt und gebrechlich und vielleicht auch schwerhörig.

Bardi drückte die Klinke, doch die Tür war verschlossen. So blieb ihm nichts anderes übrig, als um das Häuschen herumzugehen und in die Fenster zu schauen. Das Halbdunkel im Inneren gab keinen Aufschluss über den Bewohner. Soweit Bardi erkennen konnte, war das Haus spartanisch eingerichtet. Ein paar grobe Holzmöbel, keine Bilder an den Wänden, aber auch kein Anzeichen von Unordnung. Er fühlte sich an die anonyme Kargheit von Sensis Zimmer auf dem Hof von Signora Tripi erinnert.

Kurz bevor Bardi seinen Rundgang beendete, blieb er stehen und lauschte. Hier mischte sich in das freundliche Summen der Bienen ein Schwirren und nervöses Zischen, dessen Ursprung hinter den dichten Brombeersträuchern lag, die das gesamte Grundstück umwucherten.

Bardi zwängte sich durch die Ranken. Die kleinen Dornen verfingen sich in seiner Uniform. Fast schien es, als wollten sie ihn zurückhalten.

Plötzlich flog ein dichtes Geschwader von Schmeißfliegen auf. Das Summen dröhnte in Bardis Ohren. Gleichzeitig bemerkte er einen widerlich süßen Duft, dessen Ursprung sich jetzt direkt vor ihm befand.

30. Kapitel

Der Tote saß in einem Rollstuhl. Er war von Faulgasen aufgedunsen. Sein Kopf lehnte im Nacken. Das Gesicht machte einen seltsam entspannten Eindruck, die Augen waren geschlossen, den Mund schien ein Lächeln zu umspielen. Fast hätte man es für das Gesicht eines Schlafenden mit süßen Träumen halten können, wäre da nicht das kleine schwarze Loch auf der Stirn gewesen, das von winzigen weißen Maden bevölkert war.

Der faulige Gestank, der von dem Toten ausging, ließ Bardi würgen. Er holte sein Leinentaschentuch aus der Jacke, um es schützend vor Nase und Mund zu halten. Die Schmeißfliegen schwirrten wütend um seinen Kopf. Das Brausen war ohrenbetäubend. Keine Frage, der Mann war durch einen frontalen Kopfschuss ermordet worden.

Ruckartig drehte Bardi sich um und ging zurück auf die Terrasse, wo er erst einmal tief durchatmete, bevor er die Privatnummer des Chefs der florentinischen Kriminalpolizei anrief.

Eine verschlafene Stimme brummte nach langem Läuten ein paar unverständliche Töne.

»Commissario Meister?«

»Si.«

»Hier liegt die Leiche eines Mannes, der allem Anschein

nach erschossen wurde.« Bardi schilderte Meister die Ereignisse des letzten Tages.

»Und Sie denken, dass ein Zusammenhang mit den Schüssen auf diesen Pintore besteht?«

»Ich gehe jede Wette ein, dass der Mann hier durch dieselbe Waffe ums Leben kam, mit der auf Pintore geschossen wurde. Dafür wäre es natürlich gut zu wissen, was bei der ballistischen Untersuchung herausgekommen ist, deren Ergebnisse mir für gestern Mittag versprochen wurden.«

»Darüber wird noch zu reden sein.«

»Warum das?«

»Später. Wie war noch mal die genaue Adresse?«

***

Nach dem Gespräch besah sich Bardi das Schloss an der Haustür. Es war noch nicht alt und kaum zu knacken.

Er versetzte sich in die Lage des Täters. Wahrscheinlich war Branchini in oder an seinem Haus erschossen worden.

Danach musste der Täter den Toten mitsamt dem Rollstuhl in die Büsche geschoben haben, um die Leiche zu verbergen. Wenn der Täter die Haustür verschlossen hatte, so hatte er den Schlüssel sicher ebenfalls im Gebüsch entsorgt.

Bardi suchte sich einen langen Stock und schob die Brombeersträucher vor dem Haus auseinander. Er wollte schon aufgeben, da entdeckte er den Schlüssel. Er war an einer Holzkugel befestigt und das Band hatte sich an einem der oberen Äste verfangen. Geschickt angelte Bardi sich den Schlüssel.

Branchinis Haus bestand aus Wohnküche, Bad und Schlafzimmer. Überall herrschte Ordnung, wenngleich Bardi bei jeder Bewegung Staub aufwirbelte.

Systematisch durchsuchte er den einzigen Kleiderschrank, die Kommode neben dem hohen Holzbett und den wackligen Sekretär unter dem Fenster. Und wieder fühlte er sich an das Zuhause von Lino Sensi erinnert.

Nirgends waren persönliche Dinge zu entdecken. Im Schrank befand sich einfache, aber saubere Kleidung. Das Bett war gemacht. Auf dem Beistelltisch lagen mehrere Packungen eines Schmerzmittels und eine alte Bibel. Vielleicht fand sich irgendwo eine *Tessera sanitaria*, die Krankenversichertenkarte. Doch die Fächer und Schublädchen des Sekretärs, der unter dem Fenster stand, waren wie leer gefegt.

Auch im Badezimmer und in der Küche fand sich nichts, was Aufschluss über den Bewohner gab. Einzig ein Heft mit Kreuzworträtseln auf dem Küchentisch deutete auf ein wenig Leben hin. Bardi sah sich die krakeligen Druckbuchstaben in den Feldern an. Eilig holte er den Briefumschlag aus seiner Uniformjacke. Kein Zweifel: Die Schrift war identisch. Branchini war also Russo oder umgekehrt. Das war immerhin schon einmal ein Fortschritt.

Dermaßen motiviert, schaute Bardi sich noch einmal genauer um. Schließlich blieb sein Blick an der Bibel hängen. Er nahm das Buch und blätterte es durch. Dabei segelte ein zusammengefaltetes Stück Papier zu Boden und verschwand unter dem Bett. Bardi kniete sich hin und wollte es zwischen einigen Staubbällchen hervorholen, als er gegen etwas stieß: ein weiteres Buch, das zwischen Bett und Wand gerutscht war.

Bardi setzte sich aufs Bett und schaute sich seinen Fang genauer an. Es handelte sich um Tomasis *Il Gattopardo* in der gleichen alten Taschenbuchausgabe wie in Pintores Kiste. Auch hier waren bestimmte Seiten angekreuzt und es befanden sich vereinzelte Punkte unter den Buchstaben. Hatte Branchini alias Russo über einen Code in Kontakt zu Pintore gestanden?

Er faltete das Papier auseinander. Es handelte sich um einen vergilbten Zeitungsausschnitt. Bardis Blick blieb an dem kleinen Foto neben dem Artikel hängen. Es war grobkörnig, doch es zeigte eindeutig Cesare Pintore neben seiner Frau vor dem Eingang zu ihrem Geschäft im Castello.

Der Artikel war drei Jahre alt und anlässlich der Renovierung der Verkaufsräume verfasst worden. Am oberen Ende erkannte Bardi das Logo von *IL FLASH!*, einer regionalen Boulevardzeitung, die sich hauptsächlich durch Anzeigen finanzierte.

Bardi starrte auf den Artikel. Was verband Pintore, Sensi und Branchini? Zunächst einmal, dass über ihre Vergangenheit so gut wie nichts bekannt war.

Aber was war in der Vergangenheit geschehen? Und warum war es ausgerechnet jetzt zu den Schüssen auf Pintore und dem Mord an Branchini gekommen? Und warum hatte Branchini als Absender Russo auf den Brief geschrieben?

31. Kapitel

Die Mittagssonne brannte bereits vom Himmel, als Bardi endlich Motorgeräusche hörte. Er trat an den Rand der Terrasse und entdeckte in einiger Entfernung eine schwarze Alpha-Romeo-Limousine, gefolgt vom weißen Van der Spurensicherung und von einem weiteren Alpha, in dem er den Gerichtsmediziner vermutete. Im ersten Fahrzeug schaute Meister aus dem Seitenfenster.

Bardi streckte beide Arme in die Luft und Meister winkte zurück.

Wenig später begannen die Leute von der Spurensicherung und der Gerichtsmediziner ihre Arbeit. Bardi hatte Meister die Leiche im Rollstuhl gezeigt, was bei dem Commissario denselben Ekel hervorgerufen hatte wie bei ihm.

Jetzt standen sie hinter dem Haus, wo es dank des Schattens etwas kühler war.

»Dürfte ich endlich erfahren, was die ballistische Untersuchung ergeben hat?«, fragte Bardi.

»Sagt Ihnen der Name Emilio Domenico etwas?«

»Nein«, erwiderte Bardi und wischte sich den Schweiß von der Stirn.

»Ich kenne da ein nettes Restaurant in Montepulciano. Die hier kommen auch ohne uns klar«, sagte Meister, ging um das

Haus herum und winkte Bardi hinter sich her. »Aber Sie müssen fahren.«

***

»Emilio war neun Jahre alt, als er in der Lombardei am 18. September 1986 auf dem Heimweg von der Schule entführt wurde. Zeugen gab es nicht, da sein Weg ihn entlang einsamer Felder führte. Emilio war der Sohn eines inhaftierten Terroristen der Roten Brigaden namens Dino Domenico.«

»Jetzt fällt mir die Geschichte wieder ein«, erwiderte Bardi und folgte einem Straßenschild Richtung Montepulciano. »Der Vater ...«

»... Dino Domenico.«

»Also Dino Domenico hatte von der Kronzeugenregelung Gebrauch gemacht und gegen seine ehemaligen Genossen ausgesagt, was mit verkürzter Haftzeit und anschließender Teilnahme am Zeugenschutzprogramm belohnt wurde.«

»Genau. Natürlich stand er damit vor seinen Genossen als Verräter da. Sie entführten seinen Sohn, veröffentlichten ein paar krude Manifeste, verlangten die Freilassung aller inhaftierten Terroristen der Roten Brigaden und richteten den Jungen schließlich mit einem Kopfschuss hin.«

»Sein Leichnam wurde wenig später am Monte Amiata gefunden, oder?«

Der Monte Amiata, knapp 60 Kilometer südöstlich von Siena gelegen, war der höchste Berg der südlichsten Toskana.

Hinter einer Biegung kamen die ersten Gebäude von Montepulciano in Sicht.

»In einem Waldstück unterhalb des Gipfels. Am 6. Oktober 1986. Im Grunde genommen diente der Mord einzig und allein der Bestrafung des *Verräters* Dino Domenico«, erklärte Meister.

»Da Sie so gerne Ratespiele spielen, lassen Sie mich raten ...«, erwiderte Bardi. »... die Kugel im Kopf des armen

Jungen stammt aus derselben Waffe, mit der auf Cesare Pintore geschossen worden ist.«

»... und mit der wahrscheinlich auch der Alte im Rollstuhl hingerichtet wurde«, ergänzte Meister und wies Bardi an, in eine kleine Seitenstraße einzubiegen, wo sich das Restaurant befand.

Wenig später genossen sie unter dem Schutz einer Markise ein frühes Mittagessen. Während sie bei einem hausgemachten *Chinotto*, einer herbsüßen dunklen Limonade, die aus einer kleinen Bitterorange gebraut wurde, auf den Hauptgang warteten, klappte Meister sein Notebook auf, das er aus dem Auto mitgenommen hatte. Er rief eine Internetseite auf und drehte den Bildschirm in Bardis Richtung.

»Das ist der Junge.« Auf dem Monitor war das Schwarz-Weiß-Foto eines Jungen zu sehen, der mit seinen Zahnlücken frech in die Kameralinse grinste.

»Und das sein Vater.« Meister scrollte nach unten und das Foto eines ernst dreinschauenden Mannes Anfang 30 mit Halbglatze erschien.

»Dino Domenico«, ergänzte Bardi. »Und ich fresse einen Besen, wenn sein neuer Name nicht Lino Sensi lautet.«

»Aber warum soll er ausgerechnet die Waffe in die Hände bekommen haben, mit der sein Sohn erschossen wurde?« Meister warf Bardi zweifelnde Blicke zu.

»Branchini alias Russo schreibt Sensi einen Brief. Und kurz darauf taucht Sensi bei Pintore mit der Waffe auf, mit der Emilio Domenico erschossen wurde. Das ist Fakt. Deshalb stellt sich auch die Frage, ob Branchini die Waffe hatte und wenn ja woher?«

»Sie meinen, Branchini war in die Entführung des Jungen verwickelt?«

Bardi nickte und deutete auf den Bildschirm. »Hier steht, dass die Täter nie gefasst worden sind.«

»Wenn Ihre Vermutung stimmt, würde das bedeuten, dass Russo sich seinen Mörder ins Haus bestellt hat.« Meister wiegte skeptisch den Kopf hin und her. »Um festzustellen, ob

Sensi wirklich Domenico ist, brauchen wir eine richterliche Verfügung. Schließlich steht Domenico unter besonderem Schutz, seitdem er als Kronzeuge für die Verurteilung von mehr als 20 seiner ehemaligen Genossen gesorgt hat.«

»Ich kenne einen schnelleren Weg«, sagte Bardi und nahm einen großen Schluck von der erfrischenden Limonade, deren Geschmack bei ihm Kindheitserinnerungen weckte, war die Chinotto-Limonade doch bis Ende der Sechzigerjahre die italienische Alternative zu Coca Cola gewesen. Danach war das Getränk jedoch schnell in Vergessenheit geraten. Leider, wie Bardi jetzt fand.

32. Kapitel

Bardi hatte gerade den letzten Bissen *Spaghetti allo scoglio* gegessen, als sein *Telefonino* klingelte.

Am anderen Ende war die stellvertretende Gefängnisdirektorin des Untersuchungsgefängnisses von Florenz.

»Der Insasse in Untersuchungshaft Jarno Roll sitzt mir gegenüber«, erklärte sie.

»Kann er das Foto sehen?« Bardi meinte das Bild von Dino Domenico, das Meister vor einer viertel Stunde per E-Mail an die Direktorin weitergeleitet hatte.

»Moment«, antwortete die Direktorin. »Jetzt kann Signor Roll es sehen. Ich stelle den Telefonapparat auf Mithören.«

»Hallo Signor Roll«, sagte Bardi freundlich.

»Hallo«, kam es etwas gepresst zurück.

»Und? Erkennen Sie den Mann?«

»Wenn ich ihn erkenne, was springt dann für mich dabei heraus?«

»Ich werde Ihre Kooperationsbereitschaft in meinen Bericht erwähnen«, erwiderte Bardi. »Ihr Anwalt kann sie dann vor Gericht als Zeichen Ihrer Reue verwenden.«

Es folgte eine kurze Pause. »Das ist Sensi. Aber jetzt hat er noch weniger Haare.«

»Sind Sie sich ganz sicher?«

»Bin ja nicht kurzsichtig.«

»Das reicht«, ertönte jetzt die Stimme der Direktorin. »Bringen Sie den Häftling Roll zurück in seine Zelle.«

Bardi nahm an, dass letztere Anweisung dem Vollzugsbeamten galt, der sich bestimmt ebenfalls im Büro der Direktorin aufhielt.

Meister hatte Bardi während des ganzen Gesprächs nicht aus den Augen gelassen. »Und?«

»Lino Sensi ist Dino Domenico.«

Meister nickte stumm. »Ein Ex-Terrorist auf Rachefeldzug.«

Unwillkürlich musste Bardi an Pierre, den Möchtegern-Revoluzzer denken, den er am Vorabend bei Camilla kennengelernt hatte. Dort hatte alles so harmlos romantisch gewirkt. Doch das hier war die Realität. Kalt und tödlich.

»Soll ich Ihnen die Akten zum Fall Emilio Domenico besorgen?«, fragte Meister.

Bardi nickte.

»Sie haben das Zeug spätestens Montagmittag auf Ihrem Schreibtisch. Aber vorher jage ich die Namen Russo und Branchini durchs System.«

Meister tippte die Namen in sein Notebook. »Das ist seltsam.«

»Was denn?«, fragte Bardi.

Meister drehte den Bildschirm des Notebooks in Bardis Richtung. Der Name Russo tauchte im Zusammenhang mit der Ermordung von Emilio Domenico mehrmals in den Akten auf, war allerdings mit einem Sperrvermerk versehen, der Leute wie Meister und Bardi daran hinderte, die Querverweise zu dieser Person einzusehen.

33. Kapitel

Am Sonntagmorgen wurde Bardi vom Klingeln seines *Telefoninos* aus dem Schlaf gerissen. Es dauerte einen Augenblick, bis er einen klaren Kopf bekam. Die Stimme am anderen Ende gehörte einem Kollegen aus Civitavecchia, einer Hafenstadt 60 Kilometer nordwestlich von Rom. Der Carabiniere berichtete, dass ein Bauer auf einem seiner Felder vor der Stadt einen ausgebrannten roten Kia Picanto entdeckt habe. Die Kennzeichen seien entfernt worden. Vielleicht handele es sich um den Wagen, nach dem Bardi fahnde.

»Civitavecchia. Gehen von eurem Hafen nicht die Fähren nach Sardinien?«

»Richtig. Nach Olbia. Und es gibt noch eine Verbindung nach Spanien. Barcelona, um genau zu sein.«

Nach dem Telefonat schlurfte Bardi in die Küche, setzte einen Kaffee auf und öffnete die Terrassentür, um die frische Morgenluft hereinzulassen.

Sollte es sich tatsächlich um den Wagen handeln, den Pintore entwendet hatte, war dies eine schlechte Nachricht. Der Fundort wies darauf hin, dass Pintore längst über alle Berge war. Oder aber es war eine falsche Spur gelegt worden. Auf jeden Fall musste Pintore Helfer haben. Und wenn sich die linksterroristische Spur weiter erhärten sollte, waren dies Personen, mit denen nicht zu spaßen war.

Automatisch hatte Bardi schwer bewaffnete Carabinieri und Polizeikräfte vor Augen, die an Straßensperren jedes Fahrzeug kontrollierten. Direkt darauf dachte er an die schrecklichen Bilder von zerfetzten Leichen sowie entführten Politikern und zuletzt an den neunjährigen Jungen mit der Zahnlücke, der frech in die Kamera grinste.

Er selbst hatte damals, als die Roten Brigaden das ganze Land mit ihren Aktionen in Atem hielten, an solchen Kontrollen teilgenommen. Und noch immer konnte er diese Angst von damals spüren, wenn er sich gefragt hatte, ob im nächsten Auto ein harmloser Familienvater oder ein schießwütiger Terrorist saß.

Bevor Bardi zum Poloplatz fuhr, machte er einen Abstecher zum Castello, um Sara Melli von den Fortschritten der Fahndung zu berichten. Tomasis zerfledderten Roman und die Postkarte aus Pintores Kiste nahm er mit.

Er fand Sara Melli mit ihren Kindern am Frühstückstisch in der großen Küche, in der schon seit Jahrhunderten gekocht, gebacken und genossen wurde. Es roch nach würzigem, per Hand aufgebrühtem Kaffee und frischem Milchbrot.

»Setzen Sie sich zu uns«, begrüßte Sara Melli ihn und machte ihrer Tochter Frederica Zeichen, für Bardi zu decken.

»Wir leben im Zeitalter der Gleichberechtigung«, murrte Frederica mit einem Seitenblick auf ihren Bruder, der schlaftrunken an seinem Pott Kaffee nippte.

Sara Melli machte eine energische Kopfbewegung, die alle Diskussionen beendete.

»Kaffee genügt«, erklärte Bardi und zog einen der Holzstühle vom Tisch zurück, um sich zu setzen.

»Gibt es etwas Neues?«, fragte Sara Melli ungeduldig und selbst Andrea richtete seine schläfrigen Augen auf Bardi.

Bardi berichtete von dem ausgebrannten Auto und der Möglichkeit, dass Pintore eine Fähre nach Spanien genommen haben könnte.

»Cesare würde Italien niemals verlassen«, sagte Sara Melli.

»Was macht Sie so sicher?«

»Ich konnte ihn kaum dazu überreden, mal mit nach Florenz zu kommen, geschweige denn die Toskana zu verlassen. Das Ausland auch nur in Betracht zu ziehen, erscheint mir undenkbar. Wo soll er da denn auch hin? Er spricht doch nur Italienisch.«

Bardi legte das Taschenbuch und die Ansichtskarte vor Sara Melli auf den Tisch. Sara betrachtete zuerst die Karte und blätterte dann durch den Roman.

»Das war in der Kiste, nicht?«

Bardi nickte.

»Cesare ist nicht gerade eine Leseratte«, murmelte Sara Melli.

»Ich vermute, dass dieses Buch zum Entschlüsseln eines Codes diente.«

»Code wofür?«

Bardi zuckte mit den Schultern. »Was ist mit der Karte? Sagen Ihnen die Initialen des Absenders etwas? Oder Feltrinelli?«

Sara Melli legte ihre Stirn in Falten. »Nein. Bei G.F. fällt mir niemand ein. Aber Moment ...«

Sie nahm das Buch und schlug die ersten Seiten auf. »Feltrinelli ... Das ist der Verlag. Und G.F. passt auf Giangiacomo Feltrinelli. Er hat den Verlag gegründet. Wenn ich mich richtig erinnere, war Giuseppe Tomasis Il Gattopardo einer der großen frühen Erfolge des Verlags.«

»Giangiacomo Feltrinelli?« Bardi versuchte sich zu erinnern. »Das war doch der Verleger, der sich beim Versuch, eine Bombe an einem Strommast zu befestigen, selbst in die Luft gesprengt hat. Wann war das noch?«

»Anfang der Siebziger«, erklärte Sara Melli. »Feltrinelli hatte sich immer mehr radikalisiert und war schließlich in den politischen Untergrund gegangen. Es war die Anfangszeit der Roten Brigaden.« Sara Melli zögerte. »Cesare reagierte immer seltsam gereizt, wenn im Fernsehen mal ein Bericht über die Roten Brigaden kam. Man merkte, dass er jede Information aufsog. Aber wenn ich mit ihm darüber reden wollte, blockte er sofort ab.«

»Feltrinelli könnte ein Hinweis auf den Roman in der Kiste sein«, sagte Andrea, nahm seiner Mutter das Buch aus der Hand und blätterte durch die Seiten.

Bardi nickte zustimmend. »Was ist mit Pisa? War Ihr Mann ... oder besser Lebensgefährte dort öfter?«

»Obwohl wir auf dem Papier nicht verheiratet sind, ist Cesare doch mein Mann. Um Konventionen haben wir uns nie gekümmert.« Sara Melli lächelte. «Aber jetzt, wo Sie es ansprechen, fällt mir etwas ein. Und das könnte zu dem Datum auf dem Poststempel passen. 2009. Da habe ich das einzige Mal an Cesare gezweifelt.«

Die beiden Kinder schauten ihre Mutter genauso gespannt an wie Bardi. Nur dass bei ihnen die Angst vor einer unangenehmen Wahrheit mitschwang.

»Nun ja. Meine beste Freundin Gloria, die schon viel in ihrem Leben versucht hat, hatte damals eine Damenboutique in Pisa und sie behauptete felsenfest, dass Cesare zweimal an ihrem Schaufenster vorbeigelaufen sei. Beim zweiten Mal ist sie ihm hinterhergeeilt. Doch Cesare hat die Flucht ergriffen.«

»Und wie hat Ihr Mann das erklärt?«

»Er behauptete, nie in Pisa gewesen zu sein, sondern bei Kunden, an deren Namen er sich komischerweise nicht erinnern konnte. Ich dachte damals, er habe ein Verhältnis. Cesare behauptete jedenfalls steif und fest, Gloria müsse sich geirrt haben.« Sara Melli seufzte. »Mit der Zeit ist Gras über die Sache gewachsen. Zumal mir Cesare nie wieder Anlass zur Eifersucht gegeben hat.«

Mit einem Mal zitterte Sara Mellis Stimme und sie verbarg ihr Gesicht in den Händen. Sofort war Frederica bei ihr, um sie zu trösten. Und auch Andrea legte unbeholfen einen Arm um seine Mutter.

»Ich tue alles, um Ihren Mann und euren Vater zu finden«, versuchte Bardi sich an ein paar aufmunternden Worten und hasste sich sogleich für diese Phrase.

Doch offenbar beruhigten seine Worte Sara Melli. Denn

sie wischte sich die Tränen aus dem Gesicht und blickte Bardi an. »Kann ich irgendetwas tun, um Sie zu unterstützen?«

»Da wäre tatsächlich etwas: Könnte ich einen Blick auf die persönlichen Unterlagen Ihres Mannes werfen? Geburtsurkunde, Zeugnisse und all das.«

»Natürlich.« Sara Melli erhob sich und deutete auf die Tür in Richtung Empfang. »Aber viel ist da nicht.«

»Das ist wirklich ein Buchcode«, sagte Andrea plötzlich und zeigte auf Tomasis Roman. »Das kam einmal bei einem meiner Games vor. Man braucht dazu zwei identische Ausgaben eines Buches. Der Sender gibt die Seite, die Zeilennummer und die Position des Buchstabens an.«

Andrea blätterte eine Seite auf. »Wenn ich Ihren Namen verschlüsseln will, schreibe ich die Seite, hier ist es 103, eine zufällig ausgewählte Zeile und die Position eines Bs in dieser Zeile auf. Dann kommt A und so weiter. Bei diesem Beispiel wäre das die Ziffernfolge 103 für die Seite und 12.1, 1.12 und so weiter.«

»Anhand der Markierungen allein gibt es also keine Möglichkeit, die Texte zu entschlüsseln«, sagte Bardi.

Andrea schüttelte den Kopf. »Diese Art von Code ist ziemlich sicher, solange niemand den verschlüsselten Text hat.«

»Vielleicht sollte ich mir auch einen Gaming-PC zulegen«, sagte Bardi und klopfte Andrea dankbar auf die Schulter.

Sara Melli führte Bardi ins Wohnzimmer, das mit seinen hohen Steinwänden wie ein mittelalterlicher Saal wirkte.

Dort holte sie einen dünnen Aktenordner aus einem schweren Holzschrank.

»Nur zu«, munterte sie Bardi auf, als dieser zögerte, den Ordner zu öffnen. Wie immer, wenn er gezwungen war, private Dinge anderer zu untersuchen, überkam ihn das Gefühl einer diffusen Schuld, so als beginge er eine Sünde – wahrscheinlich das Erbe seiner streng katholischen Erziehung auf Sizilien.

In dem Ordner gab es nichts zu entdecken außer ein paar

dürren Dokumenten. Es fanden sich einige Bescheide des Finanzamts unter der Steuernummer von Pintore, eine Meldebescheinigung sowie Policen und Abrechnungen der üblichen Versicherungen. Ganz hinten steckte in einer Klarsichthülle Cesare Pintores Geburtsurkunde. Geboren 1963 in Acri, Kalabrien.

Bardi fiel auf, dass es sich um ein relativ neues Dokument handelte, und tatsächlich stand neben dem Stempel und der Unterschrift des Standesbeamten ein Datum aus dem Jahr 1993.

Das war alles. Es gab keine Zeugnisse, keine Unterlagen zum Militärdienst, nicht einmal einen Impfpass.

»Was wissen Sie über die Kindheit Ihres Mannes? Ich sehe hier nirgends Schulzeugnisse oder Ähnliches.«

»Cesare hat alles auf seinen Wanderjahren – wie er es nennt – verloren. Seine Kindheit war geprägt von Armut, einem alkoholkranken, tobsüchtigen Vater und verschiedenen Kinderheimen. Nicht jeder hat die gleichen Startvoraussetzungen.«

34. Kapitel

Vor den Ställen des Poloklubs parkte Bardi seinen Wagen neben einem ultramodernen Reisebus und einem Pferdetransporter. Die beiden Fahrzeuge des heutigen Gegners trugen monegassische Kennzeichen.

Er versuchte, seine Gedanken voll und ganz auf das bevorstehende Polo-Match zu fokussieren. Bardi empfand das Spiel immer wieder als eine Art von Rausch, in dem sich Zeit und Raum dehnten oder zusammenzogen und er mit seinem Wallach Tornado zu einem Organismus verschmolz. Aber nicht zu einem unbeherrschten, wild triebhaften Kentauren, sondern zu einer eleganten Symbiose aus wendiger Kraft und kühler Taktik.

Doch noch immer beherrschte der Besuch bei Sara Melli seine Gedanken. Er hatte ihr von dem erschossenen Branchini alias Russo erzählt und von seinem Verdacht, dass Cesare Pintore in die Entführung und Ermordung des Jungen Emilio Domenico verwickelt sein könnte. Daraufhin war alles Blut aus ihrem Gesicht gewichen und Bardi hatte sich darauf vorbereitet, dass sie einen Schwächeanfall erleiden würde. Doch Sara Melli war eine starke Frau.

Bevor er sich verabschiedete, hatte Bardi sie für einen

DNA-Abgleich um einen Kamm oder eine Bürste ihres Mannes gebeten, woraufhin sie eine Bürste aus dem Bad geholt hatte.

Erst als ihn der Team-Captain John Thompson an den Umkleideräumen begrüßte, gelang es Bardi, seine Gedanken vollends auf das bevorstehende Match zu lenken.

John Thompson war Engländer und Winzer, was sich in den Augen der meisten Italiener ausschloss. Dass er zudem einer der besten Weinerzeuger im Chianti war, erschien ihnen als fast unmöglich, weswegen Thompson von den einen wie ein Scharlatan und von den anderen wie ein Heiliger behandelt wurde.

Das Gelände des Poloklubs lag auf Thompsons großzügigem Anwesen. Am Rande des Polofeldes hatten die ersten Zuschauer es sich auf Picknickdecken bequem gemacht. Stände waren errichtet worden, an denen regionale Delikatessen feilgeboten wurden. Darunter auch Thompsons eigenes Weingut, das darauf hoffte, mit den Repräsentanten des Fürstentums lohnende Geschäfte abschließen zu können. Dieselbe Hoffnung hegte auch ein monegassischer Uhrenhändler, der seine edlen Chronografen präsentierte und als Sponsor des Poloteams aus dem Fürstentum auftrat.

Vor dem VIP-Zelt unterhielt sich Tavano, schon in Reit stiefeln, Reithose und rotem Polo-Shirt, angeregt mit zwei grauhaarigen Männern in dunkelblauen Maßanzügen, von denen Bardi annahm, dass es sich um die Offiziellen des gegnerischen Poloklubs handelte. Natürlich residierten die Gäste in Tavanos Luxushotel und der Bürgermeister gefiel sich in der Rolle des polyglotten Gastgebers.

Instinktiv suchte Bardi die Gesichter nach Camilla ab, musste aber enttäuscht feststellten, dass sie nirgends zu sehen war.

Wie sich herausstellte, bestand das gegnerische Team aus drei Argentiniern, einem Monegassen und einem französischen Ersatzmann. Aus Argentinien kamen die besten Spieler. So war es nicht verwunderlich, dass das Handicap der Monegassen um einiges höher als jenes von Bardis Team lag, weshalb sich die Offiziellen auf einen Ein-Tor-Vorsprung für San Pietro einigten.

Die Pferde strotzten nur so vor Tatendrang, als sie auf dem satten Pologrün eingeritten wurden.

Punkt elf ging es los: Die Chukkerglocke ertönte und der erste von vier Spielabschnitten, den sogenannten *Chukkers*, nahm seinen Lauf. Das rote Team aus San Pietro suchte sein Glück in einer sehr offensiven Spielweise und es gelang, die weißen Monegassen zu überrumpeln. Als die Glocke das Ende des ersten Viertels einläutete, stand es 2:1 für San Pietro. Im zweiten *Chukker* liefen die San Pietroer mit ihrer Offensivspielweise ein ums andere Mal ins offene Messer. Wäre Alberto, dem Wirt der Bar Puccini, nicht in der letzten Minute noch ein Tor zum 3:4 gelungen, hätten sie das Match schon verloren geben müssen.

In der Pause übergab Bardi Tornado einem von Thompsons Stallburschen und trank gierig ein Glas Apfelschorle. Danach tauchte er sein Gesicht in das kühle Wasser, das in großen Zinkeimern bereitstand. Als er wieder aufblickte, sah er in ein Paar große blaue Augen.

Sie gehörten Camilla, die ihn halb belustigt, halb forschend ansah.

»Schön, dass du gekommen bist«, stammelte Bardi.

»Ich war nur neugierig, womit man sich auf dem Land die Zeit vertreibt«, lachte Camilla und wischte ein paar letzte Wassertropfen von Bardis Wange.

»Los. Los«, ertönte jetzt Thompsons laute Stimme. »Volle Konzentration, wenn ich bitten darf.«

Camilla nickte Bardi aufmunternd zu und machte sich auf den langen Weg um das Spielfeld herum zu den Delikatess-Ständen.

»War das nicht diese di Giacomo, die für die Linken ins Europaparlament möchte?«, wollte Tavano wissen.

Bardi nickte. »Dottoressa di Giacomo.«

»Dottoressa hin oder her. Sagen Sie ihr, dass Unbefugten der Zutritt für dieses Areal verboten ist.«

Jetzt kündigte der Oberschiedsrichter das Ende der Pause an.

Tavano setzte seinen Helm auf. »Wie ich gehört habe, erwägen Sie ernsthaft, gegen mich zu kandidieren.«

»Mal sehen«, erwiderte Bardi kühl lächelnd.

»Ersparen Sie sich die Schmach.« Tavano klopfte Bardi spöttisch auf die Schulter. »Überlassen Sie die Politik den Profis. Und damit meine ich nicht solche Gestalten wie Ihre Dottoressa.«

Für einen kurzen Augenblick überlegte Bardi, Tavano der Wahlmanipulation und eines Umweltvergehens zu beschuldigen. Doch dann dachte er an die letzten zwei Viertel des Polomatches, an seine anderen beiden Teamkameraden und daran, dass sie Tavano als guten Defensivspieler, der er erstaunlicherweise war, noch mit vollster Konzentration gebrauchen würden.

So beließ es Bardi bei einem zweideutigen *»In bocca al lupo!«* – Hals- und Beinbruch.

35. Kapitel

4:4 lautete das Endergebnis. Bardi war der Schütze des goldenen Tores gewesen, das seinem Team dieses Unentschieden sicherte.

Aber eigentlich war das Ergebnis einer Abwehrschlacht geschuldet, bei der sich Tavano immer wieder als umsichtiger letzter Reiter vor dem eigenen Tor erwiesen hatte. Bardi wiederum hatte es, angestachelt durch Camillas Anwesenheit, einige Male mit riskanten Schlägen übertrieben, die meist beim Gegner landeten. Doch immerhin hatte einer zum Erfolg geführt und Bardi war damit zum Helden des Tages geworden.

Trotzdem hatte er dem Trubel im VIP-Zelt schnell den Rücken gekehrt und war mit Camilla zurück nach San Pietro gefahren, um sie in Mirris Trattoria zu einem verspäteten Mittagessen einzuladen.

Auf dem Weg erzählte er Camilla von seinem Fund in der Kiste und dem Verdacht, dass Pintore Kontakt zu den Roten Brigaden gehabt haben könnte.

»Diese Ansichtskarte könnte darauf hinweisen, dass Pintore sich in Pisa aufhält«, erklärte Bardi.

Camilla nickte. »Pisa hat eine sehr aktive linke Szene.«

An Sonntagen war die kleine Trattoria, für die hauptsächlich Mirris Frau Carla verantwortlich war, ein beliebter kulinarischer Treffpunkt. Deshalb hatte Bardi Glück, dass er ein freies Plätzchen an einem der wenigen Tische ergattern konnte, an dem bereits das deutsche Ehepaar van Laak stand.

Die van Laaks waren pensionierte Lehrer und hatten vor einigen Jahren eine verfallene Herberge am Rande des Altstadtkerns von San Pietro erworben, die sie mit viel Liebe restauriert hatten. Signora van Laak saß für die *Federazione dei Verdi* im Gemeinderat von San Pietro.

Bardi bestellte Carlas köstlichen Caprese-Salat, während Camilla Feigen mit Salami und Parmaschinken sowie Spaghetti mit Steinpilzen und Rinderfilet wählte.

»Ein schönes Stück«, bemerkte Signora van Laak und deutete auf das Medaillon, das Camilla an einer Kette um den Hals trug. »Ist das antik?«

»Das hat mir mein verstorbener Mann geschenkt. Er hat es bei einer Studienreise in den späten Sechzigern auf einem Trödelmarkt in Thessaloniki ergattert«, erwiderte Camilla und nahm die kleine bronzene Münze zwischen die Finger. »Keine Ahnung, ob es antik ist.«

»Darf ich mal?«, fragte Karl van Laak und beugte sich vor.

Camilla hielt ihm nickend die Münze hin.

Karl van Laak drehte sie prüfend in seiner Hand. »Fast zu schade, um ein Loch hineinzubohren«, murmelte er.

»Du spielst doch nur den Numismatiker, um der Signora aufs Dekolletee zu starren«, kicherte Signora van Laak.

Doch Karl van Laak behielt die Münze in der Hand. »Seltsam.« Der Deutsche ließ die Münze los. »Das ist eine nabatäische Münze. Sie stammt aus Petra, was bekanntlich in Jordanien liegt. Die Vorderseite zeigt König Aretas den Vierten, auch Aretas der Große genannt, mit seiner Frau Shaqilath. Auf der Rückseite befinden sich zwei Füllhörner mit aramäischer Schrift. Geprägt wurde sie wahrscheinlich um Christi Geburt herum.«

»Und was ist daran seltsam?«, spöttelte seine Frau.

»Na, hör mal: Die Münze ist um die 2.000 Jahre alt und dementsprechend selten. Deshalb glaube ich kaum, dass sie auf einem Flohmarkt im nördlichen Griechenland angeboten wurde.«

Camilla zuckte ratlos mit den Schultern. »Meines Wissens war Mariano nie in Jordanien.«

Signora van Laak wies ihren Mann mit einem vorwurfsvollen Blick zurecht.

Karl van Laak nickte und leerte sein Weinglas. »Trotzdem ein sehr schönes Stück.«

Signora van Laak winkte Mirris Frau Carla zu, um zu bezahlen.

»Deutsche«, lachte Camilla, als die van Laaks sich verabschiedet waren.

Bardi ließ sich von ihrem Lachen anstecken. »Er ja, sie ist mittlerweile fast eine Italienerin.«

Die Spaghetti kamen und Bardi sah befriedigt zu, wie Camilla die Nudeln mit großem Genuss verzehrte.

»Es muss nicht immer Siena oder Florenz sein«, bemerkte er trocken, als Camilla den letzten Bissen hinuntergeschluckt hatte.

»Das war wirklich sehr lecker.« Sie blickte auf ihre Armbanduhr. »Ich muss los.«

»Wohin?« Bardis Stimme klang gegen seinen Willen enttäuscht.

»Dienst.«

Nachdem Bardi die Rechnung beglichen hatte, schlenderten sie in Richtung der Piazza Grande, wo Camilla ihren kleinen Fiat vor der Wache geparkt hatte.

Auf dem Platz herrschte reges Treiben. Kinder spielten Fußball, Männer lasen die Sonntagszeitung und Frauen standen im Schatten der großen Eiche und schwatzten. Bardi musste viele Grüße erwidern und war sich der musternden Blicke in seinem Rücken bewusst, weil sich nicht wenige fragten, wer diese schöne, stolze Frau an seiner Seite war.

Vor ihrem Wagen fasste Camilla Bardi an beiden Händen. »Das war sehr schön.«

»Fand ich auch«, erwiderte Bardi und blickte in ihre wunderschönen Augen.

Dann beugte sie sich vor, ihre Lippen trafen sich. Erst sanft, dann fest und wild. Bardi schien es, als flöge er. Sie umarmten sich und er hoffte, dieser Augenblick würde ewig dauern.

Doch schließlich lösten sie sich voneinander und Camilla stieg in ihren Fiat. Sie wendete und warf Bardi eine Kusshand zu, bevor sie hupend von der Piazza fuhr.

Versonnen blickte Bardi ihr nach. Er genoss die Blicke der neidischen Männer und neugierigen Frauen. Sogar die frechen Pfiffe der Halbstarken, die an ihren Vespas lehnten, machten ihm nichts aus.

In dieser einen Minute drehte sich die Welt allein für ihn.

***

Erst als Camilla verschwunden war, bemerkte Bardi Antonella, die auf der Treppe zur Wache saß. Sie lächelte, als ihr Vater auf sie zukam. Trotzdem schien sie etwas auf dem Herzen zu haben. War es wegen Camilla?

»Das war Camilla, bei der ich letztens in Siena war.«

»Sie scheint nett zu sein.«

Bardi blickte prüfend auf seine Tochter hinab. »Aber irgendetwas stimmt doch nicht?«

»Die Liste.« Antonella erhob sich von der Stufe.

»Welche Liste?«

»Ich habe die Liste mit den Pros und Cons aufgestellt, wie du gesagt hast.«

Wieder stiegen in Bardi zwiespältige Gefühle hoch. Egal, wie seine Tochter sich entscheiden würde, für ihn würde es sich immer falsch anfühlen.

»Du und Mamma habt recht: Ich werde zurück nach Kalifornien fliegen. Aber du musst mich besuchen kommen. Mindestens zweimal im Jahr. Besser dreimal.«

»Versprochen«, flüsterte er ihr ins Ohr. »Bringst du mich in einer Woche zum Flughafen?«

»Natürlich bringe ich dich nach Mailand.« Er drückte seiner Tochter einen Kuss auf die Wange und spürte jetzt schon, wie er sie vermissen würde.

36. Kapitel

Am nächsten Morgen empfing Emanuele seinen Chef mit einem breiten Grinsen.

»Die Kameras auf dem Weg zu Contini haben etwas aufgezeichnet. Etwas sehr Interessantes.«

»Was denn?«, erwiderte Bardi, während er an seinem Schreibtisch Platz nahm.

»Hier.« Emanuele drehte seinen Monitor in Bardis Richtung.

Bardi musste den Kopf verrenken, um etwas zu erkennen. Zunächst zeigte der Monitor nur eine Reihe von Wahlplakaten. Doch dann kam der Rücken eines Mannes ins Bild. Er blickte sich verstohlen um. Bardi erkannte ihn sofort. Es handelte sich um Tavanos Greenkeeper und Hausmeister. Scheinbar fühlte sich der Mann sicher, denn mit geübten Bewegungen riss er ein Plakat nach dem anderen ab, klemmte sie unter seine Arme und verschwand.

»Das war's«, erklärte Emanuele.

Jetzt war es an Bardi zu grinsen. »Gute Arbeit.«

»Und was nun?«

»Zuerst werden wir uns Tavanos Greenkeeper vorknöpfen. Und dann unseren verehrten Bürgermeister persönlich.«

Jetzt betrat eine junge Frau mit Motorradhelm in der

Hand die Wache. Ihre schnellen Bewegungen verrieten professionelle Hast.

»Presto Express Florenz«, sagte sie zur Begrüßung und streckte ihre Hand über die Theke, welche die Barriere zwischen Besuchern und Carabinieri bildete.

Bardi nickte und beeilte sich, der Kurierin den vorbereiteten Versandumschlag mit Pintores Haarprobe in die Hand zu drücken.

»Kriminaltechnisches Institut Florenz«, las die Kurierin und übertrug die Adresse in ihr elektronisches Eingabegerät, auf dem Bardi die Übergabe kurz darauf mit einer unleserlichen Unterschrift bestätigte.

Die Kurierin bedankte sich mit einem knappen Kopfnicken und eilte zum Ausgang, wo sie mit einem jungen Mann zusammenstieß, der ebenfalls einen Motorradhelm in der Hand hielt.

»Idiota«, fauchte sie und verschwand.

Der junge Mann schaute ihr kurz hinterher und legte dann mit den Worten »Presto Mail« einen dicken DIN-A4-Umschlag auf den Tresen.

Bardi bestätigte den Empfang mit einer Unterschrift, die nichts mit jener gemein hatte, die er vor ein paar Sekunden geleistet hatte.

Der Umschlag stammte von Commissario Meister und enthielt Kopien der Akte zum Entführungsfall Emilio Domenico.

Sie begann mit der Entführung des Jungen auf einem einsamen Feldweg in der Lombardei und entsprach im Großen und Ganzen dem, was Meister berichtet hatte.

In der Akte befanden sich Kopien der Bekennerschreiben der Terroristen. Die Schreiben waren erkennungsdienstlich bearbeitet und für echt befunden worden. Bardi stutzte, als er auf einige geschwärzte Passagen stieß. Weite Passagen handelten von der erfolglosen Fahndung nach den Entführern und ihrem Opfer. Letztendlich war man dazu übergegangen, die üblichen Verdächtigen – Linksradikale, Sympathisanten der

Roten Brigaden und einschlägig vorbestrafte Kriminelle – zu verhören. Alles ohne Erfolg. Auch hier gab es einige geschwärzte Bereiche.

Bardi las zwischen den Zeilen, dass an diesen Stellen Bezug auf V-Männern des *Servizio per le Informazioni e la Sicurezza Democratica*, kurz SISDE, so lautete die Bezeichnung des damaligen Inlandsgeheimdienstes, genommen wurde.

Schließlich wurde das Auffinden der Leiche von Emilio Domenico durch einen Forstarbeiter beschrieben. Beigefügt waren Fotos vom Opfer am Fundort.

Nach genauer kriminaltechnischer Untersuchung war man sich sicher, dass Emilio ziemlich genau 18 Stunden vor Entdeckung seiner Leiche durch einen Schuss in den Hinterkopf ermordet worden war. Allerdings nicht am Fundort. Denn am Einschussloch hatte man Fasern eines roten Teppichs gefunden.

Daraufhin hatte man in einem Radius von genau 25 Kilometern alle Gebäude nach roten Teppichen untersucht und Proben genommen. Ohne positives Ergebnis.

Bardi fragte sich, wieso ausgerechnet 25 Kilometer gewählt worden waren. Eine Erklärung fand er nicht. Jedoch schien man Probleme bei der Rekrutierung von Polizeikräften gehabt zu haben, was aus einigen beigefügten Schreiben weiter entfernter Carabinieri- und Polizeieinheiten hervorging.

Offensichtlich war man nicht bereit gewesen, die organisatorischen Strapazen für den Sohn eines abtrünnigen Ex-Terroristen auf sich zu nehmen. Hierüber konnte Bardi nur verbittert den Kopf schütteln.

Das letzte Drittel der Akte behandelte die weitere Suche nach den Tätern. Von Seite zu Seite wurde die Akte schwärzer, bis auf den letzten Seiten der gesamte Text und die beigefügten Fotos geschwärzt waren.

Fluchend legte Bardi die Akte zur Seite. Warum waren Teile der Akte immer noch unter Verschluss? Bardi erschien nur ein Grund triftig genug: Die geschwärzten Stellen enthielten Informationen, die noch heute den Behörden oder deren Mitarbeiter in irgendeiner Form gefährlich werden konnten.

Bardi griff zum Telefon und wählte die Nummer von Commissario Meister.

»War die Lektüre aufschlussreich?«, meldete sich Meister mit fröhlicher Stimme.

»Die Antwort kennen Sie ganz genau«, knurrte Bardi.

»Als normal sterblicher Polizist ist kein Herankommen an die Giftschränke.«

»Und wie soll es jetzt weitergehen?«

»Kennen Sie den alten Maione?«

»Commissario Maione? Lebt der denn noch?« Bardi hatte in seiner Anfangszeit in San Pietro einige Male mit Maione zu tun gehabt, der damals Meisters jetzige Position bei der Kriminalpolizei in Florenz innegehabt hatte.

»Maione ist quicklebendig. Bevor er nach Florenz kam, war er bei der DIGOS mit der Bekämpfung der Roten Brigaden beschäftigt. Wenn sich jemand mit den alten Geschichten auskennt, dann er.«

Die *Divisione Investigazioni Generali e Operazioni Speciali* war innerhalb der Polizei auf Terror- und Extremismusbekämpfung spezialisiert.

»Könnten Sie einen Termin mit ihm arrangieren?«, fragte Bardi.

»Das wird schwierig. Er gehört zu der Spezies von Beamten, die nach der Pensionierung nichts mehr mit ihrer alten Arbeit zu tun haben wollen. Ich kenne also weder seine Adresse, geschweige denn seine Telefonnummer.«

»Und woher wissen Sie dann, dass er so quicklebendig ist?«

»Weil Maione Führungen durch die Uffizien anbietet. Jeden Tag um 15.30 Uhr außer montags.«

37. Kapitel

Auf dem gepflegten Grün des Golfplatzes, der zu Tavanos Hotel gehörte, herrschte reger Betrieb. Während sie die Fairways überquerten, mussten Bardi und Emanuele höllisch aufpassen, nicht in die Schussbahn der Golfer zu geraten.

Schließlich erreichten sie die Driving-Range, hinter der sich ihr Ziel, das Gebäude des Greenkeepers, befand. Bardi klopfte an die Tür des Holzhauses, in dem sich neben dem Wohnbereich auch eine Werkstatt und ein Lagerraum befanden. Tavanos Greenkeeper, ein grauhaariger Mann mit Vollbart, öffnete.

»Immer noch in Tavanos Sold?«, fragte Bardi.

»Der Chef zahlt gut.« Die Stimme des Greenkeepers klang argwöhnisch.

»Und jetzt sind Sie auch noch Tavanos Wahlhelfer.«

»Weiss nicht, was Sie meinen.« Der Mann blickte an Bardi vorbei auf den Rasen hinter der Driving-Range.

»Wirklich nicht?« Bardi nickte Emanuele zu.

Emanuele holte sein *Telefonino* hervor und startete das Video, das auf Continis Zufahrt aufgenommen worden war.

»Erkennen Sie sich wieder?«

***

»Sie können jetzt nicht rein«, kreischte Tavanos Sekretärin, Signorina Bella, als Bardi das Vorzimmer durchquerte und die Klinke zum Bürgermeisterbüro nach unten drückte. »Dort geht es um die ganze Zukunft San Pietros.«

»Gleich die ganze Zukunft.« Bardi schmunzelte, als er die Tür aufstieß.

Mit einer Schnelligkeit, die Bardi ihr nicht zugetraut hätte, war Signorina Bella bei ihm und hielt ihm am Ärmel seiner Uniform fest.

Acht Augenpaare blickten verwundert von der Sitzgruppe auf, die sich in der hintersten Ecke von Tavanos großem Büro befand. Dort überreichte der Bürgermeister seinem Besuch, zwei asiatisch aussehenden Männern samt Dolmetscherin, gerade Hochglanzprospekte seiner Hotelanlage.

Bardi nickte den Besuchern freundlich zu und nahm dann Tavano ins Visier. »Herr Bürgermeister. Wir müssen über Ihren Wahlkampf reden, den Sie offensichtlich etwas zu wörtlich nehmen.«

Die Dolmetscherin setzte an, Bardis Worte zu übersetzen, doch Tavano beschied ihr mit einer dringlichen Geste, dass dies nicht nötig sei.

»Muss das jetzt sein?«, fragte er mit einem entgleisten Lächeln in Bardis Richtung.

Bardi nickte.

Tavano entschuldigte sich und drängte Bardi mitsamt seiner Sekretärin zurück ins Vorzimmer.

»Verdammt, was soll das?«, fragte er mit gedämpfter Stimme. »Das da drin sind chinesische Investoren, die groß in die Infrastruktur unserer Stadt investieren wollen. Ich hoffe also, Sie haben gute Gründe, mich bei diesen enorm wichtigen Verhandlungen zu stören.«

»Allerdings«, erwiderte Bardi und konnte sich ein Grinsen nicht verkneifen. »Ihr Greenkeeper sagt aus, dass Sie ihm befohlen hätten, Wahlplakate Ihrer Konkurrenten abzuhängen und zu vernichten.«

Tavano wollte das abstreiten, doch Bardi kam ihm zuvor.

»Ihr Greenkeeper hat uns diese Skizze gegeben, auf der Sie ihm die Standorte der Plakate aufgezeichnet haben.« Bardi hielt Tavano einen Bogen Briefpapier vor die Nase, auf der ungelenk eine Wegbeschreibung zu Continis Biohof beschrieben wurde. Im Briefkopf prangte das Signet von Tavanos Hotel. »Und bevor Sie behaupten, das sei nicht Ihre Schrift, ich kann gerne einen Grafologen hinzuziehen.«

Tavano wollte Bardi die Wegbeschreibung aus der Hand reißen, doch der Capitano war schneller und brachte sie hinter seinem Rücken in Schutz.

»Sie befinden sich in einem Interessenkonflikt, Bardi«, knurrte Tavano.

»Warum?«, fragte Bardi unschuldig.

»Sie wollen Ihren mächtigsten Konkurrenten aus dem Weg räumen.«

»Aber ich habe meine Kandidatur doch noch gar nicht erklärt.« Bardi lächelte liebenswürdig.

Tavano schüttelte resigniert den Kopf. »Was wollen Sie also?«

»Ich könnte ein Strafverfahren gegen Sie und Ihren Gehilfen einleiten«, erklärte Bardi.

»Dann bekommen Sie es mit meinen Anwälten zu tun«, schrie Tavano, blickte dann besorgt zur Tür seines Büros, um dann im Flüsterton fortzufahren. »Gibt es denn keine andere Möglichkeit?«

38. Kapitel

Am Tag darauf machte sich Bardi zur Mittagszeit auf den Weg nach Florenz, um den alten Maione zu befragen.

Er wollte sich gerade anschnallen, als sich Meister meldete.

»Ich bin gerade auf dem Weg zu Maione«, erklärte Bardi.

»Dann sollten Sie vorher die Kriminaltechnik aufsuchen.«

»Pintores Haarprobe?«

»Allerdings. Sie können froh sein, dass ich davon Wind bekommen habe.«

»Warum?«

»Ich konnte gerade noch verhindern, dass ein übereifriger Techniker Meldung nach Rom macht.«

»Was hat Rom damit zu tun?«

»Ich sage nur W–e–s–p–e–n–n–e–s–t.«

Meister lachte. »Wenden Sie sich an Dottoressa Crippa, die neue Leiterin des Instituts.«

***

Bardi fand Dottoressa Crippa, eine Mittdreißigerin, deren auffälligstes äußeres Merkmal eine riesengroße rote Brille war, in ihrem Büro.

Bardi bestellte Grüße von Meister, was den Hauch eines Lächelns ins Gesicht der Kriminaltechnikerin zauberte.

»Laut Dienstvorschrift müsste ich die Generalstaatsanwaltschaft Rom informieren, dass Sie oder vielmehr wir mit Ihrer Probe einen Treffer in der nationalen DNA-Datenbank gelandet haben.«

»Seit wann müssen Sie jeden Treffer melden?«

»Nicht jeden Treffer.« Dottoressa Crippa schenkte Bardi ein freudloses und vor allem mitleidiges Lächeln. »Nur wenn der Treffer Belange von nationalem Interesse betrifft.«

Die geschwärzten Stellen in der Akte kamen Bardi in den Sinn.

»Und das scheint bei der von Ihnen eingereichten Probe der Fall zu sein«, fügte Dottoressa Crippa hinzu.

»Sie haben also eine Verbindung zu einer früheren Straftat entdeckt.«

Die Dottoressa nickte. »Das ist aber auch alles. Um welche Gegenprobe und um welche Strafsache es sich handelt, kann ich nicht Erfahrung bringen. Allerdings hat das System eine Schwäche ...«

»Welche denn?«

»Im System taucht sowohl das Jahr, in dem die DNA der Gegenprobe untersucht wurde, auf als auch jenes, in dem das Beweisstück, von welchem die DNA stammt, in der Asservatenkammer gelandet ist.« Sie tippte mit gestrecktem Zeigefinger auf die Tastatur vor ihr und beugte sich zum Monitor des Rechners vor. »Die DNA-Analyse wurde 1999 durchgeführt und das dazugehörige Asservat 1986 katalogisiert. Genau am 4. November 1986«

Alles passte. 1986 war das Jahr, in dem Emilio Domenico entführt und später tot aufgefunden worden war. Und Anfang November liefen die Ermittlungen auf Hochtouren, was zum Datum der Katalogisierung passte. Bardi war sich jetzt sicher, dass Cesare Pintore sich früher nicht nur im terroristischen Umfeld bewegt hatte, sondern auch aktiv an der Entführung und Ermordung des Jungen beteiligt gewesen war. Trotzdem fiel es ihm schwer, das Bild des zurückhaltenden, sanftmütig wirkenden Familienvaters Cesare Pintore mit einem kaltblütigen Terroristen in Einklang zu bringen.

»Danke«, sagte er und streckte der Dottoressa zum Abschied die Hand über den Schreibtisch entgegen.

»Bedanken Sie sich bei Commissario Meister«, entgegnete sie und winkte ab.

39. Kapitel

Bardi stellte seinen Wagen in einem kleinen Parkhaus ab, dessen Betreiber Carabinieri und Polizia Sonderkonditionen einräumte – auch so ein Geheimtipp, den Bardi Meister zu verdanken hatte. Warum der Betreiber gegenüber der Ordnungsmacht so großzügig war, wollte er lieber nicht wissen.

So fand sein kleiner Peugeot Platz zwischen einem Ferrari und einer Mercedes-Limousine der Luxusklasse. Bardi drückte dem Parkhaus-Besitzer einen Zehn-Euro-Schein in die Hand, was einem Fünftel des normalen Tarifs entsprach.

Vor dem Eingang zu den Uffizien empfing Bardi eine lange Schlange Wartender, die durch Absperrbander kanalisiert wurden. Er zückte seinen Dienstausweis und bahnte sich einen Weg an der Menge und der Sicherheitskontrolle vorbei in den Eingangsbereich. Dort herrschte qualvolle Enge. Bardi schob sich zwischen die Leiber der Besucher hindurch, bis er vor einem Museumswärter stand. Er hielt dem Mann seinen Ausweis vor die Nase und fragte nach Signor Maione, woraufhin der Mann Bardi anschaute, als halte er ihn für nicht ganz zurechnungsfähig.

»Er ist einer Ihrer Museumsführer«, erklärte Bardi.

»Ja und?«, erwiderte der Mann und überprüfte die Tickets eines älteren Ehepaars.

»Können Sie mir wenigstens sagen, wer mir in dieser Angelegenheit weiterhelfen könnte?«, fragte Bardi so laut, dass sich die Umstehenden nach ihm umwandten.

»Signora Poretti vielleicht«, antwortete der Mann. »Und jetzt lassen Sie mich meine Arbeit verrichten.«

Bardi verstellte den Eingang, sodass niemand an dem Kontrolleur vorbeikam. »Das tue ich. Aber erst wenn Sie die Güte haben, mir zu verraten, wo ich die Signora finde.«

Der Mann verdrehte die Augen und murmelte etwas in das kleine Mikrofon an seinem Revers. »Die Signora ist in einer Minute hier.«

»Warum nicht gleich so«, blaffte Bardi und trat zur Seite.

Genau genommen dauerte es nur 50 Sekunden, bis eine junge Frau auftauchte und sich mit professionellem Singsang vorstellte. »Mein Name ist Gianna Poretti. Wie kann ich Ihnen helfen?«

Zwei Minuten später stieg Bardi – ausgestattet mit einer Broschüre des Museums – die beiden Treppen zur ersten Etage empor.

Oben empfing ihn ein langer Korridor. Auf der einen Seite befanden sich Fenster, auf der anderen Türen, die zu den Sälen führten, welche die vielen Kunstschätze aus der Sammlung der Medici beherbergten.

Auch hier herrschte ein Gedränge, das akustisch an ein modernes Babylon erinnerte. Der Plan im Führer half ihm, den Trakt zu finden, in dem sich der alte Maione laut Signora Porettis Aussage gerade aufhalten sollte.

Tatsächlich fand Bardi den pensionierten Kriminalbeamten mit einer Gruppe kalabrischer Nonnen in Saal 18, einem achteckigen, mit roter Seide bespannten Raum, dessen hohe Kuppel Bardi in Erstaunen versetzte, da sie mit unzähligen transparenten Muscheln ausgekleidet war. Doch noch mehr erstaunte ihn Maione, der aus einigen Metern Entfernung als agiler Mittsechziger durchgehen konnte. Sein voller weißer Haarschopf erschien wie aus Marmor im Schein der dezenten Leuchten, die ein diffundierendes Licht in den Saal warfen und betonte auf diese Weise sein braun gebranntes Gesicht, dessen Züge den römischen Statuen in den Gängen zur Ehre gereicht hätten.

»Dieser Raum, die Tribuna, wurde von Francesco de' Medici in Auftrag gegeben, der sich einen Saal im Inneren der Uffizien wünschte, wo die wertvollsten Objekte der Sammlung Medici ausgestellt werden sollten. Dieser Raum kann also zu Recht als die Keimzelle des heutigen Museums bezeichnet werden«, erklärte Maione mit sonorer Stimme. Bardi konnte sich ein Grinsen nicht verkneifen, als er bemerkte, dass die Nonnen ihre Aufmerksamkeit mehr Maione schenkten denn den Kunstwerken von Rang.

»Struktur, Dekoration und Ausstattung des Raumes deuten die vier göttlichen Elemente an, die da wären: Luft, Wasser, Erde und Feuer. Aber das, meine hochgeachteten Schwestern, brauche ich Ihnen ja nicht zu erklären«, fuhr Maione mit einem liebenswürdigen Lächeln fort, was bei einigen der Nonnen ein leises Kichern hervorrief.

Jetzt erst bemerkte er Bardi, der an der Absperrung wartete.

Bardi war sich nicht sicher, ob Maione ihn erkannte. Dem ernsten Ausdruck, der für eine Sekunde über das Gesicht des ehemaligen Kriminalbeamten huschte, entnahm er aber, dass Maione in ihm zumindest einen Polizisten oder Carabinieri vermutete. Bardi nickte Mainone freundlich zu, doch der kümmerte sich nicht darum, sondern stützte sich mit der rechten Hand auf dem Tisch vor ihm ab, dessen achteckige Form dem Grundriss des Saales folgte.

»Dieser Tisch, genauer seine Platte, ist ein herausragendes Beispiel für die Kunst des Florentiner Mosaiks, der Pietra dura. Er stammt aus der Werkstatt des Großherzogs und wurde von Jacopo Ligozzi entworfen.« Maione wies in Richtung Ausgang.

Nachdem die Nonnen den Saal verlassen hatten, gesellte er sich zu Bardi. »Ich nehme an, Sie sind nicht zufällig hier.«

Bardi nickte kurz. »Ich bin Capitano Bardi aus San Pietro. Wir hatten ...«

»... in meinem früheren Leben das Vergnügen«, vollendete Maione den Satz. Bardi hatte den dumpfen Verdacht, dass Maione sich nicht sonderlich über das Wiedersehen freute.

»Es geht um alte Ermittlungen von Ihnen«, erklärte Bardi.

»In einer halben Stunde vor dem Eingang zum Vasari-Korridor«, brummte Maione und wandte sich wieder den Nonnen zu. »Hier entlang, meine Damen.«

Bardi nickte und sah unschlüssig auf den Plan in seiner Hand.

»Der Eingang zum *Corridoio* befindet sich zwischen Raum 25 und Raum 34 im dritten Korridor«, raunte ihm Maione gnädig zu, bevor er mit seinen Nonnen im Gedränge verschwand.

Bardi folgte den Hinweisen und fand den unscheinbaren Eingang zum Vasari-Korridor, zwei schlichte Holztüren, die durch ein elektronisches Schließsystem gesichert waren. Während Bardi die beiden Statuen betrachtete, welche den Eingang flankierten, sah er sich plötzlich von japanischen Touristen umringt.

»Michelangelo?«, fragte einer der Japaner und zeigte auf die Statue vor Bardi.

Bardi nahm zwar nicht an, dass die Figuren von Michelangelo stammten, hundertprozentig sicher war er sich aber nicht. Deshalb deutete er auf die Infotafel drei Meter weiter. Doch diese interessierte die Touristen aus Fernost nicht.

Stattdessen bedeuteten sie Bardi mit hektischen Handbewegungen, dass er sich neben eine der Statuen stellen solle, die Äskulap darstellte. Die anderen Japaner nickten zustimmend und hoben ihre *Telefoninos*, um Fotos zu machen. Seufzend tat Bardi ihnen den Gefallen und wurde mit einem Blitzlichtgewitter belohnt, das ihn für Sekunden blind werden ließ.

Die Japaner bedankten sich mit freundlichen Verbeugungen, wobei die Frauen verschämt kicherten und die Männer leise Dankbarkeitsfloskeln brummten.

Bardi nickte zurück. Nachdem sich dieses Spielchen dreimal wiederholt hatte, zog die Gruppe weiter. Lächelnd schaute Bardi den Asiaten hinterher.

»Please«, hörte er eine Stimme hinter sich. Er drehte sich um und sah in die Gesichter einer chinesischen Reisegruppe, die *Telefoninos* schwenkend ihr Recht einforderten. Bardi gewährte auch dieser Gruppe ihre Fotos, wartete dann aber nicht den Dank ab, sondern trat an die Fensterfront, die dem Innenhof der Uffizien zugewandt war.

Auf der gegenüberliegen Seite befand sich der erste Korridor, der ebenso gut besucht war wie derjenige, in dem Bardi sich befand. Nach einiger Zeit schaute er vorsichtig über die Schulter. Die Luft war rein.

Er ließ sich auf die Bank vor dem Fenster fallen und blätterte in der Broschüre, die er am Eingang erhalten hatte. Die gedämpften Stimmen und das ewige Gedränge vor ihm ermüdeten Bardi.

Ein lautes Räuspern riss ihn aus dem Halbschlaf.

»Sie sollten über Ihre Pensionierung nachdenken«, meinte Maione lächelnd, als Bardi aufschreckte. »Aus eigener Erfahrung kann ich Ihnen verraten, dass der Ruhestand der reinste Jungbrunnen ist.«

»Wenn ich Sie mir so anschaue, glaube ich Ihnen aufs Wort«, erwiderte Bardi.

Maione nickte knapp. Das Lächeln verschwand aus seinem Gesicht. »Ich bin schon lange aus dem Geschäft. Womit könnte ich Ihnen also noch helfen?«

»Es geht um einen Fall, an dem Sie gearbeitet haben und der im Zusammenhang mit den roten Brigaden steht.«

Maione wies auf den Eingang zum Vasari-Korridor. »Dort können wir reden.«

Er öffnete die Tür. Bardi folgte ihm einige Treppen hinunter, bis sie einen langen Gang erreichten, von dem aus man eine grandiose Sicht auf den Arno und die Ponte Vecchio hatte. Im Gegensatz zu den Uffizien war hier keine Menschenseele zu sehen.

»Also, worum geht es?«, fragte Maione.

»Um die Ermordung von Emilio Domenico.«

Maione blieb abrupt stehen. Er blickte aus dem Fenster und räusperte sich. »Das ist lange her.«

»Ich ermittle in zwei Fällen, die mit den damaligen Geschehnissen in Zusammenhang stehen.«

»Geht das etwas genauer?«

»Es handelt sich um versuchten Mord an Cesare Pintore und Mord an Tassilo Branchini alias Russo. Dringend tatverdächtig ist der Vater von Emilio Domenico, Lino Sensi alias Dino Domenico.«

»All die Namen«, murmelte Maione. Dann drehte er sich zu Bardi um und sagte mit fester Stimme: »Tut mir leid, ich kann in dieser Sache nicht behilflich sein.«

40. Kapitel

»Aber warum nicht?« Mit einer Abfuhr hatte Bardi nicht gerechnet.

»Ganz einfach: Ich kann mich nicht mehr an die Ermittlungen erinnern.« Maione blickte wieder angestrengt aus dem Fenster.

Bardi wollte Maione an der Schulter packen, ließ seine Hand dann aber in der Luft schweben. »Verdammt, Commissario Maione. Natürlich können Sie sich erinnern. Sie waren damals einer der Ermittler. Nur Sie können Licht ins Dunkel bringen.«

Jetzt dreht sich Maione um. Seine Augenlider zuckten nervös. »Gehen Sie ... bitte.«

Bardi zögerte einen Augenblick, wohl hoffend, dass Maione es sich noch einmal anders überlegen würde. Doch Maione blickte ihm nur starr ins Gesicht.

Also machte Bardi kehrt und verließ die Uffizien. Kurz bevor er das Parkhaus erreichte, meldete sich sein *Telefonino*. Es war Maione.

»Wann können Sie in der Via del Corso 11 sein?«

»Die führt zur Piazza della Repubblica, nicht wahr?«, fragte Bardi überrascht.

»Alle Straßen führen dorthin.«

»In einer Viertelstunde?«

»Bene«, beendete Maione das Telefonat.

Während er sich den Weg durch das übervölkerte Zentrum von Florenz bahnte, fragte sich Bardi verdattert, was zu Maiones Meinungsumschwung geführt haben mochte.

***

Maione bewohnte eine kleine Zweizimmerwohnung in der ersten Etage. Das Wohnzimmer wurde von einer Bücherwand dominiert, in der sich Kunstbände stapelten. Seitlich des Fensters stand eine Staffelei, auf der eine postkartengroße Leinwand stand.

»Ich pinsele selbst ein wenig«, erklärte Maione mit abfälliger Handbewegung, als Bardi sich die Miniatur anschaute, welche das Porträt einer jungen Dame zeigte, die eine auffällige Halskrause trug, wie es in der Renaissance Mode war. »Es soll Eleonora de' Medici darstellen. Das Original hängt im Miniaturen-Kabinett der Uffizien. Gemalt hat es Costantino de' Servi, der nicht nur Maler im Auftrag der Medici war, sondern auch deren Spion an den europäischen Königshöfen. Die Malerei diente ihm als Tarnung.«

»Sehr gelungen«, sagte Bardi, was Maione sichtlich freute.

Maione wies Bardi einen Platz auf einem der beiden Korbsessel zu, zwischen denen eine tiefer Glastisch stand.

»Was hat Sie dazu bewogen, mir doch zu helfen?«, fragte Bardi, als er Platz genommen hatte.

Maione zuckte mit den Schultern. »Eigentlich hatte ich mir geschworen, mit meinem alten Leben abzuschließen, es sozusagen in den Bleikammern meines Gewissens zu verbannen.«

Bardi nickte, obwohl er nur ansatzweise verstand, was der Alte damit meinte.

»Viele Dinge waren zu unappetitlich. Hinzu kamen Verschlusssachen, Staatsräson, zu milde und – wenn auch selten – zu harte Gerichtsurteile. Kurz und gut: Der ganze Mist, der einem den Blick auf die Ideale verstellt, wegen derer man ursprünglich Polizist geworden ist.«

»Deshalb bin ich einfacher Carabiniere geblieben«, warf Bardi ein.

Maione musterte ihn aufmerksam, dann verzog er seinen Mund zu einem spöttischen Lächeln. »Was wollen Sie wissen?«

Bardi schilderte Maione den Stand seiner Ermittlungen, erwähnte Delon und äußerte seine Vermutung, dass alles mit der Entführung und Ermordung des Jungen vor über 30 Jahren zusammenhing.

Maione hörte mit versteinertem Gesicht zu. Als Bardi fertig war, nickte er. »Schlimme Sache.«

»Sie erinnern sich also wieder«, fragte Bardi in einem Ton, der vermuten ließ, dass er eine Falle hinter Maiones Angebot witterte.

»Der Tod des kleinen Emilio war meine größte Niederlage. Es ist wie eine offene Wunde. Wissen Sie, was seltsam ist?«

Bardi schüttelte den Kopf.

»Ich träume manchmal von dem Jungen. Nicht oft, aber wenn, dann erinnere ich mich immer daran, wenn ich wieder aufwache. Und dann stelle ich mir vor, welches Leben er führen würde – er wäre jetzt Mitte 40. Wenn er Glück hätte, würde das Halbzeit bedeuten. Aber Emilio musste sterben, bevor das Spiel seines Lebens richtig anfing. Können Sie das nachvollziehen?«

»Besser, als Sie es sich vorstellen können«, antwortete Bardi voller Bitterkeit.

Maione fragte nicht nach und beide schwiegen in trauter Stille. Schließlich war es an Maione, in die Hände zu klatschen, um die trüben Gedanken zu verscheuchen.

»Fragen Sie, was Sie wissen müssen.«

»Mich interessieren vor allem die Ermittlungen, nachdem die Leiche von Emilio aufgefunden worden war«, begann Bardi.

Maione seufzte laut. »Die waren leider extrem unergiebig.«

»Inwiefern?«

»Nun, wir haben weder den Ort gefunden, an dem Emilio gefangen gehalten worden war, noch haben wir für die Tat konkrete Verdächtige ermitteln können. Klar, ein paar Namen geisterten herum, aber kein Verdacht erhärtete sich. Es war, als jagten wir Phantome.«

»Warum sind dann die meisten Stellen im Bericht über den Mordfall geschwärzt? Warum werden Informationen über eine Zuordnung von DNA-Proben als geheim eingestuft? Und warum ist der Name eines Verdächtigen namens Russo mit Sperrvermerk versehen?«

Maione lächelte freudlos. »Und Sie glauben ernsthaft, dass ausgerechnet ich Ihnen darüber Auskunft geben kann?«

Bardi rückte auf die Kante des Sessels. »Wenn Sie wirklich an einer Aufklärung des Mordfalls interessiert sind, dann ja.«

Maione hob entschuldigend die Hände. »Ich verstehe Sie besser als jeder andere. Aber was diesen Bericht betrifft, so unterliegt er der Geheimhaltung. Und ich würde mich strafbar machen, wenn ich mich darüber hinwegsetzen würde. Außerdem kann ich mich wirklich nicht an Einzelheiten erinnern.«

Maione sah Bardi mit einer Mischung aus Mitleid und Reue an. »Aber vielleicht kann ich bei Delon etwas Licht ins Dunkel bringen.«

Bardi konnte seine Neugierde kaum verbergen.

Maione lächelte. »Sie sind wie ich früher. Ein Spürhund. Immer auf der Suche nach dem Knochen. Und auch wenn ich nicht mit dem großen Knochen dienen kann, so doch mit einem kleinen, der da Delon heißt.«

»Sie wissen, wer Delon ist?«

Wieder erschien das mitleidige Lächeln auf Maiones Gesicht. »Wenn ich das wüsste, wäre uns allen viel Leid erspart geblieben. Und wahrscheinlich hätte ich meine Laufbahn auf einer Besoldungsstufe etwas weiter oben beendet. Aber ich habe da so meine Vermutungen, was Delon betrifft.«

41. Kapitel

»Unser Profil für Delon sah Mitte der Achtzigerjahre wie folgt aus: männlich, zwischen 30 und 50, intelligent, gebildet, militärische oder paramilitärische Ausbildung. Wahrscheinlich im Bürgertum verankert und mit akademischem Beruf.«, erklärte Maione. »Zunächst vermuteten wir, dass Mariano di Giacomo persönlich die graue Eminenz des linken Terrorismus der frühen Achtzigerjahre war. Wir wissen, dass er 1969 in Jordanien und später in den Siebzigern Reisen in den Libanon unternommen hat, um dort Kontakt zur PLO aufzunehmen, was damals unter westeuropäischen Intellektuellen quasi zum guten Ton gehörte.«

Bardi musste an Camillas Amulett denken. Warum hatte sie behauptet, dass ihr Mann es in Griechenland erstanden hatte? Aus Unwissenheit oder weil sie ihn über seinen Tod hinaus decken wollte?

»Später gelang es uns, ein Telefongespräch zwischen Delon und einem Unterstützer der Roten Brigaden abzuhören, das von einer Telefonzelle in Mailand aus geführt wurde. Es war übrigens das einzige Mal, dass wir Delon so nahekamen. Allerdings war di Giacomo zu diesem Zeitpunkt nachweislich in Rom. Er konnte also nicht Delon sein.«

»Und die Stimme?«

Maione atmete schwer aus. »Wer immer Delon war oder

ist. Er ist extrem vorsichtig. Wir konnten seine Stimme nicht identifizieren, denn er hauchte mehr, als dass er sprach. Deshalb gab es damals auch Experten, die eine Frauenstimme für möglich hielten. Jedenfalls kam di Giacomo nicht infrage. Wir waren uns aber sicher, dass Delon aus dem Umfeld di Giacomos stammte. Mein heißester Kandidat war dieser Möchtegern-Franzose.«

»Pierre?«, fragte Bardi.

»Woher kennen Sie Pierre?«, erwiderte Maione erstaunt. »Lebt der Mann überhaupt noch?«

»Vorige Woche auf jeden Fall noch.«

Maione nickte. »Auf ihn passte das Profil, bis auf die Tatsache, dass man Pierres Existenz nicht gerade bürgerlich nennen konnte. Aber er hatte eine militärische Ausbildung bei der französischen Fremdenlegion genossen, bevor er zum Radikalen wurde. Pierre ist in Wirklichkeit waschechter Veroneser und hat die französische Staatsangehörigkeit und seinen neuen Namen durch seinen Dienst bei der Legion erworben. Leider konnten wir ihm damals nichts nachweisen und später ist der linke Terrorismus ja zum Glück mehr oder weniger sanft entschlafen.«

»Aber warum dann diese Geheimnistuerei?«

Maione zuckte mit den Schultern. »Das ist wie beim Kennedy-Attentat, da sind nach all den Jahren auch noch viele Akten unter Verschluss.«

Bardi wartete, bis Maione ihn wieder anschaute. »Können, wollen oder dürfen Sie mir nicht sagen, was Sie wissen?«

»Mögen Sie Fußball?«, fragte Maione unvermittelt.

Bardi verwirrte diese Frage so sehr, dass er seinen Mund öffnete und dann, ohne einen Ton hervorzubringen, wieder schloss. War der Alte jetzt vollkommen übergeschnappt? Schließlich brachte er ein »Ich spiele Polo« hervor.

»Morgen Abend spielt Fiorentina gegen die *Alte Dame*. Kommen Sie zum Parkplatz an der *Curva Ferrovia*, nennen Sie dem Ordner Ihren Namen und alles Weitere wird Ihnen gesagt. Und kommen Sie früh genug, das Stadion wird voll sein.« Maione erhob sich.

Gezwungenermaßen tat es Bardi ihm gleich. »Was soll das?«

Maione berührte Bardi leicht am Arm. »Gehen Sie hin und kehren Sie nie wieder hierher zurück.«

42. Kapitel

Obwohl das Fußballspiel an diesem warmen Frühsommerabend erst um neun Uhr abends angepfiffen wurde, machte Bardi sich, wie ihm von Maione geheißen, bereits zwei Stunden früher auf den Weg nach Florenz. Das *Stadio Artemio Franchi* lag inmitten des von Sportstätten geprägten Viertels *Campo di Marte*. Die Straßen um das Stadion, das manche als altehrwürdig und andere als baufällig bezeichneten, glichen einem Meer aus Violett, der Farbe des AC Florenz. Fans trugen die Trikots ihrer Helden, aus den Autofenstern hingen Schals und Fahnen, nur vereinzelt sah Bardi die weiß-schwarz gestreiften Trikots von Juventus, jenem Fußballverein aus Turin, der scherzhaft auch als *Alte Dame* tituliert wurde.

Je näher Bardi seinem Ziel kam, umso langsamer ging es voran.

So war es schon kurz vor halb neun, als das Stadion endlich in Sicht kam. Das helle Licht, das die vier hohen Flutlichtmasten verströmten, gab der überdimensionalen Schüssel eine Aura des Unwirklichen.

Bardi umkurvte den Stadionkomplex und musste mehrmals nachfragen, bis er endlich die *Curva Ferrovia* fand. Der Ordner am Tor beäugte Bardis alten Peugeot misstrauisch und nuschelte, dass die Zufahrt zur Tiefgarage woanders sei.

Als Bardi seinen Namen nannte, murmelte der Mann etwas in ein Walkie-Talkie und wies ihm einen Parkplatz unter der Tribüne zu.

Sofort erschien ein junger Mann in einem dunkelblauen Maßanzug, auf dessen Brusttasche das Wappen des AC Florenz gestickt war – eine Raute mit roter Lilie und dem Kürzel ACF auf violettem Grund.

»Signor Bardi, mein Name ist Sandro. Ich bin Ihr persönlicher Betreuer. Sie werden in der Skybox 10 erwartet«, begrüßte er Bardi und stülpte ihm ein violettes Halsband, an dem ein Ausweis hing, über den Kopf. Auf dem Ausweis prangte in großen Lettern *SKYBOX* und der Schriftzug einer *Taiyang Capital Invest* nebst einer stilisierten roten Sonne, die rechts von vier Sternen flankiert wurde, was wohl eine Anspielung auf die chinesische Flagge sein sollte.

»Wenn ich bitten darf.« Der Mann namens Mario bedeutete Bardi, ihm zu folgen. Dieser hatte Mühe, Schritt zu halten. Es ging durch ein Gewirr von Fluren und Treppen. Gedämpft hörte Bardi die Gesänge der Fans und die Ansagen des Stadionsprechers.

»Das Spiel heute ist ausverkauft«, erklärte Mario, ohne seinen Gang zu verlangsamen.

Schließlich erreichten Sie einen langen Flur, von dem Glastüren zu den VIP-Separees abgingen.

Servicekräfte mit Tabletts voller schmackhaft angerichteter Antipasti oder Champagnergläsern eilten an ihnen vorüber, um die VIPs des Abends mit Nachschub zu versorgen.

Mario hielt Bardi eine der Türen auf, neben der das Logo der chinesischen Investmentfirma prangte, machte einen leichten Diener und wünschte im Namen der Fiorentina einen angenehmen Aufenthalt im Stadio Franchi und ein spannendes Spiel.

Bardi bedankte sich und betrat die VIP-Loge, in der sich fünf chinesisch aussehende Geschäftsmänner und zwei ebenfalls asiatisch anmutende junge Frauen befanden, von denen eine Bardi vage bekannt vorkam.

Der kleine Raum war ganz in Weiß gehalten. Auf einem

Hochtisch, der vor einem Panoramafenster stand, von dem aus man das Stadionrund überblicken konnte, befanden sich einige Platten mit Antipasti und eine Getränkeauswahl von Weinen über Prosecco bis hin zu Champagner. An den Wänden hingen große Flachbildschirme, auf denen Sportprogramme flimmerten. Als Sitzgelegenheiten dienten zwei weiße Ledersofas und einige Barhocker.

Für ein paar Sekunden herrschte Stille, dann raunte einer der Chinesen der Dame neben sich etwas zu, woraufhin diese einen Schritt auf Bardi zuging und freundlich nickte.

»Direktor Wang heißt Sie im Namen der Taiyang Capital Invest willkommen, Capitano Bardi«, sagte sie in perfektem Italienisch.

»Sagen Sie Direktor Wang, dass ich mich sehr freue, hier sein zu dürfen«, erwiderte Bardi mit einer leichten Verbeugung in Richtung des Chinesen.

Die Dolmetscherin übersetzte Bardis Worte und der Direktor entgegnete etwas.

»Direktor Wang fragt, ob Sie jeden Tag in den Uffizien sind?«

Zunächst verstand Bardi nicht, doch dann fielen ihm die Chinesen ein, die sich mit ihm hatten fotografieren lassen. »Nein. Ich war dienstlich dort.«

Die Dolmetscherin übersetzte, woraufhin der Direktor Bardi erstaunt ansah und der jungen Frau erneut etwas zuraunte.

»Direktor Wang fragt, ob Sie auch Bürgermeister von Florenz werden wollen?«

Jetzt verstand Bardi gar nichts mehr.

Die Chinesin lächelten freundlich. »Sie sind Direktor Wang in San Pietro begegnet. Direktor Wang hat gehört, dass Sie dort bald Bürgermeister sind.«

Die Chinesen in Tavanos Büro. Jetzt wusste Bardi auch, warum ihm die Dolmetscherin bekannt vorkam.

»Noch ist Signor Tavano Bürgermeister.«

Die Dolmetscherin übersetzte, was Direktor Wang so zum

Lachen brachte, dass ihm Tränen die Wange hinabflossen.

Bevor die Situation noch skurriler zu werden drohte, spürte Bardi, wie sich eine Hand auf seine Schulter legte.

43. Kapitel

»Ich habe Direktor Wang von Ihren politischen Ambitionen erzählt«, sagte jemand hinter Bardi.

Als Bardi sich umdrehte, blickte er in das grinsende Gesicht von Raniero Domus, dem ehemaligen Oberstaatsanwalt und jetzigen Anwärter auf den Justizministerposten. Er trug einen ähnlichen Anzug wie der Mann, der Bardi in die VIP-Loge geführt hatte.

»Entschuldigen Sie die Geheimniskrämerei, aber wir beide fischen in denselben trüben Gewässern. Und deshalb bevorzuge ich ein inoffizielles Treffen. Ich hoffe, Sie mögen Fußball.«

»Ich habe in meiner Jugend ab und zu gegen den Ball getreten«, bemühte sich Bardi um eine freundliche Replik.

Domus schien mit seiner Antwort zufrieden, denn er schob Bardi in die Mitte des Raumes und begrüßte überschwänglich *Direktor Wang* und etwas beiläufiger die Manager *Chen, Zhū, Wú* und *Hú*. Dann schnappte er sich zwei Gläser Champagner, wovon er eines mit einem Kopfnicken in Richtung des Balkons Bardi reichte.

»Unsere chinesischen Freunde interessieren sich mehr für das Buffet«, raunte er Bardi zu, als sie draußen waren, und deutete auf die Sessel vor ihm.

»Ich sitze im Aufsichtsrat von Fiorentina und kümmere

mich nebenbei ein wenig um die Geschäftsbeziehungen zu unseren Partnern aus Fernost«, erklärte Domus, als sie Platz genommen hatten, und zwinkerte Bardi mit verschwörerischer Miene zu. »Die Chinesen investieren im Moment wie verrückt. Falls Sie wirklich Bürgermeister werden wollen, können solche Beziehungen Gold wert sein. Wenn Sie verstehen, was ich meine.«

Die Teams trabten auf den Rasen, Jubel brandete auf.

»Juve ist unser Erzfeind. Hoffentlich gibt es heute keine Ausschreitungen«, rief Domus. Und als hätten die Juve-Fans seine Worte gehört, wurden jetzt im Gästeblock bengalische Feuer und Böller gezündet. Kurz darauf war das gesamte Stadion in weiße Nebelschwaden gehüllt.

»Sie haben mich doch sicherlich nicht hierher bestellt, um mit mir über Fußball zu fachsimpeln«, sagte Bardi.

Domus leerte sein Champagnerglas in einem Zug, unterdrückte einen Rülpser und grinste Bardi ins Gesicht. »Jetzt verstehe ich, was Camilla an Ihnen findet.«

»Was hat Dottoressa di Giacomo damit zu tun?«

Das Grinsen verschwand. »Ich hoffe, nichts. Doch das Prinzip Hoffnung kann ich mir in meiner Position im Justizministerium nicht leisten. Beim Fußball hingegen ist alles Hoffnung.«

Er beugte sich vor und winkte jemandem auf der Sitztribüne unter ihnen zu. »Ich möchte, dass Sie Ihre Ermittlungen im Fall des verschwundenen Cesare Pintore einstellen.«

»Bitte?« Sowohl der Inhalt als auch die Beiläufigkeit, mit der Domus diesen Satz hervorgebracht hatte, verwirrten Bardi.

»Ich glaube, Sie haben mich sehr gut verstanden.«

»Es geht doch längst nicht mehr um das Verschwinden eines Mannes«, erwiderte Bardi. »Außerdem sind Sie nicht weisungsbefugt.«

Domus grinste schief. »Wie wäre es mit einem kleinen Geschäft? Ich helfe Ihnen, die Wahl zum Bürgermeister zu gewinnen, und Sie überlassen uns im Gegenzug die Ermittlungen im Komplex Pintore.«

Bardi wollte Domus widersprechen, doch dieser ließ ihn nicht zu Wort kommen.

»Wie Sie ganz richtig bemerkt haben, geht es um viel mehr als das Verschwinden eines kleinen Antiquitätenhändlers. Es geht aber auch um viel mehr als um einen kleinen Mord. Es geht um die Staatsräson. Und wenn ich Ihnen einen Rat geben darf, halten Sie sich vorerst von Siena fern, wenn Sie verstehen, was ich meine.«

»Was hat Camilla ...«

»Besser, Sie wissen nicht zu viel«, unterbrach Domus. »Sie mögen vielleicht denken, es handele sich um Dinge, die nur die ferne Vergangenheit betreffen. Aber wenn Sie wüssten, was ich weiß, würde es selbst einem hart gesottenen Carabiniere wie Ihnen kalt den Rücken herunterlaufen.«

»Ich kann die Wahrheit gut aushalten.«

»Das glaube ich Ihnen sogar. Nur leider ...« Domus zuckte mit den Schultern, als bedaure er seine Worte wirklich. »... leider kann ich Ihnen nicht mehr sagen, weil ich es nicht darf. Was glauben Sie, weshalb ich dieses konspirative Treffen anberaumt habe?«

»Aber jeder kann uns sehen«, schrie Bardi, weil erneut Jubel ausbrach, als die Mannschaften Aufstellung nahmen, um winkend das Publikum zu begrüßen.

»Zwei Bekannte bei einem Fußballspiel«, erklärte Domus. »Sind wir uns also einig?«

»Was ist mit Camilla? Warum soll ich mich von ihr fernhalten?«

»Ich mag Camilla wirklich«, erklärte Domus mit bedauernder Miene. »Fast so sehr wie Mariano. Er war mein bester Freund. Und früher waren wir uns politisch sehr nahe. Auch wenn ich immer auf der Seite des Gesetzes geblieben bin, was bei Mariano nicht so sicher ist.«

»Was ist mit Camilla?«, wiederholte Bardi.

Domus machte kurz ein verkniffenes Gesicht.

»Es könnte sein, dass mehr hinter ihrer politischen Fassade steckt. Und zwar schon sehr lange«, raunte er Bardi zu.

»Sie wollen nicht ernsthaft andeuten, dass Camilla ...«, rief Bardi aufgebracht.

»Nicht so laut ... Also, was ist? Überlassen Sie die Ermittlungen uns? Und ich sorge dafür, dass Sie im Wahlkampf als Held dastehen.« Domus streckte Bardi die Hand entgegen.

Bardi fühlte, wie er gegen seinen Willen am ganzen Körper zitterte. Er schüttelte den Kopf.

»Das müssen Sie mit meinen Vorgesetzten besprechen.« Es ärgerte ihn, dass auch seine Stimme zittrig klang.

»Sie sind sehr undankbar, Capitano«, zischte Domus.

Bardi war speiübel.

44. Kapitel

Bardi nahm den Umweg über die Viale Galileo, die sich in sanften Kurven den Hügel hochschlängelte, bis sie den Piazzale Michelangelo erreichte. Tagsüber war dieser beliebte Aussichtspunkt von Touristen belagert. Doch jetzt am späten Abend saß lediglich ein Liebespaar auf dem steinernen Sims der Balustrade, die den Platz umgab, und hatte kaum Sinn für den atemberaubenden Blick auf die nächtliche Metropole.

Bardi parkte seinen Wagen vor der Kopie des David, die den Mittelpunkt des Piazzale bildete, und trat an die Balustrade. Er atmete tief durch. Diese Mischung aus Arroganz der Macht und vetternwirtschaftlicher Jovialität, die Domus verströmte, hatte in ihm Brechreiz erzeugt, dem er nur entgehen hatte können, indem er aus dem Stadion geflohen war.

Hier, hoch über den Kuppeln und Dächern von Florenz, wo die Geräusche der Stadt nur leise nach oben drangen und das Fußballstadion kein tosender Kessel aufgepeitscht fiebernder Tifosi war, sondern nur ein fernes Strahlen, kam er langsam zur Ruhe. Ein kühler Wind wehte über das Tal. Erst jetzt wurde Bardi klar, was die Worte von Domus bedeuteten. Nicht weniger, als eine unerlaubte Einflussnahme in die Ermittlungen seiner Behörde. Die Carabinieri unterstanden als militärische Einheit pro forma dem Verteidigungsministerium, de facto in der Polizeiarbeit aber dem Ministerium des

Inneren. Das Justizministerium jedenfalls hatte keine Weisungsbefugnis. Gleichwohl wusste Bardi allzu gut, dass ein Mann wie Domus garantiert über politische Druckmittel und Seilschaften verfügte, die es ihm ermöglichten, einem Carabiniere das Leben schwer zu machen.

Und dann war da noch die Saat des Zweifels bezüglich Camilla, den Domus gesät hatte.

***

Es war schon nach elf, als Bardi seinen Wagen auf die Piazza Grande lenkte. Verwundert stellte er fest, dass vor der Carabinieri-Station der kleine Lieferwagen von Sara Melli parkte.

Als Bardi das Treppenhaus betrat, hörte er aufgeregte Stimmen. Sie drangen aus Antonellas Wohnung, deren Tür nur angelehnt war. Bardi klopfte laut und betrat das kleine Wohnzimmer, wo Antonella mit Frederica und ihrer Mutter am Esstisch saß. Bei Bardis Eintreten verstummten sie. Drei Augenpaare funkelten ihn böse an.

»Was ist los?«, fragte Bardi besorgt.

»Das weißt du ganz genau«, zischte Antonella.

»Nein, wirklich nicht.« Bardis Stimme klang halb amüsiert, halb besorgt.

»Unser Anwesen wurde überfallen«, rief Sara Melli. Ihre Stimme zitterte vor Empörung.

»Überfallen?«

»Wie würden Sie es nennen, wenn Polizisten in schwarzer Kampfmontur an Ihre Haustür hämmern, um sich Zutritt zu verschaffen?«

»Moment, nicht so schnell.« Bardi hob die Hände. »Welche Polizisten?«

»Der Anführer hat mir kurz einen Ausweis unter die Nase gehalten, irgendetwas mit N ... O ...«

»NOCS«, fluchte Bardi. »*Nucleo Operativo Centrale di Sicurezza*, eine Spezialeinheit der Polizei zur Bekämpfung von Terrorismus und zur Geiselbefreiung«

Natürlich steckte Domus hinter der Aktion. Domus hatte ihn aus San Pietro weggelockt und während er ihn im Stadion mit Zuckerbrot und Peitsche behandelte, führten seine Männer eine Aktion gegen eine wehrlose Familie durch.

Und natürlich war dies eine Warnung an ihn, Bardi, die ihm zeigen sollte, dass Domus am längeren Hebel saß.

Bardis *Telefonino* meldete sich. Es war Meister. Bardi ging in die Küche und nahm den Anruf entgegen.

»Was haben Sie jetzt schon wieder angestellt?«, begrüßte der Commissario ihn.

»Ich war mit einem Staatssekretär namens Raniero Domus beim Fußball.«

»So ein Zufall.« Meisters Stimme klang ehrlich wütend. »Genau dieser Raniero Domus hat sich bei meinen Vorgesetzten beschwert, dass ich Ihnen Zugriff auf die Akten im Fall Emilio Domenico verschafft habe.«

»Sie meinen diesen Ausdruck, bei dem eine ganze Druckerpatrone draufgegangen ist?«

»Halten Sie sich aus dem ganzen Komplex Domenico, Pintore oder wie die alle heißen, raus. Und lassen Sie gefälligst auch mich aus dem Spiel.«

»Aber verstehen Sie denn nicht, genau das will Domus doch erreichen.«

»Ich glaube, Sie verstehen nicht. Das Spiel ist aus. Überlassen Sie es einfach den Profis aus Rom«, presste Meister hervor.

»Profis?« Bardi lachte bitter. »Haben Sie sich schon einmal gefragt, warum Domus es für nötig hält, einen einfachen Carabiniere aus einem Kaff namens San Pietro so unter Druck zu setzen?«

Die Antwort war ein Seufzer und ein gemurmeltes »Ciao«.

45. Kapitel

In dieser Nacht quälten Bardi so heftige Albträume wie lange nicht mehr. Mehrmals wachte er schweißgebadet auf und brauchte jedes Mal eine Ewigkeit, bis er wieder in einen unruhigen Schlaf verfiel.

Am Morgen fühlte er sich, als habe er einen Marathon gelaufen. Auch drei Espressi bei Alberto in der Bar Puccini verbesserten seine Form kaum.

»Das Tor von Ronaldo war supergeil, oder?«, begrüßte Emanuele ihn auf der Wache und warf seinem Chef neidische Blicke zu.

Bardi berichtete ihm vom gestrigen Abend, brachte ihn auf den neusten Stand der Ermittlungen und bat ihn, alles über Domus herauszufinden, was das Internet hergab. »Auf legalem Weg«, betonte er.

Enttäuscht, nicht endlich einmal mit Bardi über Fußball fachsimpeln zu können, machte Emanuele sich an die Arbeit.

»Eine wahrhaft schillernde Persönlichkeit«, meinte er nach einer Weile und legte einige Ausdrucke vor Bardi auf den Schreibtisch.

Bardi überflog die Seiten. Tatsächlich bestand das Leben von Domus aus einigen Kehrtwenden. Nach dem Abitur hatte der spätere Staatssekretär sich als Kampfschwimmer bei einer Eliteeinheit der italienischen Marine hervorgetan, was ihm sicher dabei geholfen hatte, einen dritten Platz über 200 Meter Lagen bei den nationalen Schwimm-Meisterschaften zu ergattern.

Danach hatte er mit einem Begabtenstipendium Jura studiert und sich während des Studiums für die Belange linker Gruppen eingesetzt, um dann als Staatsanwalt die Karriereleiter nach oben zu steigen. So war er Ende der Achtzigerjahre als Falcones Fallbeil bei den Mafiaprozessen bekannt geworden, ohne jedoch seine linke Gesinnung zu verleugnen. Zwar war er damals nicht Mitglied einer Partei gewesen, hatte sich aber immer wieder lobend über die Bemühungen der Kommunistischen Partei in den Fünfzigerjahren geäußert, die schon damals eine Verfolgung der sizilianischen Mafia gefordert hatten.

Einige Fotos zeigten den jungen Domus bei Diskussionsveranstaltungen mit linken Gruppierungen. Bardi nahm an, dass Domus so Kontakt zu Camillas Mann bekommen hatte.

In dieser Zeit war Domus auch Initiator eines allgemeinnützigen Vereins geworden, der sich um die Belange von Schwerstbehinderten in Heimen kümmerte – ein Mensch mit sozialer Verantwortung also.

Es folgte ein Sabbatical, das Domus genutzt hatte, um ein Standardlehrwerk über das italienische Verfassungsrecht zu überarbeiten.

Danach war er als Oberstaatsanwalt für die späten Prozesse gegen Terroristen linker und rechter Couleur zuständig gewesen, um dann auf der politischen Klaviatur in Rom zu reüssieren. Zuletzt hatte Domus für Überraschung gesorgt, indem er das Angebot der Rechten für einen hohen Listenplatz bei den nächsten Parlamentswahlen annahm.

»Eine Zierde unserer Gesellschaft«, sagte Bardi mit säuerlichem Unterton.

Er stellte sich hinter Emanuele, um dessen Recherchebemühungen zu verfolgen.

Nach ein paar Klicks zauberte Emanuele ein Foto auf den Bildschirm, das Domus mit einigen weiteren Anzugträgern hinter einem hageren Mann zeigte, der an einem pompösen Schreibtisch saß.

»Sieh an, unser Ministerpräsident«, murmelte Bardi. »Was steht in der Bildunterschrift?«

»Nichts«, erwiderte Emanuele. »Aber vielleicht findet sich etwas in der Grafik-Info.«

»Hier.« Er deutete mit dem Cursor auf einige Worte im Fenster. »Das ist die alternative Bildbeschreibung: Ministerpräsident mit Minister ohne Portefeuille und Mitarbeitern. Was ist ein Minister ohne Portefeuille?«

»Entweder jemand, der diesen Posten für vergangene Verdienste zugeschanzt bekommen hat, oder aber jemand, dessen wahrer Aufgabenbereich nicht bekannt werden soll«, erklärte Bardi. »Der Minister ohne Geschäftsbereich ist Giovanni Federzoni. Er leitet das *Dipartimento delle Informazioni per la Sicurezza*.«

»Geheimdienst?«

»Genau. Von dort aus werden unsere Nachrichtendienste koordiniert.«

»Und Domus?«

»Ich wette, nur einige Klicks und du findest heraus, dass ihm als Staatssekretär die Inlandsgeheimdienste unterstehen. Somit hat er indirekt auch Zugriff auf die Männer vom NOCS, die gestern den Mellis einen Besuch abgestattet haben.«

Bardis Worte stachelten Emanuele an. Seine Finger flogen über die Tastatur und die Maus klickte im Stakkato, bis er ein PDF gefunden hatte.

»Ecco.« Emanuele deutete auf ein Organigramm, das sich in dem Dokument befand. Die Überschrift bestand aus den vier Buchstaben AISI, was für *Agenzia Informazioni e Sicurezza Interna* stand, die offizielle Bezeichnung des Inlandsgeheimdienstes. Und ganz oben stand der Name Domus.

»Aber was ist, wenn Domus recht hat und diese Dottoressa wirklich hinter all dem steckt?«

Emanueles *diese Dottoressa* missfiel Bardi, doch die Frage war berechtigt.

»Schließlich hätte sie Pintore zur Flucht aus ihrer Klinik verhelfen können. Denken Sie nur an die Videoüberwachung, die praktischerweise genau dann ausgefallen ist, als Pintore sein Krankenbett verlassen hat«, spann Emanuele seinen Gedankengang eifrig fort.

»Aber dann müsste sie schon seit über 30 Jahren eine führende Rolle bei diesem Terrornetzwerk spielen, von dem wir nicht einmal wissen, ob es überhaupt noch existiert. Das würde heißen, sie wäre mit Anfang 20 bereits einer der führenden Köpfe bei den *Brigate Rosse* gewesen - oder wie immer die sich Mitte der Achtziger nannten.«

Die Roten Brigaden hatten sich Anfang der Achtzigerjahre mehrmals aufgespalten und umbenannt, bevor sie am Ende des Jahrzehnts in der Bedeutungslosigkeit versanken.

»Warum sonst sollte der Inlandsgeheimdienst ein so großes Interesse an unseren Ermittlungen haben?«, erwiderte Emanuele.

»Das ist die größte Frage von allen«, seufzte Bardi.

Sein *Telefonino* klingelte. Es war Camilla, weshalb er sich ertappt vorkam.

»Ich wollte dich auch anrufen«, meldete er sich.

»Das sagen sie immer«, frotzelte Camilla. »Ich habe eine Überraschung für dich.«

»Welche denn?«

»Komm heute Abend gegen acht nach Siena und finde es heraus.«

»Hör mal, ich mag keine ...« Aber Bardi sprach bereits ins Leere.

46. Kapitel

Auf dem Weg nach Siena fühlte sich Bardi nicht wohl in seiner Haut. Ob dies am bevorstehenden Treffen mit Camilla lag oder an dem Motorradfahrer, der ihm seit San Pietro folgte, konnte er nicht sagen.

Schon mehrfach hatte er das Tempo weit unter die erlaubten 90 Stundenkilometer gesenkt, aber das Motorrad klebte an ihm wie Panade an den großartigen Involtini di Pollo, die es bei seiner Großmutter immer gegeben hatte.

Ließ Domus ihn verfolgen? Noch vor ein paar Tagen hätte Bardi jemanden, der das für möglich gehalten hätte, einen Verschwörungstheoretiker genannt. Doch seit gestern Abend hielt er alles für möglich. Kurz bevor sie Siena erreichten, überholte der Motorradfahrer dann doch, wobei er die erlaubte Höchstgeschwindigkeit weit überschritt.

Als Camilla die Wohnungstür öffnete, kam sie ihm noch schöner vor als zuvor. Sie trug ein einfaches blaues Kleid, das ihre Kurven mehr betonte als verdeckte und war barfuß. Er küsste sie zart auf die Wange und sog ihren betörenden Duft ein. Dann folgte er ihr ins Wohnzimmer, wo auf einem kleinen Beistelltisch eine Platte mit Antipasti stand.

»Möchtest du einen Aperitif?«, fragte sie.

»Ist das ein Campari Soda?« Bardi deutete auf ein Glas neben den Antipasti.

»Campari Tonic, um genau zu sein«, sagte Camilla und schenkte Bardi ein Lächeln.

»Das nehme ich auch. Mit viel Eis.«

Camilla verschwand in der Küche, Bardi setzte sich auf das Sofa und stibitzte ein Stück Finocchiona. Die Salami war köstlich, mit dem Fenchelgeschmack genau an der richtigen Stelle.

Camilla kehrte zurück und reichte Bardi den Campari Tonic – das Glas eiskalt wie das Getränk.

»Also, warum wolltest du mich sehen?«, fragte Bardi.

Camilla setzte sich neben ihn und fasste seine Hand. »Kannst du dir das nicht denken?«

»Bin ja schließlich kein Teenager mehr«, brummte Bardi.

»Warum dann so verkrampft?«

Bardi legte seine andere Hand auf Camillas.

»Pintore?«, fragte Camilla.

Bardi nickte. Camilla ließ seine Hand los.

»Das war der zweite Grund, weshalb ich dich sehen wollte«, erklärte sie.

Kam jetzt eine Beichte? Bardi war sich nicht sicher, ob er eine solche hören wollte. Nicht jetzt.

»Ich habe meine Kontakte spielen lassen. Oder besser, die meines verstorbenen Mannes«, erklärte Camilla. »Weil du Pisa erwähnt hast. Es gibt da einen Mann namens Castro. Er heißt natürlich nicht wirklich so, aber diese Leute wittern ja überall Verrat und Verschwörung. Er ist bereit, dich morgen zu treffen.«

Bardi nickte zögernd.

»Castro hat wohl Kontakt zu einigen untergetauchten Genossen«, fuhr Camilla fort. »Ich habe dich als Lehrer aus San Pietro angekündigt, der mit Pintore befreundet ist und sich Sorgen um seinen Freund macht.«

Wieder nickte Bardi. »Und wo soll ich diesen Castro treffen?«

»Das erfährst du, wenn ich einen Kuss von dir bekomme«, hauchte Camilla.

»Hör mal, ich ...«

»Was ist los, Giulio?«

»Es gibt Gerüchte«, erwiderte Bardi stockend.

»Etwa über mich?« Camilla schien wahrlich überrascht.

Bardi musterte schweigend ihr schönes Gesicht und nickte dann langsam.

»Lass mich raten. Es geht um angebliche Verbindungen zum linksradikalen Milieu im Allgemeinen und Terroristen im Besonderen.«

Wieder nickte Bardi.

»Und du glaubst das?«

»Ich weiß nicht, was ich glauben soll«, gab Bardi zögerlich zu.

»Ehrlich bist du.« Camilla schüttelte ungläubig den Kopf. »Jetzt habe ich endlich wieder einen Mann gefunden, der mich ernsthaft interessiert und dann ...«

Die Worte verwirrten Bardi, unbeholfen griff er nach Camillas Hand, doch sie ließ es nicht zu.

Stattdessen stieß sie einen kurzen Lacher aus. »Und ausgerechnet ein Carabiniere muss es sein. Wie soll das gut gehen?«

Sie schüttelte den Kopf und erhob sich. Bardi tat es ihr gleich.

»Hast du noch das Buch, das ich dir gegeben habe? Die linke Revolution?«

Bardi nickte.

»Morgen Punkt elf im *Gatto rosso*, das ist ein Kulturzentrum in Pisa. Das Buch solltest du als Erkennungszeichen mitnehmen. Vielleicht liest du ja mal drin. Dann wirst du auch verstehen, wo für ihn und mich die Trennlinie zwischen links und linksradikal verläuft.«

Camilla ging voraus zur Wohnungstür.

»Warum kommst du nicht mit?«, fragte Bardi.

»Hat Contini dir nicht davon berichtet?«

»Wovon?«

»Wir fahren morgen zu einem dreitägigen Kongress unserer Liste nach Ancona.« Camilla gab Bardi förmlich die Hand.

»Vielleicht bist du ja beim nächsten Mal auch dabei.«

»Vielleicht«, erwiderte Bardi und verließ die Wohnung.

Camilla schloss die Tür. Unschlüssig blieb Bardi am Treppenabsatz stehen. Vielleicht erwartete Camilla, dass er kämpfte. Er ging zurück zur Tür und hob die Hand, um zu klopfen. Doch dann hielt er inne, drehte sich um und ging langsam die Treppe hinunter.

47. Kapitel

Kurz vor elf parkte Bardi seinen Wagen auf dem Hof des *Gatto rosso* – einer ehemaligen Ziegelei – und betrat das großzügige Café, über dessen Eingang ein großes Schild mit einem buckelnden roten Kater hing.

Am Himmel hingen dicke Regenwolken, weshalb in dem kathedralenartigen Raum die Deckenbeleuchtung angeschaltet war, die alles in ein unwirklich kaltes Licht tauchte, fast wie auf einer Theaterbühne.

Einziger Gast war ein hagerer Endsechziger mit langen grauen Haaren, die im Licht glänzten und die er mittels eines Gummibandes zum Zopf gebunden hatte. Vor ihm stand ein Schachbrett mit Figuren in Ausgangsposition, daneben ein Becher Kaffee und ein Aschenbecher, in dem bereits mehrere Kippen lagen.

Bardi durchquerte den Saal in Richtung der Theke und grüßte, als er am Tisch des Mannes vorbeikam, erhielt jedoch keine Antwort. Hinter der Theke spülte eine junge Frau mit Rastalocken Gläser. Bardi studierte die Tafel über ihr, auf der in Schönschrift die aktuelle Karte vermerkt war.

»Einmal das kleine Frühstück mit Caffè Lungo.«

»Vegan?«

»Das Frühstück? Nein, normal.«

»Normal also«, wiederholte die junge Frau, wobei sie normal übertrieben betonte. »Bring ich dir an den Tisch.«

Bardi suchte sich einem Tisch gegenüber dem des Schachspielers.

Die Reaktion der Frau hatte ihn grübeln lassen. Eigentlich hatte sie ja recht. Wieso war das Frühstück mit Fleisch normal und das vegane nicht?

Jetzt blickte der Mann auf und musterte Bardi, der demonstrativ in dem Buch zu lesen begann, das Camilla ihm mitgegeben hatte. Offensichtlich handelte es sich nicht um Castro, denn der Mann schaute bald wieder auf das Schachbrett und zog an seiner Filterlosen.

Obwohl das Buch einen sperrigen Titel hatte, begann es fast kitschig mit den Kindheitserinnerungen von Mariano di Giacomo. Er berichtet von einem großbürgerlichen Leben in einer Mailänder Intellektuellenfamilie, der gestrenge Vater Mathematikprofessor, die geliebte Mutter Opernsängerin.

Den Sommer verbrachten sie stets in einem einfachen Steinhaus, genannt *Casa del Sole*, in der südlichen Toskana, welches die Familie schon seit Generationen besaß. Di Giacomo schilderte das unbeschwerte Herumtollen mit den Bauernkindern der Nachbarschaft, das Baden im Teich und das leckere Essen, das direkt von den Feldern, Bäumen und Tieren aus der Umgebung stammte.

Bardi fühlte sich an seine eigene Kindheit in Sizilien erinnert.

Wenig später brachte die Bedienung das Frühstück, zwei *Tramezzini*, mit Mortadella und Salami belegte Weißbrotscheiben sowie ein *Cornetto* mit Marmeladenfüllung und dazu *Caffè Lungo*. Bardi warf einen Blick auf die große Bahnhofsuhr, die über der Theke hing. Mittlerweile war es kurz nach elf.

»Kommt Castro gleich?«, fragte er.

»Keine Ahnung«, antwortete die junge Frau knapp und warf einen kurzen Blick hinüber zu dem Mann am Schachbrett, bevor sie hinter die Theke zurückkehrte.

Bardi trank einen Schluck vom *Lungo* und sah, wie der

Mann gegenüber ihn jetzt mit unverhohlenem Misstrauen musterte. Bardi nickte ihm freundlich zu. Der Mann blickte wieder auf sein Schachbrett.

Bardi legte das Buch zur Seite und widmete sich seinem Frühstück. Der frische Ziegenkäse schmeckte so wie in seiner Kindheit und er musste ob dieser melancholischen Anwandlung, die offensichtlich durch di Giacomos Bericht hervorgerufen worden war, lächeln.

Jetzt sah der Mann gegenüber wieder auf. »Hab dich noch nie hier gesehen.«

»Bin zum ersten Mal hier«, erwiderte Bardi.

»Journalist oder Bulle?«

»Weder noch.« Bardi fühlte, wie seine Ohren zu glühen begannen. Er war noch nie ein guter Lügner gewesen. »Lehrer.«

Der Mann gegenüber musterte ihn einen Augenblick und nickte dann. »Und was will ein Lehrer von Castro?«

»Es geht um einen gemeinsamen Freund.«

»Soso«, sagte der Mann und stierte erneut auf das Schachbrett, als wolle er die Figuren per Autosuggestion bewegen.

»Mein Name ist Bardi.«

»Macht ja nichts«, sagte der Mann und grinste über seinen Witz. »Ich bin Nestor.«

»Warten Sie auch auf Castro?« Bardi deutete auf das Schachbrett.

Nestor nickte. »Wir spielen jeden Freitag. Seit mindestens 20 Jahren.«

»Chiara! Hat Castro sich gemeldet?«, rief er der jungen Frau hinterm Tresen zu.

»Nein. Aber heute Morgen hat schon jemand nach ihm gefragt.«

»Wer denn?«, fragten Nestor und Bardi unisono.

Chiara zuckte mit den Achseln. »Keine Ahnung. Er hatte so eine Piepsstimme.«

»Wie sah der Mann aus?«, fragte Bardi.

»Normal, unscheinbar, schon ziemlich alt. Vielleicht Mitte 60.«

Eine dunkle Vorahnung beschlich Bardi. Die Beschreibung passte haargenau auf den Vater des ermordeten Emilio Domenico - jenem Mann mit dem Aliasnamen Lino Sensi.

»Was soll das alles?« Der Mann am Tisch gegenüber sah Bardi forschend an.

»Das ist eine lange Geschichte«, erwiderte Bardi und stand auf. »Wo wohnt Castro?«

»Ich war noch nie bei ihm zu Hause«, wich Nestor aus.

Bardi trat an Nestors Tisch. »Ihr Schachfreund ist in ernsthafter Gefahr.«

»Und du willst Lehrer sein«, murmelte Nestor.

»Verstehen Sie, was ich sage«, rief Bardi.

»Mit Bullen rede ich nicht.« Nestor verschränkte seine Arme vor der Brust und starrte wieder auf das Schachbrett.

»Verdammt. Wo wohnt Castro?« Bardi blickte zu Chiara hinüber, die eine Sekunde zu spät wegschaute.

»Irgendwo an der Piazza delle Vettovaglie«, stotterte sie.

»Halt die Fresse, verdammt«, zischte Nestor, sprang auf und ballte eine Faust in Richtung Bardi. »Und du verschwindest besser, verdammter Bulle.«

48. Kapitel

Bardi versteckte sich hinter einem alten, mit Graffiti übersäten Bauwagen. Er konnte nur hoffen, dass sein Plan aufging. Regentropfen benetzten sein Gesicht. Sorgenvoll blickte er auf die dunklen Wolken am Horizont, vor denen ein Polizeihubschrauber in großer Höhe Runden drehte. Wahrscheinlich gab er Staumeldungen von der nahen Autostrada durch.

Dann endlich öffnete sich die Tür des *Gatto rosso* und Nestor kam heraus. Auch er schaute zunächst gen Himmel, fluchte laut und schaute in Bardis Peugeot. Als er Bardi nirgends entdecken konnte, verließ er schnellen Schrittes den Hof. Bardi folgte ihm unauffällig.

Nestor eilte an den kleinen Läden der Via Giosuè Carducci vorbei. Einige Male blickte er sich um, doch Bardi konnte sich stets in den Eingängen der Geschäfte verbergen.

Schließlich bog Nestor rechts ab und Bardi musste sich beeilen, um ihn nicht aus den Augen zu verlieren. Er sah gerade noch, wie Nestor hinter der nächsten Häuserecke verschwand.

Hier waren die Gassen eng und verwinkelt. Das Ziel schien nah zu sein, denn Nestor achtete jetzt nicht mehr darauf, ob er verfolgt wurde. Tatsächlich verschwand er kurz darauf hinter einer Metalltür, die zu einem heruntergekommenen Haus gehörte.

Bardi wartete einige Sekunden, dann nahm er denselben Weg. Der Hausflur war dunkel. Es roch nach Chlorreiniger und verkochtem Essen. Von oben klangen Klopfgeräusche nach unten und Nestors Stimme, die nach Castro rief. Bardi eilte – immer zwei Stufen auf einmal nehmend – hinterher.

Als Nestor ihn erblickte, hörte er auf, gegen die Tür zu hämmern. Bardi drückte Nestor zur Seite und rief seinerseits Castros Namen. Dann horchte er an der Wohnungstür. Erst hörte er nur sein eigenes Herz hämmern, doch dann war da noch etwas anderes: ein leises Stöhnen.

49. Kapitel

Bardi überprüfte die Wohnungstür. Zwar bestand sie aus massivem Holz, das Schloss jedoch machte einen altersschwachen Eindruck.

Bardi trat so weit zurück, wie es der enge Hausflur zuließ, und rammte seinen Fuß unterhalb der Klinke gegen die Tür, die mit einem lauten Knall aufflog. Nestor verfolgte die Aktion mit offenem Mund.

Das Appartement hinter der Tür war winzig. Bardi trat in den kleinen Vorraum. Das Stöhnen drang durch den Perlenvorhang vor ihm. Bardi schlüpfte hindurch. Auf dem Boden lag ein kleiner, glatzköpfiger Mann. Überall war Blut. Das musste Castro sein, wenngleich er äußerlich nichts mit dem ehemaligen kubanischen Staatschef gemeinsam hatte.

Hinter Bardi stöhnte Nestor. Es folgte ein dumpfer Schlag und als Bardi sich umdrehte, sah er Nestor bäuchlings auf dem Boden liegen. Aus einer Platzwunde an der Stirn sickerte Blut.

Bardi fluchte und ging neben Castro in die Hocke. Offensichtlich hatte er einen Bauchschuss abbekommen. Er lag auf dem Rücken, das Gesicht war blass und seine Augenlider zuckten unkontrolliert.

Bardi tastete nach seinem *Telefonino* und wollte den

Notarzt rufen, als ihm aufging, dass er Castros Adresse nicht kannte.

Er hievte Nestor auf den Rücken und tätschelte ihm die Wangen, bis sich endlich seine Augen öffneten.

»Ich kann kein Blut sehen«, stöhnte Nestor mit schwacher Stimme.

»Wie lautet Castros Adresse?«

Nestor wiegte benommen den Kopf hin und her.

»Schnell.«

Schließlich nannte Nestor die Adresse und Bardi konnte den Notarzt informieren.

Nach dem Telefonat presste er seine Hände auf Castros Wunde, um die Blutung wenigstens ein wenig zu unterbinden.

»Hilfe ist unterwegs«, machte er dem Schwerverletzten Mut. »Camilla schickt mich. Ich wollte Sie im *Gatto rosso* treffen.«

Castros Lippen bewegten sich. Doch seine Stimme versagte. Bardi hielt sein Ohr nahe an den Mund des Verletzten.

»Du musst Ciro warnen.« Castros Stimme war tonlos.

»Wo finde ich Ciro?«

»Via Vanni t ... t ...« Mit einem Stöhnen verlor Castro das Bewusstsein.

»Ist er ...?«, fragte Nestor. Seine Stimme verriet Panik.

»Nein«, erwiderte Bardi. »Wer ist Ciro?«

»Kenn ich nicht.« Nestor tastete nach seiner Stirn und blickte dann auf das Blut an seinen Händen. »Ich blute.«

»Der Notarzt kommt gleich«, erwiderte Bardi trocken. »Via Vanni und dann irgendetwas mit t, sagt Ihnen das etwas?«

»Via Vianni Turino.«

Turino. Bardi musste sofort an die Ansichtskarte aus Pintores Kiste denken.

Bin am 14. gut in Turin angekommen. C.C.

Stand das erste C für Ciro? Und war der Text ein Code für Ciros Adresse? Via Vanni Turino 14?

»Geben Sie mir das Kissen da und das dicke Buch.« Bardi

deutete auf den Sessel vor dem Fenster und ein dickes Buch, das daneben auf dem Boden lag.

Nestor wankte unbeholfen an Bardi und Castro vorbei und holte die Sachen. Bardi brachte Castro in eine stabile Seitenlage und drapierte das Buch und darüber das Kissen so, dass diese auf die Wunde drückten.

»Ist diese Via Vanni Turino weit entfernt?«

Nestor überlegte kurz. Dann schüttelte er den Kopf. »Vielleicht zwei Kilometer.«

»Und wie komme ich dorthin?«

Durch das offene Fenster schallte die nahende Sirene des Notarztwagens.

»Zum Arno runter, dann rechts und dann die vierte, nein fünfte ... oder ...«

Doch da hatte Bardi die Wohnung bereits verlassen.

50. Kapitel

Bardi erreichte den träge dahinfließenden Arno und wandte sich nach rechts. Die Namen der Straßen entlang des Arnos begannen in allen Städten am Fluss mit Lungarno. In Pisa waren die Lungarni von Palästen und anderen herrschaftlichen Gebäuden gesäumt.

Vor dem Gebäude, das die Verwaltung der Universität beherbergte, lieferte sich eine Beamtin der Polizia Municipale ein Wortgefecht mit dem Fahrer eines Lieferwagens, der bei der Auslieferung seiner Waren einen Stau verursachte. Schließlich gab der Mann klein bei und stieg – sein gesamtes Vokabular an Obszönitäten ablassend – in seinen Kleinlaster. Bardi wartete, bis die Polizistin das Kennzeichen des Rüpels notiert hatte, und fragte dann nach dem Weg zur Via Vanni Turino.

Die Beamtin deutete auf die nächste Brücke über den Fluss. »Dort rechts, die nächste links und dann immer geradeaus.«

Im Laufschritt eilte Bardi in die angegebene Richtung, bog rechts ab und dann links.

Die Altstadt wich einer zweckmäßigeren Bebauung und mündete in einem Wohngebiet.

Nach Luft schnappend stützte Bardi seine Hände auf den Knien ab und blickte sich um. Vor ihm befand sich eine

Kreuzung. Das Straßenschild gegenüber trug den Namen Via Vanni Turino.

Bardi überquerte die stark befahrene Kreuzung und folgte der Via Vanni Turino, bis sie an einer Betonmauer endete, hinter der sich eine Bahntrasse befand.

Das Haus mit der Nummer 14 war ein schmuckloses, zweistöckiges Gebäude. Bardi spähte durch die Hecke, die das Grundstück umgab. Die hölzernen Rollläden im Erdgeschoss waren heruntergelassen. Am Briefkasten vor dem Eingangstor war kein Name angebracht. Ebenso wenig an der Klingel. Bardi drückte gegen das Tor. Es war verschlossen. Also suchte er sich den Weg zum hinteren Teil des Hauses und fand einen schmalen Pfad zwischen Betonmauer und Hecke, der an der Mauer zum Nachbargrundstück endete.

Bardi hievte sich auf den schulterhohen Sims und kroch auf allen vieren, bis er zur Rückseite des Hauses mit der Nummer 14 kam. Hier befand sich ein kleiner gepflasterter Hinterhof mit einem Freiluftpizzaofen und zwei Plastikstühlen.

Bardi sprang hinab und schlich zur Hintertür. Auch diese war verschlossen. Insgesamt machte das Haus einen verlassenen Eindruck.

Enttäuscht wollte Bardi sich abwenden, als er mit der Schuhspitze gegen einen steinernen Aschenbecher stieß. In ihm lag eine halb aufgerauchte Zigarette.

Bardi bückte sich und fühlte an der Asche. Sie war warm. So blieb er in der Hocke und unterzog das Schloss der Hintertür einer genaueren Inspektion. Es war mit einem simplen Schnappmechanismus ausgestattet.

Bardi holte die Tankstellen-Kundenkarte aus seiner Brieftasche und schob eine Ecke der Karte vorsichtig über dem Schloss in den Türspalt. Er schob die Karte nach unten, bis er den Widerstand spürte. Nun drückte er die Karte mit viel Kraft weiter nach unten. Nach vier Versuchen gab die Schlossfalle endlich nach.

Hinter der Tür befand sich ein großer Raum. Holzscheite

lagerten an der einen Wand, an der anderen lehnte ein Rennrad. Bardi öffnete eine zweite Tür und kam in ein Treppenhaus. Er wollte gerade die halbe Treppe zum Eingangsbereich hochsteigen, als er einen harten Gegenstand im Rücken spürte.

»Hände hinter den Kopf«, fauchte eine Stimme.

Bardi gehorchte.

»Umdrehen.«

Langsam drehte Bardi sich um. Der Mann, der ihm die Befehle erteilt hatte, war Cesare Pintore. In der Hand hielt er einen Revolver.

51. Kapitel

»Machen Sie es nicht schlimmer, als es schon ist«, sagte Bardi. »Denken Sie an Sara und Ihre Kinder.«

Pintore lächelte kalt und deutete mit dem Stummellauf seines Revolvers auf die Treppe. »Sie zuerst, wenn ich bitten darf.«

Bardi nickte und stieg langsam die Treppe hoch. Pintore blieb hinter ihm.

»Was ist mit Ihrer Verletzung?«, fragte Bardi, bekam aber keine Antwort.

»Wer hat Ihnen im Krankenhaus zur Flucht verholfen?«

Keine Antwort.

»Weiter«, befahl Pintore, als sie das Erdgeschoss erreicht hatten, und wies mit seinem Revolver auf die einzig offene Tür.

Bardi betrat den Raum und erschrak.

Am Fenster stand ein Doppelgänger von Pintore, in der Hand eine großkalibrige Pistole. Und an der Heizung unterhalb des Fensters saß Dino Domenico alias Lino Sensi, der Vater des ermordeten Jungen, die rechte Hand mit Handschellen ans Heizungsrohr gekettet.

»Helfen Sie mir«, flehte er Bardi an. Seine Stimme klang seltsam hoch.

Bardi schaute abwechselnd von dem Pintore, der ihn mit

der Waffe in Schach hielt, zu jenem am Fenster, der – wie ihm jetzt auffiel – blasser war und seine Hand auf die Brust gepresst hielt.

»Zwillinge«, murmelte Bardi.

»Schnellmerker«, sagte der Pintore, der ihn unten überrascht hatte.

»Cesare. Ihre Frau macht sich Sorgen. Und Ihre Kinder auch«, sagte Bardi.

Cesare öffnete den Mund, doch sein Bruder unterband eine Äußerung mit einem energischen Kopfschütteln.

Draußen knatterte im Tiefflug ein Hubschrauber über das Haus hinweg. Der Hubschrauber – bevor Bardi die richtigen Schlüsse ziehen konnte, quietschten auf der Straße Reifen.

Cesare schaute aus dem Fenster. »Polizei. Überall.« Sein Gesicht verriet Panik.

»Ergeben Sie sich. Sie haben keine Chance«, rief Bardi.

»Schnauze, Bullenschwein«, schrie der Bruder und schaute dann zu Cesare hinüber. »Du verschwindest mit dem Verräterschwein hinten raus.«

»Aber ...«

»Ich halte die Bullen in Schach. Bardi wird einen guten Schutzschild abgeben. Beeil dich.«

Cesare nickte, schloss Sensi los, zog ihn an den Handschellen hoch und stieß ihn mit vorgehaltener Waffe ins Treppenhaus.

»Ans Fenster«, befahl Cesares Bruder.

Vorsichtig trat Bardi ans Fenster. Sofort richteten die schwarz vermummten Einsatzkräfte unten auf der Straße ihre Sturmgewehre auf ihn.

Plötzlich knallte es. Instinktiv warf Bardi sich zu Boden. Glassplitter flogen explosionsartig umher und bedeckten seinen Körper.

Pintores Bruder rannte geduckt aus dem Zimmer. Bardi rappelte sich auf und folgte ihm. Hinter ihm knallte es erneut. Auf dem Flur konnte Bardi gerade noch sehen, wie Pintores

Bruder aus dem Fenster sprang, das zum Bahndamm hinausging.

Jetzt ertönten Schüsse im Stakkato. Bardi lugte aus dem offenen Fenster. Draußen hechtete Pintores Bruder über die Hecke, um dann auf dem schmalen Pfad zur Mauer, welche die Gleise vom Wohngebiet trennte, ein paar Schüsse in Richtung Straße abzugeben.

Die Polizisten gingen in Deckung. Pintores Bruder nutzte die Feuerpause, um behände auf die Mauer zu klettern. Für eine Sekunde verharrte er hockend. Dann fiel ein einzelner Schuss, der ihn zwar verfehlte, aber zwang, auf das Gleisbett zu springen.

Bardi sah einen dunklen Schatten heranrasen. Ein Aufprall. Eisen auf Eisen quietschte, als der Güterzug eine Vollbremsung vollzog.

Etwas flog durch das Fenster und landete rumpelnd im Flur. Sofort war da ein ohrenbetäubendes Pfeifen, Tränengas brannte in seinen Augen und biss in seinen Lungen.

52. Kapitel

Dann waren sie im Haus. Bardi fühlte, wie er von mehreren Händen auf die Beine gezogen wurde. Seine Augen brannten, als hätte man Chilipulver hineingerieben. Das Atmen fiel ihm schwer.

»Los, los, los«, befahl eine dumpfe Stimme und sein rechter Arm wurde unsanft hinter den Rücken gedrückt. Mehr stolpernd als gehend schaffte er es die Treppe hinunter ins Freie. Die frische Luft tat seinen Lungen gut. Die Helligkeit schmerzte in seinen Augen. Immerhin konnte er erkennen, dass er von vier Männern des Einsatzkommandos umringt war, wovon zwei Gasmasken trugen. Der Hubschrauber knatterte über ihnen.

»Ich bin Carabiniere«, sagte Bardi mit heiserer Stimme und musste husten.

»Ruhe«, schrie einer der Beamten.

Bardi fühlte einen Stoß von hinten und stieß gegen die Seitenwand eines Mannschaftswagens. Dort wurde er mit routinierter Eile von oben bis unten abgetastet. Sein *Telefonino* wurde konfisziert.

Unsanft landete Bardi im Mannschaftswagen, wo er auf den Boden gedrückt wurde und ihm jemand die Hände hinterm Rücken mit einer Kunststoff-Fessel fixierte.

Dann ging es mit Sirenen durch die Straßen. Die Fahrt

dauerte ungefähr zehn Minuten, in denen Bardi jede Unebenheit der Straße schmerzhaft zu spüren bekam. Schließlich bremste der Fahrer scharf und die Seitentür wurde ratternd aufgerissen.

Mittlerweile gelang es Bardi, die Augen für einige Sekunden zu öffnen, bis das Brennen zurückkehrte. Wieder wurde er hochgerissen. Die Fesseln schnitten in seine Handgelenke.

Sie befanden sich auf einem staubigen Parkplatz in einem Industriegebiet. Bardi erkannte drei Streifenwagen der Polizia di Stato sowie einen schwarzen Lieferwagen mit langen Antennen auf dem Dach. Drumherum standen uniformierte Polizisten und zwei Männer in dunklen Anzügen, die ihn mit versteinerter Miene musterten.

»Ich bin Capitano Giulio Bardi, Leiter der Carabinieri-Station von San Pietro«, rief er mit heiserer Stimme.

Doch weder die Polizisten noch die Männer in Zivil reagierten auf seine Worte. Stattdessen wurde er an den Lieferwagen gedrängt und einer der Zivilbeamten machte mit einem *Telefonino* Fotos von ihm.

»Sie müssen doch wissen, wer ich bin. Schließlich habe ich Sie zu den Pintores gebracht«, fluchte Bardi und stellte wütend fest, dass der Kragen seiner Jacke halb abgerissen war.

Das *Telefonino* des Zivilbeamten begann zu bimmeln, der Mann wechselte ein paar leise Worte mit dem Anrufer und trat dann auf Bardi zu.

»Nicht Sie haben uns zum Versteck geführt, sondern Lino Sensi«, erklärte der Mann und hielt Bardi das *Telefonino* ans Ohr.

»Bardi?«, fragte eine Stimme. »Hier spricht Raniero Domus.«

53. Kapitel

»Ich habe Sie gewarnt«, sagte Domus und klang dabei so liebenswürdig und nachsichtig wie ein gütiger Vater.

»Und ich hätte bei Ihrer Aktion draufgehen können«, knurrte Bardi.

»Sie hätten Ihre Nase eben nicht weiter in Dinge stecken sollen, die Sie nichts angehen. Hätten Sie uns nicht dazwischengefunkt, hätten wir jetzt zwei Terroristen und einen wildgewordenen Racheengel hinter Gittern.«

»Nein. Sie haben ein Menschenleben auf Ihrem Gewissen, weil Sie eine Aktion geleitet haben, die an Stümperhaftigkeit nicht zu überbieten ist. Haben Sie schon einmal daran gedacht, was passiert wäre, wenn Unbeteiligte in die Schusslinie geraten wären?«

»Okay Bardi.« In Domus' Stimme lag nur noch verächtliche Kälte. »Ich sage Ihnen, wie wir weiter verfahren: Sie kehren in Ihr Städtchen zurück und verlassen es erst wieder, wenn ich Ihnen persönlich die Erlaubnis gebe. Bis dahin nehmen Sie weder zu Commissario Meister noch zu Maione oder Dottoressa di Giacomo Kontakt auf. Haben wir uns verstanden?«

»Warum Camilla?«

»Weil Dottoressa di Giacomo Teil unseres Ermittlungskomplexes ist«, presste Domus hervor. Offensichtlich fiel es ihm schwer, dies auszusprechen.

»Und wenn ich mich nicht an Ihren Ratschlag halte?«

»Dann sind Sie die längste Zeit Carabiniere gewesen.« Jetzt wurde Domus fuchsteufelswild. »Und das ist kein nett gemeinter Ratschlag, Sie Provinzpolizist. Ich wiederhole mich nur ungern. Das nennt man Staatsräson, was heißt, dass ich über Ihr Schicksal bestimme. Haben wir uns jetzt verstanden?« Domus schnaufte wie ein wildgewordener Stier. »Das Gespräch ist beendet.«

Der Beamte steckte sein *Telefonino* ein. Im Gegenzug erhielt Bardi seines von einem anderen Beamten zurück. Dabei nickte dieser Bardi streng zu und befahl seinen Leuten, die Zelte abzubrechen.

Innerhalb von 20 Sekunden verließ die Kolonne den Parkplatz.

Bardi blieb zurück. Seine Augen brannten, sein Rücken schmerzte und er hatte keine Ahnung, wo er sich befand.

Wütend klopfte er sich den Staub von Jacke und Hose und stapfte los.

Eine Viertelstunde irrte Bardi an Fabrikzäunen und Lagerhallen vorbei, bis er endlich den Schnellimbiss einer jener Generalisten fand, der vom Hamburger über Döner und Chop Suey bis zur Pizza alles und geschmacklich nichts im Programm hatte.

Jetzt am frühen Nachmittag bestand die Kundschaft aus einem abgerissen aussehenden Greis, der auf die Frau, die im Imbisswagen bediente, mit solcher Inbrunst einredete, als stände der Weltuntergang direkt bevor.

Bardi beachtete den Mann nicht und fragte die Frau, wo sie sich hier befänden.

»Das ist die Frage aller Fragen«, nuschelte der Greis durch die wenigen Zähne in seinem Mund.

»An der Via Antonio Meucci«, antwortete die Frau. »Was darf es denn sein?«

Bardi sah den Greis fragend an.

Der schaute verwundert zurück. Und als der Groschen endlich viel, bekam er sich nicht mehr ein vor Freude. »Sehr nobel, Professore. Cola-Rum bitte.«

Die Bedienung nickte und stellte eine Dose Cola-Rum auf die Theke. »Drei Euro.«

Bardi gab ihr fünf, wartete nicht auf das Rückgeld und ging zurück zur Straße, um ein Taxi zu bestellen. Er musste dreimal die PIN eingeben, bis das *Telefonino* funktionierte.

***

Es war bereits später Nachmittag, als er nach San Pietro zurückkehrte. Ein Motorrad war ihm die ganze Strecke vom *Gatto Rosso*, wo er seinen Wagen abgeholt hatte, bis zur Stadtmauer von San Pietro gefolgt. Der Fahrer hatte es nicht einmal für nötig gehalten, sein Gesicht hinter dem Visier eines Helmes zu verbergen. Offensichtlich wollte Domus ihm verdeutlichen, dass er es mit seiner Warnung bitterernst meinte.

Auf der Fahrt hatte sich Bardi den Kopf darüber zerbrochen, wie er weiter vorgehen sollte. Aufgeben kam nicht infrage. Im Gegenteil, das harte, ja brutale Durchgreifen der Einsatzkräfte ließen das Schlimmste befürchten, sollte Pintore ein zweites Mal auffliegen. Es grenzte ohnehin an ein Wunder, dass er mit Dino Domenico als Geisel hatte fliehen können.

Nein, er musste Pintore finden, bevor es die Männer von Domus taten. Als er den Zündschlüssel zog, hatte Bardi bereits eine Idee, wie er vorgehen würde.

***

Auf der Wache erwartete ihn Emanuele mit sorgenvollem Blick.

»Alles in Ordnung, Chef?«, fragte er und deutete auf Bardis derangiertes Äußeres.

»Das ist ein verdammter Albtraum«, fluchte Bardi und brachte Emanuele auf den neusten Stand.

»Sie hätten bei der Aktion draufgehen können«, rief Emanuele entsetzt und holte seinem Chef einen Kaffee.

Dankbar trank Bardi einen Schluck und rief Sara Melli an, um ihr in entschärfter Version von dem zu berichten, was am Vormittag passiert war. Den Tod von Pintores Zwillingsbruder ließ er weg.

»Dann ist Cesare also ein Terrorist.« Bardi hörte, dass sie den Tränen nahe war. »Mit wem habe ich meine Kinder großgezogen?«

»Mit Cesare natürlich.«

»Aber warum hat er sich nicht ergeben?«

»Ich weiß es nicht. Ich konnte nicht viel mit ihm reden.«

»Hätten Sie ihn nicht festnehmen können?«

»Es war nicht meine Aktion. Manchmal arbeiten die Behörden leider aneinander vorbei.« Am liebsten hätte er gegeneinander gesagt. »Ich kann nur versprechen, dass ich versuchen werde, Cesare vor weiteren Dummheiten zu bewahren.«

»Sie und Ihre Versprechungen.«

Bardi wollte sich verteidigen, aber Sara Melli hatte bereits aufgelegt. Frustriert starrte er auf den Telefonhörer.

54. Kapitel

Es war ein typischer Samstagmorgen in San Pietro. Die Kirchenuhr schlug neun. In den Gassen wimmelte es von Einwohnern, die für das Wochenende einkauften, dabei das eine oder andere Schwätzchen hielten oder einfach nur auf den Bänken auf der Piazza Grande saßen, um das Gesicht in die Sonne zu halten oder Zeitung zu lesen. Zum Beispiel jenen Zehnzeiler über eine Razzia in Pisa, die angeblich dem organisierten Verbrechen gegolten hatte, oder die kurze Meldung über einen Lebensmüden, der – ebenfalls in Pisa – von einem Güterzug überrollt wurde. Randnotizen unter vielen. Kurzum, das Leben war unbeschwert und schön. Bardi versuchte, so unbekümmert wie seine Mitbürger zu wirken, als er Giovannis Salon betrat.

Natürlich war ihm, als er kurz zuvor die Treppe am Portikus vor der Carabinieri-Wache hinuntergegangen war, sofort der Mann im schwarzen Mantel aufgefallen, der unter der alten Eiche stand und in einer Illustrierten blätterte, während er mit dem Fuß einen Pudel zu vertreiben suchte, der zu einer älteren Signora gehörte, die sich auf einer der Bänke angeregt mit einer anderen Signora unterhielt.

Er war der einzige Mensch weit und breit, der einen Mantel trug, noch dazu einen schwarzen, als gehe er auf eine

Beerdigung. Bardi erkannte in ihm den Motorradfahrer, der ihm aus Pisa gefolgt war.

So war es für Bardi auch nicht weiter verwunderlich gewesen, dass der Mann ihm wie ein Schatten gefolgt war und gegenüber von Giovannis Salon Position bezogen hatte.

Während Giovanni Bardis Gesicht einseifte, beobachtete dieser aus den Augenwinkeln, wie sein Beschatter unruhig von einem Bein auf das andere trat, aber sich nicht traute, seinen Beobachtungsposten zu verlassen, um eine Toilette aufzusuchen.

Giovanni schwadronierte über Bardis überragend gute Beliebtheitswerte beim wählenden Volk, die er in seinem Salon erhoben hatte.

Als seine Wangen glatt waren, bat Bardi darum, den Hinterausgang benutzen zu dürfen. Giovanni nickte, ohne nachzufragen, was ihm sichtlich schwerfiel, und führte Bardi in den hinteren Teil seiner Barber Lounge, wo sich außer der Kasse ein kleiner Aufenthaltsraum befand, von dem aus man die Hinterhöfe erreichte.

Bardi brauchte weniger als eine Minute, um von Giovannis Hinterhof durch die Waschküche des gegenüberliegenden Hauses auf die Parallelgasse zu gelangen, an deren Ende sich eine schmale Pforte in der Stadtmauer befand.

Wie verabredet, hatte Mirri seinen kleinen Lieferwagen im Schatten der Stadtmauer auf dem Schotterweg abgestellt, der entlang dieser verlief. Bardi hatte ihm versprochen, den Lieferwagen gegen Mittag zurückzubringen. Dann würde noch genügend Zeit sein, um ein paar schöne Stunden mit Antonella zu verbringen, bevor er sie am späten Abend zum Flughafen nach Mailand fahren würde. Ihr Flug mit Zwischenstopp in Gatwick startete um kurz nach sechs in der Früh.

Bardi umfuhr den alten Teil San Pietros und bog dann auf die Schnellstraße nach Florenz ab. Manchmal hustete der Motor von Mirris Lieferwagens oder hatte kleine Aussetzer, aber als Bardi ihn auf konstante 80 Stundenkilometer gebracht hatte, schnurrte er wie eine gut geölte Nähmaschine.

Der Besitzer des kleinen Parkhauses mit den Sonderkonditionen für Polizisten beäugte Bardis Gefährt noch misstrauischer als seinen Peugeot ein paar Tage zuvor. Doch schließlich erklärte er sich gegen Zahlung des obligatorischen Zehners bereit, Mirris Lieferwagen einen Platz einzuräumen.

Auf der Via del Corso blieb Bardi vor dem Haus mit der Nummer 11 stehen und blickte zur ersten Etage hinauf.

Die Gardinen waren aufgezogen und eines der Fenster stand offen. Bardi vernahm leise Musik – irgendein Violinkonzert.

Wie schon zuvor war die altertümliche Haustür nicht verschlossen. Bardi stieg langsam die Treppe hinauf. Tatsächlich wurde die Musik bei jedem Schritt lauter. Er klopfte an Maiones Wohnungstür, die ebenso antik wie die Haustür war und keinen Spion besaß.

Es dauerte einen Augenblick, bis sich Maiones misstrauische Stimme meldete. »Wer ist da?«

»Un pacco«, erwiderte Bardi mit verstellt tiefer Stimme.

»Ich erwarte kein Paket«, grummelte Maione hinter der Tür.

Bardi glaubte schon, der Alte würde nicht öffnen. Doch dann obsiegte dessen Neugier, denn Bardi hörte das Geklapper des Schlüssels und die Tür öffnete sich.

Maione trug einen abgewetzten Morgenmantel aus blauem Damast mit eingewebten Florentiner Lilien.

»Sie?« Er starrte Bardi an. »Hatte ich Ihnen nicht gesagt, dass Sie nie wieder hier auftauchen sollen?«

Bardi trat einen Schritt vor. »Es gibt neue Fragen.«

»Sind Sie schwerhörig?« Maione versperrte ihm den Weg.

»Sie haben zwei Möglichkeiten, Maione. Entweder Sie reden mit mir oder ich gehe jetzt direkt zur *La Nazione*. Oder ist Ihnen *IL FLASH!* lieber?«

»Was wollen Sie denen denn sagen?«, Maione lachte säuerlich.

»Zum Beispiel, dass auf italienischem Boden von Raniero Domus gelenkte Killerkommandos herumlaufen.«

»Solch einen Blödsinn wird Ihnen niemand abnehmen.«

»Ich war gestern in Pisa mittendrin. Domus wird begeistert sein, wenn er am Montag zum Morgen-Espresso die Gazetten liest.«

»Und was hätte das mit mir zu tun, mal angenommen, der Nonsens würde stimmen?«

»Wie heißt es so schön, mitgefangen – mitgehangen.«

55. Kapitel

»Und ich dachte, das alles endgültig hinter mir gelassen zu haben«, sagte Maione fünf Minuten später, als sie im Wohnzimmer saßen. »Doch dann kommen Sie und wühlen diese ganzen unappetitlichen Sachen von vor 30 Jahren hervor.«

»Und trotzdem haben Sie nichts Besseres zu tun, als direkt nach meinem Auftauchen Domus zu informieren«, sagte Bardi.

Maione nickte. »Das nennt man Loyalität.«

»Aber wem gegenüber? Domus, unserem Land oder der Wahrheit?«

»Wollen Sie hier ein Philosophie-Seminar abhalten?« Maione lächelte matt.

»Ich möchte, dass Sie mir alles sagen, was Sie über diesen ominösen Delon, die Ermordung von Emilio Domenico und die Zwillinge Pintore wissen. Und auch, warum das alles nach über 30 Jahren einen Großeinsatz des NOCS rechtfertigt, bei dem wild herumgeballert und ein Ex-Terrorist in den Tod getrieben wird.«

Maione blickte zu der Miniatur auf der Staffelei hinüber. »Sie verlangen viel«, murmelte er.

»Und Sie wissen viel.«

»Zu viel.« Maiones Stimme klang bitter, als er wieder zu Bardi blickte. Für einen Augenblick musterte er den Capitano.

Dann holte er tief Luft. »Ich bin bereit, Ihnen alles zu erzählen. Unter einer Bedingung ...«

»Ich werde Sie nicht als Quelle nennen«, versprach Bardi.

Maione nickte. »Ist Ihnen jemand hierher gefolgt?«

»Sie haben es versucht.«

»Das sieht Domus ähnlich. Er denkt, dass sich von ihm alle einschüchtern lassen«, sagte Maione und klang bitter. »Aber seine Hybris wird ihn eines Tages zu Fall bringen.«

»Wenn Sie mir helfen, liegt dieser Tag vielleicht nicht in allzu ferner Zukunft.«

»Ihre Zuversicht in Ehren, aber jemand wie Domus steht immer wieder auf.« Erneut schaute Maione zu seiner Miniatur hinüber. »Nie werden sie perfekt«, murmelte er. »Haben Sie bei Ihren Ermittlungen jemals das Gefühl gehabt, alles richtig gemacht zu haben?«

»Nein«, antwortete Bardi, ohne lange zu überlegen.

Maione richtet seinen Blick wieder auf Bardi. »Fragen Sie und ich werde Ihnen alles sagen, was ich weiß.«

56. Kapitel

»Was wissen Sie über die Zwillinge Pintore?«, begann Bardi.

»Der Name Pintore sagt mir nichts. Aber es gab nur ein Zwillingspaar, das in unseren Ermittlungen auftauchte. Frederico und Ciro Cotti. Einziges Unterscheidungsmerkmal: Ciro war tätowiert und V-Mann.«

»Er arbeitete für die Polizei?«, fragte Bardi fassungslos.

»Ja. Von Anfang an. Er war in alles eingeweiht. Aber irgendwann brach die Verbindung zu ihm ab. Keiner wusste, wo er sich aufhielt. Er war wie vom Erdboden verschluckt.«

»Wann war das?«

»Kurz nach der Ermordung Domenicos. Nach einiger Zeit nahmen wir an, dass er tot sei. Wir dachten, er sei aufgeflogen. Sie wissen ja, wie die *Brigate Rosse* mit Verrätern umgingen. In dieser Hinsicht waren die keinen Deut besser als die Mafia. Sein Verschwinden war insofern ärgerlich, als dass er kurz davorstand, uns Delons wahre Identität zu offenbaren.«

»Und jetzt steht Ciro wieder von den Toten auf.«

Maione kratzte sich am Kopf. »Ja, warum ausgerechnet jetzt? Darauf habe ich leider auch keine Antwort.«

Bardi nickte.

»Ciro hat uns damals immer wieder gewarnt, dass die Terroristen die Sache mit Dino Domenico nicht auf sich beruhen lassen würden. Wenige Jahre zuvor war Roberto Peci ermordet worden, der Bruder des Kronzeugen Patrizio Peci.«

Bardi erinnerte sich an den Fall. Damals hatten die Brigate Rosse einen Schauprozess veranstaltet, an dessen Ende die Eliminierung Roberto Pecis stand, die gefilmt und veröffentlicht wurde.

Maione seufzte. »Ich bin überzeugt, dass wir den Mord an Domenicos Sohn hätten verhindern können, wenn wir Ciros Warnungen ernst genommen hätten. Andererseits ...«

Maione überlegte kurz. »Das soll jetzt nicht wie eine Entschuldigung klingen. Aber man könnte sagen, dass Ciro uns auf eine falsche Fährte gelenkt hat. Er deutete nämlich an, dass Dino Domenicos Schwester in Gefahr sei, die damals in Mantua lebte, wenn mich nicht alles täuscht. Auf jeden Fall wurde sie auf Schritt und Tritt bewacht.«

»Sie sagten, dass Ciro Cotti kurz davor war, die wahre Identität Delons aufzudecken. Engt das den Kreis der möglichen Personen, die Delon sein könnten, nicht enorm ein?«

»Wir haben natürlich alle Personen durchleuchtet, von denen wir wussten, dass Ciro mit ihnen Kontakt gehabt hatte. Aber ohne Ergebnis.«

Bardi glaubte Maione. Der Alte erhob sich aus seinem Sessel. »Das ist alles.«

Bardi tat es im gleich, auch wenn er sich mehr von dem Gespräch erhofft hatte.

»Nehmen Sie es mir nicht übel, aber ich hoffe, das war jetzt wirklich Ihr letzter Besuch«, sagte Maione, als sie vor der Wohnungstür standen.

Bardi nickte, reichte dem Alten zum Abschied die Hand und ging langsam die Treppe hinab.

»Bardi«, hörte er Maiones Stimme von oben, als er schon an der Haustür war.

Er trat ans Treppengeländer und blickte nach oben, wo Maiones Gesicht auftauchte.

»Mir ist da noch eine Kleinigkeit eingefallen. Ist

wahrsheinlich belanglos, aber Ciro sprach immer vom *Sonnenhaus*, dem geheimen Treffpunkt seiner Gruppe. Leider haben wir nie herausbekommen, wo sich dieses Haus befand.«

57. Kapitel

Handelte es sich beim *Sonnenhaus* um die *Casa del Sole*, die Camillas Mann in seinen Memoiren so lebendig beschrieben hatte?

Und wenn ja, wo bef2and sich dieses Haus und würde Cesare Pintore dort mit Sensi Zuflucht gesucht haben? Bardis Enttäuschung war plötzlich einer Spannung gewichen, die ihn elektrisierte.

Auf dem Weg zur Parkgarage fasste Bardi einen Entschluss: Er musste nach Siena fahren und sich Zutritt zu Camillas Wohnung verschaffen. Vielleicht fanden sich dort die Antworten auf seine Fragen.

Da er es für wahrscheinlich hielt, dass sein Beschatter längst Alarm geschlagen hatte, hielt Bardi es für unklug, vorher nach San Pietro zurückzukehren.

Also rief er Mirri an, um zu fragen, ob er dessen Lieferwagen noch etwas länger geliehen haben könne.

»So lange du willst«, antwortete Mirri, der froh war, seinem Freund einen Gefallen zu gewähren. »Das heißt, spätestens Montagmorgen um vier brauche ich ihn dann doch zurück, weil ich zum Großmarkt muss. Und vollgetankt bitte. Aber wundere dich nicht, wenn die Benzinpumpe aufmuckt.«

Bardis Magen machte sich langsam bemerkbar und er überlegte kurz, sich an einem Bäckerstand ein *Panino al pecorino* zu kaufen, entschied dann aber, lieber auf dem Weg nach Siena nach einer richtigen Mahlzeit Aussicht zu halten. Nicht, dass ein Imbiss in der Touristenmetropole von schlechter Qualität sein musste. Im Gegenteil, für die meisten italienischen Köche und Bäcker war das Kreieren von Köstlichkeiten eine heilige Kunst. Freilich hieß dies nicht, dass sie aus reiner Nächstenliebe ihren Geschäftssinn vergaßen, was sich in Preisen niederschlug, bei denen es schwerfiel, sie nicht als Wucher zu bezeichnen.

Bardi brauchte fast eine dreiviertel Stunde, bis er sich durch die überfüllten Straßen von Florenz gequält hatte und die Regionalstraße in Richtung Siena erreichte.

Schon nach wenigen Kilometern nahm Bardi die Ausfahrt, fuhr an dem großen amerikanischen Militärfriedhof mit seinen unendlichen Reihen weißer Kreuze, vorbei bis er schließlich sein Ziel erreichte: eine kleine Osteria, in der er im vergangenen Herbst anlässlich eines Ausflugs mit Antonella eingekehrt war. Das Essen dort war vorzüglich und im wahrsten Sinne des Wortes preiswert gewesen.

Doch jetzt bot das Flachdachgebäude, das die Osteria beherbergt hatte, einen trostlosen Anblick. Die Fenster waren verrammelt. Neben dem Eingang gammelte die Inneneinrichtung vor sich hin. Tische und Stühle waren zu windschiefen Stapeln aufgeschichtet, die Theke lehnte hochkant an der Seitenwand.

Kopfschüttelnd betrachtete Bardi das Elend. Und als könne auch der Lieferwagen sich mit dem Niedergang der Osteria nicht abfinden, begann sein Motor zu husten – heftig und keuchend.

Zwischen Monteriggioni und Badesse passierte das Unvermeidliche: Der Motor von Mirris tapferem Lieferwagen setzte dreimal aus und gab schließlich keinen Laut mehr von sich.

Fluchend lenkte Bardi den Wagen an den Straßenrand und versuchte vergebens, den Motor wieder zum Laufen zu bringen. Er öffnete die kleine Heckklappe, wo er richtigerweise den Motor vermutete. Doch damit war er mit seinem Latein bereits am Ende. Weder hatte er eine Ahnung, wie eine Benzinpumpe aussah, noch wusste er, wo sie sich befand.

Seine erste Idee war, die Autowerkstatt in San Pietro anzurufen. Doch dort klingelte er ins Leere. Aber hatte nicht Emanuele einen Schulfreund in Fonterutoli, der ab und zu seine altersschwache Vespa reparierte? Nach einer halben Ewigkeit meldete sich ein verschlafener Emanuele.

Bardi schilderte ihm seine Notlage. »Kennt dein Freund sich nur mit Mofas aus?«

»Meine Vespa ist kein Mofa. Aber wenn es Sie beruhigt, Tybalt repariert vom Rasenmäher bis zum Panzer alles.«

Nach dem Telefonat meldete Bardi sich bei seiner Tochter, die schon auf ihn wartete und versprach, spätestens am frühen Abend zurückzukommen, um mit ihr die Reisevorbereitungen zu treffen.

Er hörte Antonella lachen. »Die Koffer sind längst gepackt. Ich warte nur noch auf dich.«

Eine dreiviertel Stunde später kam ein Abschleppwagen die Straße entlanggerumpelt, der noch mehr Hustenanfälle hatte als Mirris Lieferwagen zuvor.

Ein junger, drahtiger Mann mit Afrofrisur und schwarzem Vollbart sprang aus der Fahrerkabine. »Sind Sie Manus Chef?«

Bardi nickte. »Und Sie müssen Tybalt sein.«

Der junge Mann nickte ebenfalls. »Kommen Sie mir ja nicht mit Romeo und Julia.«

Er trat an Mirris Lieferwagen und legte seine Hand liebevoll auf die Heckklappe. »Ein 900 T. Was hat er denn?«

»Ich glaube, es ist die Benzinpumpe«, erklärte Bardi fachmännisch.

Tybalt nickte, stieg auf den Fahrersitz und drehte den Zündschlüssel. Doch auch ihm gehorchte der Motor nicht.

»Das muss ich mir in der Werkstatt anschauen«, rief er und sprang wieder auf die Straße. »Aber mit der Benzinpumpe könnten Sie richtig liegen.«

»Dauert das lang?«, wollte Bardi wissen und hörte seinen Magen laut knurren.

Tybalt zuckte nur mit den Schultern. Er öffnete die Beifahrertür seines Abschleppwagens und machte eine einladende Geste.

***

Es war wie in einer besseren Welt: Tybalt fand in den Tiefen seines Lagers eine gebrauchte, aber funktionsfähige Benzinpumpe des richtigen Typs und Bardi nebenan eine Trattoria, die aus nicht mehr als drei Tischchen am Straßenrand bestand und ein leckeres Risotto servierte.

Als Bardi den letzten Schluck des leichten Vermetino getrunken hatte, den er sich zum Abschluss bestellt hatte, kam Tybalt mit Mirris Lieferwagen aus seiner Werkstatt gefahren. Er hupte kurz und parkte vor Bardis Tisch.

»Emanuele hat nicht zu viel versprochen«, bedankte sich Bardi. »Was bin ich Ihnen schuldig?«

Tybalt machte eine abwehrende Geste. »Bestellen Sie Emanuele viele Grüße.«

Ein kleiner Junge kam über die Straße gerannt und klammerte sich an Tybalts Beine.

Bardi bückte sich zu ihm hinunter. »Wie heißt du denn?«

Der Junge versteckte sich hinter Tybalt.

»Das ist mein Sohn Matteo«, erklärte Tybalt stolz.

»Matteo freut sich sicher über ein Geschenk«, erklärte Bardi und steckte Tybalt schnell einen 50-Euro-Schein in die Tasche seines Arbeitskittels.

58. Kapitel

Am späten Nachmittag erreichte Bardi endlich Siena. Er stellte Mirris Lieferwagen vor der Porta Fontebranda in einer Seitenstraße ab und machte sich auf den Weg zu Camillas Haus.

Wie immer herrschte auf der Via dei Termini lebhaftes Treiben. An der Hauswand gegenüber von Camillas Haus lehnte ein Mann, der einen schwarzen Mantel trug und im Begriff war, in seine Richtung zu blicken. Im letzten Moment verbarg Bardi sich im Schatten eines Hauseingangs.

Kein Zweifel, es handelte sich um denselben Kerl, der ihn schon vorher beschattet hatte. Eines musste man Domus lassen: Er hatte wirklich einen feinen Riecher, wo sich seine Ziele befanden.

Es war also unmöglich, unbemerkt in Camillas Haus zu gelangen. Von seinem Versteck aus schaute Bardi an der Fassade des schräg gegenüberliegenden Hauses hoch, vor der immer noch das Gerüst stand. Eines der Fenster in der obersten Etage stand offen. Der weiße Vorhang dahinter bewegte sich leicht in der Luft. Über das Gerüst würde das Fenster leicht zu erreichen sein, wären nicht der Beschatter und die vielen Menschen auf der Straße gewesen.

Bardi ging in die Richtung zurück, aus der er gekommen war. Ihm kam eine Idee. Er brauchte nur etwas Geduld und den Schutz der Dunkelheit. Mittlerweile war es halb sechs.

Die Dämmerung würde gegen acht einsetzen.

In einem Tabak- und Zeitschriftenladen kaufte er sich die aktuelle *L'Espresso*, in der Hoffnung, ein paar interessante Artikel zu finden.

Mit der Zeitschrift setzte er sich auf ein Mäuerchen am Campo. Doch er konnte sich auf keinen der Artikel konzentrieren. Schließlich legte er das Blatt beiseite und hielt das Gesicht in die mittlerweile schon tieferstehende Sonne.

Als sie hinter den Dächern der Gebäude verschwunden war und der Platz vollständig im Schatten lag, schlenderte er zurück zur Via dei Termini, aus deren Bars die fröhlichen Stimmen der Gäste über das Pflaster hallten. Zufrieden stellte er fest, dass jetzt merklich weniger auf der Gasse los war.

Er suchte im selben Hauseingang Schutz wie ein paar Stunden zuvor. Camillas Haus lag im Halbdunkel. Der Mann im Mantel verharrte noch immer in derselben Pose an der Hauswand gegenüber. Nur die Zigarette in seinem Mund war neu. Bardi sah sie ab und zu aufglimmen.

Er verließ sein Versteck und betrat die nächstgelegene Bar. An der Theke fragte er, ob er telefonieren könne.

Der Barkeeper reichte ihm ein Telefon. »Aber kein internationales Gespräch.«

»Bleibt innerhalb der Stadtmauer«, erwiderte Bardi und wählte die Nummer seiner hiesigen Kollegen.

Zwei Minuten später hatte Bardi wieder Posten in seinem Hauseingang bezogen. Es dauerte weitere vier Minuten, bis ein uniformierter Carabiniere seinen Posten passierte. Und auch von der anderen Seite tauchte ein Carabiniere auf. Der Mann im Mantel schaute zunächst nach links, dann nach rechts und stieß sich von der Mauer ab. Plötzlich rannte er in Bardis Richtung. Doch der Carabiniere verstellte ihm den Weg. Es kam zu einem kleinen Gerangel, das durch den zweiten Beamten beendet wurde, indem er dem Mann mit dem Mantel Handschellen anlegte, hielt man ihn doch nach Bardis Anruf für einen Exhibitionisten, der die Besucher der Bar belästigt hatte.

Bardi konnte sich ein schadenfrohes Grinsen nicht verkneifen. Das Ganze war besser gelaufen als erhofft. Durch seine Flucht hatte sich der Mann im Mantel erst recht verdächtig gemacht. Jetzt würde er einige Zeit auf der Wache verbringen müssen, bis aufgeklärt wäre, dass es sich bei ihm um einen Beamten des NOCS handelte.

Als die Luft rein war, schlenderte Bardi zu Camillas Haus und kletterte auf das Gerüst. Ohne nach unten zu blicken, stieg er die schmalen Leitern bis zum obersten Gerüstgang hoch. Die Bretter unter seinen Schuhen federten und er fühlte, wie seine Knie zu zittern begannen.

Immer an der Wand entlang tastete er sich bis zum offenen Fenster. Es war relativ schmal, weshalb es ihm einige Gelenkigkeit abverlangte, bis er endlich kopfüber auf dem Parkett von Camillas Gästezimmer landete.

Bardi wollte sich gerade aufrichten, als ihn jemand mit geübtem Griff von hinten packte und wieder zu Boden drückte. Aus den Augenwinkeln sah er die schlanken Fesseln zweier Windhunde, die aufgeregt um ihn herumliefen.

59. Kapitel

»Wir kennen uns von Camillas Party«, presste Bardi hervor.

Der Griff wurde gelockert, sodass er sich auf den Rücken rollen konnte. Einer der Windhunde trippelte nervös mit den Vorderpfoten auf seiner Brust herum. Über ihm stand Pierre, den grauhaarigen Schopf leicht vorgebeugt, mit einem Gesichtsausdruck, der wohl gefährlich wirken sollte, aber Bardi eher lächerlich vorkam.

»Der Bulle. Hab Camilla von Anfang an vor dir gewarnt«, knurrte Pierre. »Was hast du hier zu suchen?«

»Das Gleiche könnte ich Sie fragen.« Bardi schob die Pfoten des Hundes zur Seite.

»Ich sehe hier nach dem Rechten, bis Camilla zurückkommt«, erklärte Pierre. »Damit niemand hier einbricht.«

So schnell er konnte, richtete Bardi sich auf. Erschrocken machte Pierre einen Schritt zurück und die Windhunde verschwanden nicht minder verschreckt aus dem Zimmer.

»Vor Bullen hab ich keine Angst«, fauchte Pierre, wich aber noch einen Schritt zurück.

Bardi stellte die alte Distanz wieder her und beugte sich ganz nah zu Pierres Gesicht vor. Er roch den Rotwein in dessen Atem. »Wissen Ihre Freunde, dass Sie aus Verona stammen und die französische Staatsangehörigkeit nur erhalten haben, weil Sie bei der Fremdenlegion gedient haben? Von wegen Straßenkampf in Paris, wohl eher Schlacht von Katanga.«

Sämtliche Farbe wich aus Pierres Gesicht. »Sie meinen die Schlacht um Kolwezi. Da war ich nicht dabei«, murmelte er kleinlaut. »Woher wissen Sie das alles?«

»Ihren lächerlichen französischen Akzent können Sie sich sparen«, knurrte Bardi.

»Sie dürfen den anderen nichts sagen«, flehte jetzt Pierre. »Sonst bin ich für die ein Verräter. Und wo soll ich dann hin? Etwa nach Puyloubier, ins Altenheim der Legion?«

»Was wissen Sie über Delon? Und fragen Sie nicht, ob ich den Schauspieler meine.«

»Delon?« Pierre legte die Stirn in Falten. »Der Name geisterte früher hier rum. Ist aber schon ewig her. Delon soll diese ganzen Aktionen damals ausgeheckt haben.«

»Geht es auch etwas genauer?«

»Ich war nur eine Randfigur.«

»Was ist mit Delon?«

»Na ja, Delon musste aus dem Kreis um Camillas Mann stammen. So viel ist klar.«

»Was führt Sie zu dieser Vermutung?«

Pierre entspannte sich etwas, friemelte eine knittrige Packung Gauloises aus seinem weiten Leinenhemd und streckte sie Bardi entgegen, der eine ablehnende Handbewegung machte, woraufhin Pierre sich eine der Filterlosen in den Mund steckte.

»Delon?«, hakte Bardi nach.

Pierre zündete sich die Zigarette an, nahm einen langen Zug und nickte. »Damals waren immer viele Leute hier. Intellektuelle, linke Politiker, Spontis und – wenn auch selten – Personen, die auf Fahndungslisten standen oder von denen man wusste, dass sie den Brigaden angehörten. Und manchmal verschwand Mariano, Camillas Mann, mit denen in seinem Büro.«

Pierre blies eine große Rauchwolke gen Zimmerdecke und nickte wissend.

»Mariano di Giacomo kommt als Delon nicht infrage«, erklärte Bardi.

»Hab ich ja auch nicht behauptet«, brummte Pierre.

»Was ist mit Camilla?«

Pierre riss die Augen auf und verschluckte sich am Zigarettenrauch. »Camilla?«

Bardi nickte.

»Niemals«, röchelte Pierre. Aber die Falten auf seiner Stirn zeigten, dass er Zweifel hatte. »Sie war damals noch blutjung. Studentin und immer an der Seite von Mariano.«

»Eben.«

Pierre schwieg. Dann schüttelte er heftig den Kopf. »Camilla. Niemals.«

»Aber möglich wäre es?«

»Möglich ist alles«, gab Pierre zu.

»*Casa del Sole*, sagt Ihnen das etwas?«

»Nein.«

»Es handelt sich um das Landhaus von Mariano di Giacomos Familie.«

»Nie davon gehört.«

Diesmal kam die Antwort schnell – für Bardis Geschmack zu schnell.

»Hören Sie, Pierre. Fremdenlegion hin oder her – Ihre Vergangenheit ist mir egal. Aber ich muss dieses Haus finden. Es geht um Leben und Tod. Und nur weil ich Carabiniere bin, heißt das noch lange nicht, dass ich Leute mit Ihren politischen Ansichten von vornherein für Kriminelle halte.«

»Sie reden wie dieser Domus«, sagte Pierre und lächelte dabei spöttisch.

»Ausgerechnet Domus«, brummte Bardi.

Pierre setzte sich seufzend auf die Le-Corbusier-Liege und betrachtete Bardi von unten.

»Also«, sagte Bardi ungeduldig.

Pierre schnippte die angerauchte Zigarette durch das offene Fenster und fuhr sich mit beiden Händen übers Gesicht. »Ich war mal bei so einem Haus. War alles sehr spartanisch dort. Deshalb wunderte ich mich, dass es Mariano gehörte.« Er lachte kurz auf. »Mariano war ein Salonkommunist. So wie sein Freund, dieser Verleger, der beim Legen einer Bombe ums Leben kam.«

»Feltrinelli.«

»Genau. Mariano gab mir den Auftrag, Lebensmittel, eine Matratze und ein paar Gasflaschen zu kaufen und das alles in dieser Hütte zu deponieren. Er gab mir diese ellenlange Einkaufsliste ... und auch Kindercomics standen drauf. Ich habe dann Ken Parker besorgt.«

»Wann war das?« Bardi platzte fast vor Neugierde.

»Weiß nicht mehr«, erwiderte Pierre unwirsch.

»Es geht hier nicht um Ihre Botendienste.«

Pierre überlegte. »Ich rede nur, wenn Sie mir versprechen, dass Sie meinen Namen in Ihren Berichten nicht erwähnen. Sonst werde ich alles abstreiten. Außerdem sind Sie hier widerrechtlich eingebrochen. Ich habe also auch etwas gegen Sie in der Hand. Oder sehe ich das falsch?«

»Schon richtig.«

Pierre starrte auf den Boden. »Es war kurz vor dieser Entführung.«

Bardi sah Pierre ungläubig an. »Sie meinen die Entführung von Emilio Domenico?«

Pierre nickte. »Aber ich wusste nichts davon. Habe alles erst später aus der Zeitung erfahren.«

»Aber wo befand sich Marianos Haus?«

»Irgendwo in südlicher Richtung. Genau weiß ich das nicht mehr.«

»Sie wissen noch, welche Comics Sie gekauft haben, aber nicht mehr, wie Sie dort hinkamen?«

»Ich erinnere mich noch, dass der Weg über ein Privatgrundstück führte, das einem halb blinden Bauern gehörte, auf dessen Weide Alpakas grasten. Kam mir damals wie in den Anden vor oder wie auf einem LSD-Trip. Man musste durch eine Art Pforte, dann ging es ein ziemliches Stück durch einen Wald. Am Ende des Weges befand sich das Haus. Alles ziemlich einsam.«

»Wie lange sind Sie gefahren?«

Pierre kramte wieder in seinen Erinnerungen. »War gar nicht so nah. Ich schätze mal so zwei Stunden.«

»Hatten Sie Straßenkarten?«

»Mariano hat mir seinen alten Volvo-Schlitten geliehen, darin war eine Karte.«

»Gibt es hier im Haus Karten?«

»Vielleicht in Marianos Büro. Aber ...«

»Aber was?«

»Das ist tabu. Camilla ...«

Bardi zog Pierre hoch und schob ihn in Richtung des Büros.

»Am besten suchen wir dort«, sagte Pierre, als sie den Vorraum erreicht hatten, der Mariano di Giacomos Arbeitszimmer mit dem Archiv verband. Er deutete auf das Archiv.

Der Raum war mit Regalen vollgestellt, in denen sich Aktenordner, Bücher und Pappkartons stapelten.

Bardi zog einen roten Aktenordner hervor, der ganz vorne auf einem der Kartons lag. Wenn er sich nicht täuschte, war es derjenige, den Domus bei ihrer ersten Begegnung in den Händen gehalten hatte. Jetzt segelte ein zusammengefalteter Zettel zu Boden. Scheinbar hatte er zwischen dem Ordner und dem Karton gesteckt.

»Hier sind die Landkarten«, rief gleichzeitig Pierre.

Bardi legte den Ordner zurück, hob den Zettel auf und deutete auf di Giacomos Schreibtisch im anderen Raum. »Dort ist Platz.«

Zögernd ging Pierre, einige Faltpläne in der Hand, voraus. Auf dem Weg faltete Bardi den Zettel auseinander.

Es handelte sich um ein vergilbtes Kalenderblatt aus dem Jahr 1986, Freitag, den 3. Oktober. Also genau drei Tage bevor der Leichnam von Emilio Domenico am Monte Amiata entdeckt worden war. Auf der Rückseite befanden sich mit Bleistift geschriebene Zahlenkombinationen. Sie waren kaum lesbar, so winzig und verblasst war die Schrift.

60. Kapitel

Pierre breitete eine Straßenkarte der südlichen Toskana auf dem Schreibtisch aus und kratzte sich am Kopf. »All diese kleinen Straßen und Wege. Ich weiß wirklich nicht mehr, wo sich das genau befand. Das Gebiet ist sehr dünn besiedelt.«

Beide erschraken, als aufgeregte Camilla-Camilla-Rufe ertönten. Doch es waren nur Garibaldi und Francesca, die beiden Papageien.

Mit seinem Zeigefinger umkreiste Pierre ein Gebiet westlich des Monte Amiata. Bardi fand in der Schreibtischschublade einen dicken schwarzen Markierstift und zeichnete den Kreis nach. Dann zog er einen zweiten Kreis um den Berg, der einem Radius von ungefähr 25 Kilometern entsprach. Die Schnittmenge umfasste knapp die Hälfte des Gebiets, das Pierre angegeben hatte.

»Immerhin weiß ich jetzt ungefähr, wo ich suchen muss«, sagte Bardi, legte das Kalenderblatt neben die Karte und blickte sich suchend um.

»Was sollen diese Zahlen?«, wollte Pierre wissen.

»Ein Code. Wissen Sie, ob es hier irgendwo Lampedusas *Gattopardo* gibt?«

Pierre schaute Bardi verständnislos an. »Hier gibt es nur Papageien und Windhunde.«

Resigniert blickte sich Bardi suchend um. In den Bücherregalen sah er lediglich di Giacomos eigene Werke, weshalb er die anderen Schubladen des Schreibtisches durchsuchte – tatsächlich fand er in der unteren die gleiche Ausgabe wie in Pintores Kiste und unter Branchinis Bett.

Bardi sah auf den Zettel. Zuoberst stand eine 123, die eingekreist war. Also schlug er die Seite 123 auf und wollte gerade die Zeile und den Buchstaben der nächsten Codezahlen suchen, als vor dem Haus laute Stimmen ertönten und gleich darauf an der Wohnungstür Sturm geläutet wurde. Vor Schreck fegte Pierre den schweren Marmor-Aschenbecher samt der angerauchten Zigarre vom Schreibtisch. Während er sich laut fluchend bückte - die Zigarre war unter den Schreibtisch gerollt, lugte Bardi aus dem Fenster. Unten entdeckte er drei Männer in schwarzen Mänteln.

Während Pierre unter dem Schreibtisch herumkroch, steckte er den Zettel in das Buch und verstaute es mitsamt der Karte in seiner Jacke. »Ich muss verschwinden.«

Mit einem lauten Rumms stieß sich Pierre den Kopf an der Schreibtischplatte und tauchte mit schmerzverzerrtem Gesicht auf. In der einen Hand hielt er den Zigarrenstummel, in der anderen einen weiteren zusammengefalteten Zettel.

Letzteren reichte er Bardi. »Der ist hinter die Rückwand gerutscht«, erklärte er.

Wieder klingelte es Sturm.

»Wer ist das?«, fragte Pierre.

»Unwichtig. Gibt es eine Möglichkeit, unbemerkt die Wohnung zu verlassen?«

»Sie sind doch auch unbemerkt hereingekommen. Fast zumindest.« Pierre grinste schief.

»Sie entdecken Ihren Humor zur Unzeit, mein Freund«, knurrte Bardi. »Also?«

»Sie könnten versuchen, über den Balkon auf das Dach des Anbaus zu kommen. Von dort aus gelangen Sie leicht in den Hinterhof des gegenüberliegenden Gebäudes.«

61. Kapitel

Tatsächlich war es nicht schwer, vom Balkon auf das Flachdach des rückwärtigen Anbaus zu klettern und von dort über eine Mauer den Hinterhof des gegenüberliegenden Hauses zu erreichen. Dort saß Bardi aber fest, da die Tür zum Hof verschlossen war. Er blickte zu Camillas Wohnung hoch, wo jetzt ein Mann auf dem Balkon erschien. Bardi suchte hinter einem Müllcontainer Deckung. Als er wieder aufblickte, war der Mann verschwunden. Offensichtlich hatte Pierre ihn nicht verraten.

Da ging das Licht im Haus vor ihm an. Die Tür zum Hof wurde von einem kleinen Jungen geöffnet, der einen Müllbeutel in der Hand hielt. Als er am Container ankam, entdeckte er Bardi. Er erschrak und kurz schien es, als wolle er um Hilfe rufen. Doch als Bardi ihm mit dem Finger auf dem Mund beschwor, ruhig zu sein, konnte er durch den nun offenen Hausflur die rückwärtige Straße betreten, ohne dass etwas geschah.

Zehn Minuten später näherte er sich Mirris Lieferwagen. Außer einem älteren Pärchen, das ihm torkelnd und *Piccola e fragile* singend entgegenkam, war niemand zu sehen.

So klein und zerbrechlich, wie Domus sich ihn wünschte, war er also nicht. Aber wie hieß es im Lied: so klein und zerbrechlich, aber im Grunde viel stärker. Unfreiwillig musste

Bardi lächeln und wusste jetzt schon, dass er den schrecklich schönen Ohrwurm nicht so bald loswerden würde.

Er umfuhr Siena, deren alte Gemäuer stimmungsvoll angestrahlt waren, und bog in südliche Richtung ab. Als er sich sicher war, dass ihn niemand beschattete, lenkte er den Wagen an den Straßenrand und suchte im Telefonbuch seines *Telefoninos* nach der Nummer der Kollegen in Scansano, von denen er annahm, dass sie sich in dem von Pierre benannten Gebiet am besten auskannten.

Der unerfahrene Carabiniere scelto, der den Anruf entgegennahm, konnte ihm aber nicht weiterhelfen. Er hatte noch nie etwas von Alpakas in seiner Gegend gehört. Immerhin versprach er, seinen älteren Kollegen zu fragen, wenn dieser von einem Einsatz wegen nächtlicher Ruhestörung zurück sei.

Bardi setzte seine Fahrt gen Süden fort und erreichte nach zwei Stunden das Zielgebiet.

Pierre hatte nicht gelogen, die Gegend war gottverlassen und bald hatte Bardi auf dem Wirrwarr der dunklen Straßen und Wege die Orientierung verloren.

Auf einer Anhöhe zog er die Handbremse und stieg aus. Die Nacht war kühl und sternenklar.

In etwa einem Kilometer Entfernung bewegte sich etwas langsam im Wind. Erst beim zweiten Hinschauen erkannte Bardi, dass es sich um Windräder handelte.

Doch die alte Karte von Camillas Mann stammte aus den Siebzigern, als es noch keine Windparks gab. Die GPS-Karte seines *Telefonino* half da weiter. Es handelte sich um einen Windpark namens Poggi Alti.

Er rief noch einmal in Scansanio an und erreichte erneut den jungen Kollegen. Gähnend erklärte dieser, dass er leider vergessen habe, Bardis Anliegen weiterzuleiten. Bardi schluckte seinen Ärger hinunter und fragte nach der Nummer des Vorgesetzten. Unter der angegebenen Nummer meldete sich nur eine anonyme Mailbox. Bardi bat um Rückruf.

Fluchend ging er zurück zum Lieferwagen und machte sich im Schein der Taschenlampenfunktion seines *Telefoninos* an die mühsame Entschlüsselung des Codes auf dem Kalenderblatt.

Nach zehn Minuten war er so weit. Die Nachricht lautete: *Soll Paket wirklich vernichtet werden? Wenn ja, frage Delon, wann sie Vernichtung vorsieht. Erwarte Nachricht! Genossen verlieren die Nerven!*

Bardi las die Nachricht dreimal. Das, was er da in den Händen hielt, war ohne Zweifel das Geständnis zur Ermordung Emilio Domenicos. Aber was ihn vielmehr irritierte, war das kleine Wörtchen sie. Bedeutete sie Camilla? War dies der Beweis, dass Camilla Delon war? Dass sie die Fäden hinter den Kulissen in den Händen gehalten hatte? Dass an diesen Händen Blut klebte?

Bardi schüttelte grimmig den Kopf, als ihm bewusst wurde, wie nah Domus damals bei Camilla dran gewesen war, den Kassiber zu finden.

Beim Gedanken an Camilla fröstelte es ihn. War es möglich, dass er sich so in ihr getäuscht hatte? Sollte sie tatsächlich Delon sein, wäre sie bei einem Gerichtsverfahren auf Domus' Wohlwollen angewiesen. Bardi war sich nicht sicher, ob Domus dann als ihr Freund oder als ihr schärfster Ankläger fungieren würde.

Sicher war er sich aber, dass er kein Mitleid mit Delon empfinden konnte – egal, wer sich hinter dem Namen verbarg. Jenem Delon, der den Befehl für die eiskalte Hinrichtung eines neunjährigen Kindes gegeben hatte.

Eilig faltete er den anderen Zettel auseinander, den Pierre unter di Giacomos Schreibtisch gefunden hatte. Auch auf ihm stand eine lange Kolonne von Zahlen. Aber hier kam er nicht weiter. Es fehlte eine Seitenangabe.

Sein *Telefonino* meldete sich. Am anderen Ende war ein Sottotenente Caprini, der Bardis Bitte um Rückruf nachkam. Zuerst war Caprini kurz angebunden, doch als Bardi sich als Kollege zu erkennen gab, klang seine Stimme merklich freundlicher.

»Ich bin auf der Suche nach einem Haus namens *Casa del*

Sole, das an einem Bauernhof liegen soll, auf dem Alpakas gehalten werden oder wurden«, erklärte Bardi.

»So spät am Abend?«, wunderte sich Caprini.

»Ja, die Zeit drängt leider.«

Caprini stellte keine weiteren Fragen, sondern erklärte mit leicht belustigtem Tonfall, dass es auf seinem Gebiet keine Alpakas gäbe. »Wenn Sie wollen, kann ich meinen Vater aus dem Bett klingeln. Er war früher ebenfalls Carabiniere und wenn einer so etwas weiß, dann er.«

»Das wäre nett«, erwiderte Bardi. »Ich stehe tief in der Schuld Ihres werten Herrn Vater.«

»Ich melde mich.«

Kaum war das Gespräch beendet, kündigte ein kurzer Signalton den Eingang einer Nachricht an. Sie stammte von Antonella, die fragte, wo er bleibe. Bardi fluchte. Gerade als er seine Tochter zurückrufen wollte, klingelte sein *Telefonino* erneut. Caprinis Vater konnte sich tatsächlich an die Alpakas erinnern.

»Aber der Hof wird schon lange nicht mehr bewirtschaftet und von einem Haus dahinter weiß mein alter Herr nichts«, erklärte Caprini.

»Wo befindet sich dieser Hof?«

»Können Sie den Windpark sehen?«

62. Kapitel

Bardi stellte Mirris Lieferwagen vor der letzten Kurve ab und legte den letzten halben Kilometer zu Fuß zurück. Dank Caprini hatte er den alten Bauernhof schnell auf der Karte gefunden.

Der Hof machte einen verlassenen Eindruck. Nichts regte sich. Nur die Blätter der Bäume raschelten leise.

Bardi schlich sich heran, immer bemüht, im Schatten zu bleiben, denn der Mond tauchte die ganze Szenerie in ein helles Licht. Durch eine der scheibenlosen Fensteröffnungen warf er einen Blick ins Innere des Haupthauses. Bis auf ein altes Vogelnest in der oberen Ecke war der Raum leer. Alles andere war so, wie Pierre es beschrieben hatte: Hinter dem Stall fand er die Pforte, die aus zwei mannshohen Steintürmen bestand, zwischen denen ein morsches Holztor hing.

Bardi durchquerte die Pforte und fand sich vor einem Weg, der in einen Wald führte, dessen Kiefern einen Hügel bedeckten.

Vor den Bäumen stand ein Kastenwagen, der ein Enkel des Modells sein mochte, das Mirri ihm geliehen hatte. Bardi schaute in den Innenraum. Doch es war nichts Besonderes zu entdecken. Er fühlte die Motorhaube. Sie war kalt. Er bückte sich, um das Kennzeichen zu begutachten. Seit Mitte der 1990er-Jahre konnte man die regionale Herkunft nicht an den

Nummernschildern erkennen, was auch bei diesem Fahrzeug der Fall war. Aber der Nummernschildhalter war mit dem Schriftzug eines Fiat-Händlers aus Pisa bedruckt.

Bardi wandte sich dem Weg zu. Die Schirm-Kiefern legten sich wie ein Dach über ihn, sodass Bardi kaum sah, wohin er trat. Ein ums andere Mal stolperte er über Baumwurzeln und der Weg beschrieb derart enge Kurven, dass er aufpassen musste, nicht mit einem der Kiefernstämme zu kollidieren.

Nachdem er zehn Minuten dem Weg immer bergan gefolgt war, gab es keine Steigung mehr. Nach einer weiteren Kurve fand sich Bardi auf einer kleinen Lichtung wieder.

Weiter hinten erkannte er ein kleines Haus mit weit vorgezogenem Dach, unter dem das Brennholz im Winter, der hier in manchen Jahren viel Schnee brachte, geschützt gelagert werden konnte. Die wenigen Fenster waren klein und vergittert.

Bardi wollte sich gerade heranpirschen, als er ganz leise ein Motorengeräusch vernahm. Er verharrte zwischen den schützenden Bäumen. Das Geräusch kam näher, war aber immer noch sehr leise. Schließlich verstummte es. Bardi wartete noch ein paar Sekunden ab, aber außer Windgeräuschen war nichts mehr zu hören.

Geduckt eilte er zum Haus und presste sich an die Wand unterhalb eines Fensters, in dem er zwischen den Vorhängen einen Lichtspalt entdeckt hatte.

Vorsichtig spähte er hinein. Doch der schmale Spalt gab lediglich die Sicht auf die gegenüberliegende Steinwand frei.

An der Wand entlang schlich Bardi bis unters Vordach. Vorsichtig legte er seine Hand auf die Klinke der schweren Eingangstür und drückte sie langsam nach unten.

Jetzt ging alles sehr schnell: Die Tür wurde aufgerissen. Jemand packte Bardi, zog ihn ins Haus und drückte ihn zu Boden auf einen roten Teppich. Ehe er reagieren konnte, waren seine Hände mit Klebeband auf dem Rücken gefesselt. Der Teppich roch modrig. Bardi musste an die Fasern denken, die an Emilios Leiche gefunden worden waren. Fasern von einem roten Teppich. Jemand tastete ihn ab, nahm sein *Telefonino* und warf es in die Ecke, dass es schepperte.

63. Kapitel

Jemand kniete keuchend neben ihm. Bardi erkannte Pintore, der sich an seine Brust fasste. Offenbar schmerzte seine Schusswunde. Mühsam setzte Bardi sich auf. Sie befanden sich in einem großen Raum mit groben Steinwänden. An der einen Seite stand ein alter Gasherd neben einem Vorratsschrank. Pfannen und Töpfe baumelten an einem Haken an der Decke. Von der gegenüberliegenden Wand ging eine Tür ab. Bardi nahm an, dass dies der Zugang zu einem Schlafzimmer war. Neben der Tür befand sich ein alter massiver Gussofen.

Eine Gaslampe auf dem großen Holztisch in der Mitte des Raumes verströmte mattes Licht. Offensichtlich war das Haus nicht ans Stromnetz angeschlossen.

An der Rückwand saß Sensi auf einer alten Matratze, gefesselt, den Mund mit Klebeband verschlossen.

Bardi lief es eiskalt den Rücken hinunter, als ihm bewusst wurde, dass dies die Matratze sein mochte, auf der Sensis Sohn seine letzten Stunden verbracht hatte.

»Sie hätten nicht herkommen sollen«, sagte Pintore. Seine Stimme klang eher resigniert als wütend.

»Haben Sie Emilio hier erschossen?«, fragte Bardi, den Blick immer noch auf Sensi gerichtet, der sich jetzt hin- und herwand, im hoffnungslosen Unterfangen, das Klebeband auf seinem Mund zu lösen.

»Seien Sie bloß still«, presste Pintore hervor.

»Hat Camilla di Giacomo Ihnen geholfen, aus dem Krankenhaus zu fliehen?«

»Ruhe«, fauchte Pintore und hob drohend die Rolle mit dem Klebeband.

»Wer ist Delon?«

Pintore begann, nervös Runden um den Tisch zu drehen. Schließlich baute er sich vor Bardi auf. »Da müssen Sie meinen Bruder fragen.«

Offensichtlich wusste Pintore nichts vom Tod seines Bruders.

»Wie haben Sie mich überhaupt gefunden?« Pintore warf einen hastigen Blick aus dem Fenster neben der Haustür.

»Ich habe Mariano di Giacomos Buch gelesen.«

Pintore nickte langsam. »Wie geht es Sara und den Kindern?«

»Die vermissen Sie.«

Pintore nickte abermals.

»Haben Sie den Jungen erschossen?«

Pintores Blick wanderte von Bardi zu Sensi und wieder zurück. »Halten Sie endlich Ihren Mund.«

»Sie brauchen Ihren Bruder nicht mehr zu schützen.«

Pintore starrte Bardi ungläubig an, als ihm die Bedeutung von Bardis Worten bewusst wurde. »Das sagen Sie doch nur, damit ...«

Bardi schüttelte den Kopf.

Für einen Augenblick stand Pintore regungslos da. Dann ließ er seine Faust donnernd auf den Tisch hinabfahren. In seinen Augen sammelten sich Tränen.

»Denken Sie nicht auch, dass Emilios Vater ein Recht auf die Wahrheit hat?«, fragte Bardi leise.

Pintore starrte Sensi lange an. Dann hockte er sich vor die Matratze und riss ihm das Klebeband vom Mund. Sensi schnappte nach Luft.

Pintore schüttelte den Kopf. »Ich konnte es nicht.« Er rüttelte Sensi an den Schultern. »Ich konnte es nicht. Ich habe Russo die Pistole gegeben und bin wieder hier hineingegangen. Mein Bruder und Russo blieben mit dem Jungen draußen. Und dann fiel der Schuss. Verstehst du das?«

Sensis Kopf wackelte hin und her, wie der einer Stoffpuppe.

»Warum musstest du in der Vergangenheit stochern? Du verdammter Idiot.«

Sensi ließ den Kopf hängen. »Ich wollte Rache. Endlich Rache für meinen kleinen ...«

»Aber warum ausgerechnet jetzt?«, fragte Bardi.

»Russo hat mir diesen Brief geschrieben«, schluchzte Sensi. »Wollte wohl reinen Tisch machen, bevor er starb. Er hat mir Pintores Adresse genannt. Und dann war es nicht schwer, auch seinen Bruder zu finden.«

»Sie haben Russo erschossen?«

Sensi nickte. »Er wollte es so. Hat um Erlösung gebettelt. Aber es hat sich nicht gut angefühlt. Der alte Mann ... Wir sind alle alte, kranke Männer.«

Pintore lugte erneut aus dem Fenster.

»Ist Camilla Delon?«, fragte Bardi mit ruhiger Stimme.

»Verdammt, Pintore, das weiß ich nicht. Ich weiß ja nicht einmal, warum ich eigentlich hier bin.« Pintore sah abermals aus dem Fenster, diesmal auf der anderen Seite. Bardi bezweifelte, dass er draußen viel erkennen konnte.

»Wer hat Ihnen geholfen, aus dem Krankenhaus zu fliehen?«

»Ich habe eine Nachricht bekommen«, Pintore starrte weiterhin in die Dunkelheit.

»Von wem?«

»Von Delon. Unter dem Frühstücksteller befand sich ein Post-it.«

»Wer hat die Nachricht dort deponiert?«

Pintore zuckte mit den Schultern. Er schien es wirklich nicht zu wissen. Doch Bardi vermutete, dass es Camilla gewesen war. Wer sonst? Einer Welle der Enttäuschung folgte Trauer und dann Wut. Alles innerhalb weniger Sekunden.

»Was stand auf dem Zettel?«

»Dass draußen in einem Wagen der Schlüssel steckt und ich zu meinem Bruder nach Pisa fahren soll.«

»Und Ihr Bruder hat den Fluchtwagen dann in Civitavecchia angezündet.«

Pintore nickte. »Es sollte so aussehen, als habe ich mich über den Hafen ins Ausland abgesetzt.«

»Warum gehorchen Sie Delon immer noch nach all den Jahren?«

»Weil Delon immer alles geregelt hat. Geld, die falsche Identität, alles.«

»Ich habe einen Kassiber von Mariano die Giacomo in meiner Jackentasche, dessen Code ich nicht entziffern konnte.«

»Na und?«

»Vielleicht können wir auf diese Weise Delons Identität lüften.«

Pintore überlegte kurz, dann holte er den Zettel aus Bardis Jacke. Aus der Nähe sah Pintore noch blasser aus als ohnehin.

»Mit dem *Gattopardo* bin ich nicht weitergekommen«, erklärte Bardi.

»Wenn wir es eilig hatten, haben wir *Fabrizio ha visto Max acquistandogli juta per New York 1234567890* benutzt.«

»Jute für New York?«

Pintore lächelte matt. »Das ist ein, also ein Satz, in dem alle Buchstaben des Alphabets vorkommen. Ideal für schnelle Verschlüsselungen. Aber natürlich nicht so sicher wie mit dem ollen Schinken von Lampedusa.«

Pintore legte den Zettel auf den Tisch und kramte aus der Schublade des Küchenschrankes einen Kugelschreiber hervor. Er brauchte nur kurze Zeit, um die Verschlüsselung zu dechiffrieren.

Als er fertig war, schaute er zu Bardi hinüber und war noch blasser als zuvor. »Das sind Mariano di Giacomos letzte Worte.«

64. Kapitel

»Delon hat mich vergiftet«, las Pintore vor.

»Delon«, murmelte Bardi.

Alles erschien nun in einem anderen Licht, denn Bardi hielt es für unwahrscheinlich, dass Mariano di Giacomo seine eigene Frau Delon genannt hätte und nicht Camilla.

Doch bevor Zeit zum Nachdenken blieb, wurde die Haustür von außen verschlossen.

»Was soll das? Wer ...«, schrie Pintore.

Bevor er seinen Satz beenden konnte, zerbarst das Fenster neben der Tür mit einem lauten Knall. Bardi sah, wie eine Flasche mit einem brennenden Tuch in das Haus geworfen wurde und sich die brennende Flüssigkeit blitzschnell auf dem Boden ausbreitete, als das Glas splitterte. Sensi gab panische Geräusche von sich.

»Machen Sie mich los«, schrie Bardi.

Pintore starrte auf das Feuer zu seinen Füßen.

»Schnell«, schrie Bardi.

Nun wurde auch das rückwärtige Fenster zerschlagen und ein zweiter Molotowcocktail landete im Haus. Es war nur eine Frage der Zeit, bis die Gasflasche unter dem Herd explodieren würde.

Bardi musste von dem Rauch husten. Endlich bewegte sich Pintore. Zuerst rüttelte er an der Tür, doch diese war verschlossen. Er nahm den Schlüssel vom Haken an der Wand. aber er schaffte es nicht, ihn ins Schlüsselloch zu stecken. Offensichtlich steckte ein anderer Schlüssel von draußen.

»Machen Sie endlich«, schrie Bardi.

Pintore holte ein Klappmesser aus seiner Hosentasche und zerschnitt Bardis Fessel.

»Los, der Tisch. Wir müssen die Tür rammen.« Bardi rieb sich die Handgelenke.

Das Feuer hatte nun zwei Drittel des Bodens erfasst.

»Hilfe«, krächzte Sensi und starrte auf die Flammen, die auf ihn zukrochen.

Bardi nahm den Zinkeimer mit Wasser, der neben dem Gasherd stand, und schüttete ihn über Sensi aus.

Dann schleiften sie den Tisch bis kurz vor die Eingangstür. Pintore hatte starke Schmerzen, doch er bemühte sich mit ganzen Kräften. Die beiden Männer hoben den Tisch an den Längsseiten an. Das massive Holz war schwer, was auch ein Vorteil war, denn so konnten sie mehr Masse aufbringen.

Bardi gab ein Kommando und sie schwangen den Tisch wie einen Rammbock gegen die Tür. Das Türblatt splitterte, doch das Schloss hielt stand. Die Hitze war unerträglich. Bardi gab das nächste Kommando und diesmal barst die Tür. Kalte Luft drang herein. Pintore stürzte ins Freie. Der Sauerstoff gab der Flammenhölle zusätzlich Nahrung. Bardi blickte zurück. Sensi kam über den brennenden Boden in Richtung Ausgang gerobbt. Bardi packte ihn am Kragen. Die Flammen pfiffen.

Und genau in diesem Augenblick spuckte sein Gehirn den Namen des Mannes aus, der Delon sein musste. Wie hatte er so blind sein können? Spätestens als er den Kassiber unter dem roten Ordner fand, hätte ihm doch klar sein müssen, wer Delon war.

Bardi zog. Er spürte, wie seine Jackenärmel Feuer fingen. Dann folgte die Apokalypse. Zuerst erfasste ihn die gewaltige Druckwelle mit eiserner Faust, als die Gasflasche auseinandergerissen wurde. Metallfetzen flogen umher. Erst danach dröhnte die Explosion in seinen Ohren und es wurde schwarz um ihn.

65. Kapitel

Schwarz. Dröhnen in den Ohren. Dann eine Hand an seiner Wange. Bardi schlug die Augen auf. Verschwommen sah er Camillas Gesicht. Halluzinierte er?

Instinktiv tastete er nach seinem Arm.

»Ich habe das Feuer noch rechtzeitig ersticken können«, sagte Camilla und zeigte ihre Jacke.

»Das genügt, barmherzige Schwester.« Eine Männerstimme.

Benommen drehte Bardi seinen Kopf zur Seite. Einige Meter weiter stand ein Mann. Sein Gesicht wurde vom Feuerschein des brennenden Hauses in rotes Licht getaucht und ließ es fratzenhaft erscheinen. In der Hand hielt er eine Pistole, die auf Camilla gerichtet war. Domus.

»Delon«, murmelte Bardi mit tonloser Stimme. Der letzte Gedanke vor der Explosion drehte sich in seinem Kopf. »Sie sind Delon.«

Die Explosion. Das Feuer.

Er kroch in Camillas Richtung. Jede Bewegung tat weh. »Warum bist du hier?«

»Maul halten«, befahl Domus und schwenkte seine Waffe zwischen Bardi und Camilla hin und her.

Bardi schaute zum Haus. Die Flammen blendeten ihn. Und obwohl er an die 30 Meter entfernt war, spürte er die

Wärme. Ein paar Meter weiter lag Pintore und bewegte sich nicht.

»Er ist bewusstlos«, sagte Camilla mit einem Kopfnicken zur Seite.

»Ruhe verdammt«, rief Domus.

»Und Sensi?«

»Sensi?«, fragte Camilla.

Bardi wollte hoch, doch sofort wurde ihm schwindelig.

»Sensi ist tot.« Domus war näher herangetreten und zerrte Camilla mit der freien Hand hoch.

Bardi kam die Melodie von Picolla e fragile in den Sinn. Klein und zerbrechlich schien jetzt Camilla. Wie hatte er an ihr zweifeln können?

»Er oder ich«, sagte Domus und schüttelte Camilla. »Entscheide dich.«

Als Camilla nicht antwortete, richtete er seine Pistole auf Bardi. Camilla wollte danach greifen, doch Domus versetzte ihr mit dem Knauf einen Schlag gegen die Schläfe, der sie taumeln ließ.

»Lass uns neu anfangen. Zu zweit wären wir unschlagbar. Im Pragmatismus vereint. Ein neues Italien«, rief Domus.

Bardi sah, wie sich sein Finger am Abzug krümmte.

»Niemals«, schrie Camilla.

»Damit kommen Sie nicht durch«, rief Bardi mit krächzender Stimme. »Mit einem Mord vielleicht. Aber nicht mit vier oder fünf, wenn man Siena dazuzählt.«

»Fünf? Siena? Wovon redest du?« Camilla schaute mit einer Mischung aus Verwunderung und böser Vorahnung im Gesicht zu Bardi hinüber.

»Schluss mit dem Gequatsche«, schrie Domus und trat näher an Bardi heran.

»Wer ist der fünfte Tote?« Camilla startete einen zweiten Versuch, ihm die Waffe zu entreißen. »Hast du ...«

Diesmal versetzte ihr Domus einen so heftigen Schlag gegen die Stirn, dass sie das Bewusstsein verlor.

»Wie haben Sie Pintore im Krankenhaus die Nachricht

zukommen lassen?« Verzweifelt versuchte Bardi, Zeit zu gewinnen.

»Bardi, Bardi, Bardi« Domus verzog eine Seite seines Mundes zu einem spöttischen Grinsen. »Nur noch Sekunden zu leben und immer noch Ihre klein karierten Ermittlungen im Beamtenkopf ... Aber gut, Sie sollen es wissen. Der Pfleger, dessen Auto Pintore genommen hat, war früher in der linken Szene aktiv und brauchte Geld, weil er einen kostspieligen Sorgerechtsstreit führt. Und dass Pintore in der Klinik lag, wusste ich von Camilla.«

»Warum haben Sie Camillas Mann umgebracht?« »Der arme Mariano«, Domus lächelte, »hatte nicht mehr lang zu leben und wollte mich mit in den Abgrund reißen. Nur weil ich endlich aufgewacht war und auf die richtige Seite der Politik wechseln wollte.«

Er trat näher an Bardi heran.

»Deshalb haben Sie den Kassiber zwischen den Akten versteckt, um den Verdacht auf Camilla zu lenken«, sagte Bardi.

Domus nickte. »Ich hatte gehofft, dass Meister den Fall an sich reißt. Dann wäre ein für alle Mal Ruhe gewesen. Niemand wäre mir auf die Spur gekommen. Aber Sie mussten mit Ihrer Hartnäckigkeit ja alles verderben.«

Bardi blickte in die Mündung der Pistole. Domus' Finger krümmte sich am Abzug.

»Woher wussten Sie, dass ich herkommen würde?«, fragte Bardi.

»Angst zu sterben?« Domus grinste böse. »Na wie wohl: Ich habe Ihr *Telefonino* hacken lassen.«

Bardi dachte an Pisa und daran, wie ihm sein *Telefonino* abgenommen worden war, das daraufhin erst nach dem dritten Mal entsperrt werden konnte.

»Und warum haben Ihre Männer mich dann nicht früher aufgehalten?«

»Meine Männer wissen von all dem hier nichts. Ich habe Sie immer knapp entkommen lassen, damit Sie pünktlich zum Showdown erscheinen. Und wenn das hier beendet ist, wird

Delon hier mit euch allen begraben sein – für immer und ewig.«

»Und Sie können wie Phönix aus der Asche Karriere in Rom machen«, sagte Bardi.

»War ich denn jemals in der Asche?« Domus grinste kalt. »Genug geredet. Jetzt wird gestorben.«

Die Mündung von Domus‘ Waffe war ein dunkles Loch. Bardi schloss die Augen.

Schwarz. Leere. Der Körper gefühllos, starr. Dann ein lauter Knall.

66. Kapitel

Kein Schmerz. Kein Ende. Bardi riss die Augen auf und sah, wie Domus vornüberkippte und nur wenige Zentimeter neben ihm auf dem Boden landete.

Plötzlich war die Lichtung von Männern in dunklen Tarnanzügen bevölkert. Einer von ihnen drehte Domus auf den Rücken, blickte kurz ins Gesicht des Toten und raunte eine Nachricht in ein verborgenes Mikrofon.

»Alles in Ordnung, Chef?« Emanuele kam über die Lichtung geeilt, hinter ihm erkannte Bardi Meister.

Es gelang ihm, sich aufzusetzen. »Ja. Alles okay.«

Er blickte zu Camilla. Sie war bei Bewusstsein, aber an ihrer Schläfe klaffte eine blutende Wunde. Ein Sanitäter kam heran und hockte sich neben sie.

»Die Kosten des Einsatzes stelle ich den Carabinieri in Rechnung«, sagte Meister und streckte Bardi seine Hand entgegen. »Und wenn sich Ihre Vorgesetzten weigern, müssen Sie eben Ihre Pension dafür opfern.«

»Wenn das so weitergeht, werde ich die bald beantragen.« Bardi zog sich an Meisters Hand hoch. »Wie habt ihr mich ausfindig gemacht?«

»Der Dank gebührt Carabiniere Rossi.«

»Antonella hat mich heute ... gestern sehr spät abends

angerufen«, erklärte Emanuele. »Sie machte sich Sorgen, weil Sie nicht nach Hause gekommen waren.«

»Hat sie etwas wegen ihres Fluges gesagt?«

Emanuele nickte. »Sie hat ein Taxi genommen.«

Das schlechte Gewissen traf Bardi fast ebenso wie die Explosion vor wenigen Minuten. Er wollte nach seinem *Telefonino* tasten, hielt jedoch mitten in der Bewegung inne, als ihm einfiel, dass es sich im Haus befunden hatte.

»Ich habe dann bei der Dottoressa angerufen.« Emanuele nickte in Camillas Richtung, der gerade ein Verband angelegt wurde. »Aber dort meldete sich nur dieser komische Vogel. Er erzählte mir von Ihrem Einbruch. Und von dem Überfallkommando, dem Sie gerade noch so entkommen konnten. Und von dieser Hütte, zu der Sie wollten. Ich habe dann Commissario Meister um Hilfe gebeten.«

Meister klopfte Emanuele auf die Schulter. »Dieser Einsatz in Pisa, bei dem Pintores Zwillingsbruder ums Leben kam, hat für Wirbel gesorgt. Einige warfen Domus Inkompetenz vor. Ich habe mich gefragt, ob da nicht Absicht dahintersteckte. Und als Rossi anrief, habe ich die GIS informiert. Beim NOCS hatte ich Bedenken wegen Domus. Die GIS sind sofort mit Hubschraubern aufgebrochen.«

»Das sind also meine Leute?«, stellte Bardi erstaunt fest. Die *Gruppo di Intervento Speciale* war die Antiterroreinheit der Carabinieri und im nahe gelegenen Livorno stationiert.

»Ich habe beim GIS dick aufgetragen, damit es schnell ging. Wir, also Rossi und ich, hatten schon Angst, falschen Alarm ausgelöst zu haben. Nicht auszudenken, wenn wir Sie hier bei einem romantischen Mondscheinpicknick erwischt hätten.«

Bardi nickte und wankte zu Camilla. Ihren Kopf krönte ein Turbanverband. Sie zitterte, obwohl ihr eine Decke umgelegt worden war.

»Warum bist du hergekommen?«, fragte Bardi.

Camilla sah ihn erstaunt an. »Aber du hast mir doch diese SMS geschickt.«

»Welche SMS?«

»Na, dass ich herkommen solle. Es gehe um unsere Zukunft. Ich habe versucht, dich anzurufen, aber du bist nicht rangegangen.«

»Da muss Domus seine Finger im Spiel gehabt haben.«

Camilla schaute zu Domus' Leichnam hinüber. »Hat er Mariano auf dem Gewissen?«

Bardi nickte.

67. Kapitel

Die Morgensonne färbte den Himmel bereits rot, als Bardi Mirris Lieferwagen vor der Wache abstellte. Er fühlte sich wie zerschlagen und unwahrscheinlich müde. Am schlimmsten waren jedoch seine Schuldgefühle gegenüber Antonella.

Erschöpft stieg er die Stufen zu seiner Wohnung hinauf. Vor Antonellas Apartment hielt er kurz inne. Wie schön wäre es, wenn er seine Tochter jetzt umarmen könnte.

Er wollte gerade den nächsten Treppenabsatz erklimmen, als er hörte, wie sich Antonellas Wohnungstür öffnete. Langsam drehte er sich um. In der Tür stand seine Tochter. Sie schaute ihn an, als wäre er ein Geist. Ihre Augen waren verweint. Dann stürmte sie auf ihn zu und drückte ihn fest an sich.

»Ich habe mir solche Sorgen um dich gemacht«, rief sie mit tränenerstickter Stimme.

Bardi strich ihr übers Haar. »Es tut mir so leid.«

»Bist du mir jetzt böse?«

»Das Gleiche könnte ich dich fragen.«

Antonella blickte zu ihrem Vater auf. »Ich habe das Taxi wieder abbestellt. Ich konnte nicht fliegen. Nicht ohne richtigen Abschied. Und Frederica braucht mich in nächster Zeit sicher auch. Aber ich bezahle das Ticket. Wirklich ...«

»Als ob es darum geht«, erwiderte Bardi und versuchte ein

aufmunterndes Lächeln. »Schaut so aus, als würden wir den Sommer zusammen in San Pietro verbringen.«

Antonella nickte. »Und den Herbst ... und den Winter ... und ...«

»Nun mal nicht so schnell. Hast du deine Mutter informiert?«

***

Bardi schlief bis zum Mittag. Dann weckte ihn ein Klopfen an der Wohnungstür. Schlaftrunken öffnete er. Auf dem Flur stand Antonella und streckte ihm ihr *Telefonino* entgegen. »Für dich.«

Bardi gähnte herzhaft und hielt sich das *Telefonino* ans Ohr. »Hallo?«

Es war Meister. »Wenn man weiß, wo man zu suchen hat, ist unser Beruf ein Klacks«, flötete er fröhlich. »Domus war wirklich genial. Die Identitäten für Pintore und Co. stammten von schwerstbehinderten Bewohnern jener Heime, die er mit seinem Verein unterstützt hat. Diese armen Menschen konnten ja auf dem Amt nie persönlich Ausweispapiere beantragen. Das erledigte dann der Verein in Person von Domus.«

Stolz berichtete Meister von seinen weiteren Ermittlungsergebnissen, doch Bardi hörte nur mit halbem Ohr zu.

»Wissen Sie, wie es Dottoressa di Giacomo geht?«, fragte er schließlich.

»Die Dottoressa liegt zur Beobachtung in ihrer eigenen Klinik. Sie hat wohl eine Gehirnerschütterung.«

***

Von der Stationsschwester bekam Bardi ein Lob für die schönen Rosen, die er für Camilla beim Blumenstand vor der Klinik besorgt hatte. Sie drückte ihm eine Blumenvase in die Hand und zeigte ihm die Tür zu Camillas Krankenzimmer. Bardi klopfte und als er ein dumpfes *Prego* hörte, trat er ein.

Camilla saß aufrecht im Bett ihres Einzelzimmers und unterhielt sich angeregt mit Pierre. Enttäuscht stellte Bardi fest, dass auf dem Beistelltisch bereits drei Blumensträuße thronten – allesamt prächtiger als der seine.

Als Pierre Bardi bemerkte, verabschiedete er sich eilig mit einem Kuss auf Camillas Wange.

»Ich komme morgen wieder«, rief er ihr zu und wandte sich zur Tür, wo Bardi wartete. »Sie verraten mich nicht, oder?«, raunte er Bardi zu.

»Keine Sorge.«

Nachdem Pierre das Zimmer verlassen hatte, reichte Bardi Camilla die Rosen.

»Wie geht es dir?«, fragte er, während Camilla den Strauß in die Vase stellte.

»Schon besser. Ich habe noch leichte Kopfschmerzen, aber alle kümmern sich rührend um mich.« Sie lächelte matt. »Danke für die Rosen.«

Bardi nahm auf dem Stuhl Platz, auf dem eben noch Pierre gesessen hatte.

»Du warst in meiner Wohnung?«, fragte Camilla, als er ihre Hand ergreifen wollte.

Bardi nickte und ließ seine Hand auf die Bettdecke sinken. »Tut mir leid.«

»Schon in Ordnung. Du hast nur deinen Job gemacht«, sagte Camilla, doch ihr Gesichtsausdruck besagte etwas anderes.

»Aber?«, fragte Bardi.

»Als Medizinerin bin ich es gewohnt, rationale Entscheidungen zu treffen. Aber bei uns sind Gefühle im Spiel. Deshalb weiß ich nicht, was ich von deinen Zweifeln mir gegenüber halten soll. Verdammt, ich war drauf und dran, mich in dich zu verlieben.«

Bardi spürte das unbändige Verlangen, Camilla zu berühren, sie in den Arm zu nehmen. Doch ihr Zweifel hielt ihn zurück.

Stattdessen war sie es, die sachte nach seiner Hand griff.

»Ich brauche einfach Zeit, um das alles zu verarbeiten. Marianos Tod. Domus, den ich trotz seiner politischen Kehrtwende für einen Freund gehalten habe.« Sie schüttelte matt ihren Kopf.

Epilog

An diesem Freitag hatte das Thermometer zum ersten Mal im Jahr die 35-Grad-Marke überschritten und so war es am Abend immer noch sehr warm.

Auf der Piazza Grande war wieder die kleine Bühne errichtet worden, um den Kandidaten zur Bürgermeisterwahl ein Podium zu bieten.

Wieder war ganz San Pietro erschienen. Und wieder hatte Tavano sein siegessicheres Lächeln aufgesetzt, als er federnden Schrittes vor das Rednerpult trat.

»Meine lieben Mitbürgerinnen, meine lieben Mitbürger«, begann er. Auf der Leinwand hinter ihm erschienen idyllische Luftaufnahmen von San Pietro, die eigens mit einer Drohne gefilmt worden waren.

Bardi stand hinter der Bühne. Neben ihm steuerte ein junger Mann von der PR-Agentur, die Tavano für seinen Wahlkampf beauftragt hatte, per Notebook die Einspielfilme.

Bardi war nervös, schließlich stand sein großer Auftritt noch bevor. Aber noch sprach Tavano. Ab und zu gab es Pfiffe. Einige applaudierten auch.

Bardi wünschte, Camilla wäre hier. Doch auf seine Einladung hatte sie kühl reagiert und einen Ärztekongress in Rom vorgeschoben.

Wenn er es sich recht überlegte, hatten seine Ermittlungen

nur Verlierer hervorgebracht. Sensi und Domus tot. Pintore sah einem Mordprozess entgegen. Ob seine Familie ihn jemals wieder in ihre Arme aufnehmen würde, stand in den Sternen. Und dann das zarte Pflänzchen der Liebe, das Camilla und er hatten wachsen lassen – zerquetscht unter der Last seiner Verdächtigungen.

Er trat ein paar Schritte zur Seite und warf einen Blick auf die Menge. Ganz vorne stand Antonella neben Frederica und winkte ihm zu. Er winkte zurück, bezog wieder die alte Position und war erstaunt, Contini am Notebook vorzufinden.

»Unser Freund hat eine schwache Blase«, erklärte Contini.

Jetzt fing die Menge auf dem Platz zu raunen an. Contini zuckte entschuldigend die Achseln und grinste dabei schadenfroh.

Böses ahnend stieg Bardi über die Barriere, die den Bereich hinter der Bühne vom Publikum abgrenzte, und bahnte sich einen Weg vor das Podium, wo er sich neben seine Tochter stellte.

Mit dem Rücken zur Menge starrte Tavano auf die Leinwand. Ein Video zeigte, wie sein Greenkeeper die Wahlplakate abriss.

Kurz entschlossen stieg Bardi auf die Bühne.

»Das war so nicht abgemacht«, murmelte Tavano.

»Nein«, erwiderte Bardi.

Tavano blickte zu ihm hinüber. Plötzlich wirkte er alt und müde. »Sie haben gewonnen.«

»Ich habe nichts von dieser Aktion gewusst.« Bardi deutete mit dem Kopf auf die Videoleinwand.

Tavano schüttelte spöttisch den Kopf. »Natürlich nicht.«

»So glauben Sie mir doch.« Bardi berührte Tavano am Oberarm, doch der wehrte diese versöhnliche Geste brüsk ab.

Die Menge buhte, als Tavano ans Rednerpult zurückkehrte, kurz in die Runde blickte und dann die Hände hob, um die Leute zu beruhigen. Doch die Einwohner San Pietros waren viel zu erzürnt über das, was sie soeben gesehen hatten, und veranstalteten ein ohrenbetäubendes Pfeifkonzert.

»Hiermit trete ich als Bürgermeister von San Pietro, das ich immer geliebt habe und immer lieben werde, zurück«, rief Tavano mit brüchiger Stimme ins Mikrofon.

Die Menschen, die seine Worte verstanden hatten, applaudierten höhnisch, während die anderen weiter pfiffen.

Bardi sah, wie Tavano in sich zusammenzusinken schien. Für einen Moment befürchtete er, dass der Bürgermeister einen Kreislaufkollaps oder Schlimmeres erleiden würde.

Doch dann reckte Tavano sich und verließ erhobenen Hauptes das Podium. Plötzlich waren die Leute still. Fast ehrfürchtig teilte sie sich, um dem Mann einen Weg zu bieten, der über ein Jahrzehnt die Geschicke ihres Städtchens gelenkt und dabei mehr geherrscht als geteilt hatte.

Als Tavano in den Gassen hinter der Piazza verschwunden war, rief die Menge nach Bardi.

Zögernd trat Bardi ans Mikrofon. »Ich hoffe, dass unser Bürgermeister in nicht allzu ferner Zeit einen würdigen Abschied bekommt.«

Zunächst lachten einige boshaft, doch sie wurden von den anderen zu Respekt gemahnt.

Bardi holte tief Luft. »Ich weiß, dass viele mich gerne als Nachfolger von Daniele Tavano sähen.«

»Das tun wir«, rief eine ältere Dame und erntete dafür laute Rufe der Zustimmung.

»Euer Verhalten ehrt mich«, sagte Bardi, dem ob der überwältigenden Zustimmung ein kalter Schauer den Rücken hinunterlief. »Aber ich bin nicht die geeignete Person für das Amt des Bürgermeisters. Ich bin mit Leib und Seele Carabiniere und als solcher für San Pietro viel wertvoller, weil das die einzige Sache ist, von der ich ein wenig verstehe.«

»Aber wer soll es denn dann werden?«, rief die ältere Dame, die Bardi jetzt als Kassiererin des Supermarktes wiedererkannte.

Und plötzlich sah er sie. Camilla. Sie tauchte neben der älteren Dame auf und lächelte ihm zu.

Bardi erwiderte ihr Lächeln. Dann räusperte er sich. »Ich

glaube, wir haben einen sehr geeigneten Kandidaten gefunden. Ihr alle kennt ihn. Er ist hier geboren. Er ist jung. Er hat Geschichte und Volkswirtschaft studiert. Er hat Geschäftssinn bewiesen und gezeigt, dass er die Finanzen im Griff hat.«

Bardi winkte Alberto, den Wirt der Bar Puccini, der neben der Bühne stand, zu sich. Als Alberto neben ihm stand, streckte Bardi ihm demonstrativ die Hand entgegen.

»Meine Stimme gehört Alberto Benigni.«

Hinweis

Liebe Leserin, lieber Leser,

falls Ihnen dieser Krimi gefallen hat, würde ich mich über eine positive Bewertung auf Amazon sehr freuen.

Ihr Paul Domino

Die Handlung dieses Romans und alle darin vorkommenden Personen sind frei erfunden. Namen, Charaktere, Unternehmen, Orte, Veranstaltungen, Ereignisse und Vorfälle sind entweder Produkte der Fantasie des Autors oder werden in fiktiver Weise verwendet. Jede Ähnlichkeit mit tatsächlichen Personen, lebend oder tot, oder tatsächlichen Ereignissen ist rein zufällig.

Printed in Germany
by Amazon Distribution
GmbH, Leipzig

15845375R00157